Und dann springe ich

Michael Sieben

UND DANN SPRINGE ICH

Für Frida und Mateo

Freitagnachmittag

Ava fehlt jetzt schon den dritten Tag. Es ist nicht das erste Mal, dass sie abgehauen ist, darum macht sich auch keiner so richtig Gedanken um sie. Also, fast keiner. Irgendjemand hat eine Vermisstenanzeige mit einem unscharfen Foto von ihr an die Tür vom *American Diner* geklebt. Eine kurze Personenbeschreibung mit der Bitte, sich bei sachdienlichen Hinweisen zum Verschwinden von Ava Mardani bei der örtlichen Polizeidienststelle oder unter 110 zu melden. Das Foto muss im April aufgenommen worden sein, kurz nachdem sie sich die Haare abgeschnitten hat. Drei Millimeter – wir waren richtig geschockt, als sie so in die Klasse kam. Göbel hat gesagt, die sieht aus, als hätte sie Krebs.

In der Schule heißt es, Ava wäre per Anhalter Richtung Portugal unterwegs, um sich einer Gruppe von Aussteigern anzuschließen, die den ganzen Tag am Strand rumhängen und kiffen. Keine Ahnung, welcher Spaten das Gerücht in die Welt gesetzt hat. Jemand, der Ava nicht besonders gut kennt, so viel steht fest. Ich bin mir sicher, dass sie morgen oder übermorgen wiederauftaucht und so tut, als wäre nix gewesen.

Als sich Ava vor ein paar Wochen das erste Mal eine »Auszeit« genommen hatte, war die Aufregung groß. Ein paar Stunden lang war sie sogar die Headline auf bild.de: *Wo ist Ava? Mädchen (17) auf dem Weg zur Schule verschwunden.* Vor dem Rathaus hatten sich schon über hundert Freiwillige versammelt, die das Waldgebiet um den Schadower See absuchen wollten. Dann hat ihre Mutter die Nachricht gefunden, die Ava an die Kühlschranktür gepinnt hatte. Sie würde zu einer Freundin nach Hamburg trampen und spätestens am Wochenende zurückkommen. Noch am selben Abend haben sie Ava mit einem Pappschild mit der Aufschrift »HH« auf einer Autobahnraststätte aufgegriffen und nach Hause gebracht. Kein Wort hat sie zu ihrer Aktion gesagt, zu niemandem, und zu mir erst recht nicht. Da hatten wir schon längst Funkstille.

Es ist Freitagnachmittag, im *Diner* ist nicht viel los. Ich schaue durch das Panoramafenster auf den See. Zwei Ruderboote liefern sich ein Wettrennen und ziehen in kerzengeraden Bahnen über das Wasser. Weiter hinten erstreckt sich die alte Eisenbahnbrücke von Ufer zu Ufer, auf der anderen Seite ragen die Plattenbauten von Schadow Nord in den Himmel. In der Küche brutzeln Burger-Pattys auf dem Herd, auf dem Fernseher über der Tür laufen uralte Musikvideos, Shakira, 2Pac, Eminem und so was. Zur Mittagszeit kriegst du im *Diner* kaum einen Platz, weil dann alle aus der Oberstufe kommen, die keinen Bock auf das Mensaessen haben. Am Wochenende ist der Laden voll mit Badetouristen. Letztes Jahr haben sie den Schadower See zum zweitschönsten der Region gewählt und seitdem ist die Stadt ab Samstagmorgen komplett dicht.

»Der Doc hat die Klassenfotos geschickt«, sagt Jessi aufgeregt und setzt sich mir gegenüber.

»Echt? Ich hab noch nichts bekommen.«

»Guck mal in deine Mails.«

Jessi tippt auf ihrem Handy rum, wobei sie gekonnt ignoriert, dass die Leute am Nachbartisch schon seit einer Ewigkeit zahlen wollen. Als Bedienung ist Jessi eine Null. Der Job passt einfach nicht zu ihr. Andere zu bedienen passt nicht zu ihr. Allein ihr Outfit: Jessi legt superviel Wert auf ihr Äußeres, trägt immer teure Sachen, immer Make-up und Parfum, und wenn sie einen Zopf hat, bindet sie sich die Haare ständig neu, damit sie auch ja richtig sitzen. Sie mit der roten *American Diner*-Schürze und der albernen Schiffchenmütze auf dem Kopf zu sehen, ist wirklich komisch.

»Mann ey, ich kann sie nicht öffnen. Das WLAN funzt wieder nicht«, stöhnt sie und schiebt das Handy von sich. Sie wirft einen Blick zur Küche, wo ein Mann mit Halbglatze und fettfleckiger Schürze die Pattys wendet, beugt sich über den Tisch zu mir und flüstert: »Der Alte ist einfach zu geizig, einen neuen Vertrag zu machen ...«

Die Tür öffnet sich und Jessis Schwester Esra kommt ins *Diner*. Für einen Moment übertönt ein Hupkonzert die Musik aus dem Fernseher, weil draußen ein BMW mit einem Sportboot auf dem Anhänger nicht um die scharfe Kurve am Ortseingang kommt und beide Fahrbahnen blockiert.

»Sis, da bist du ja.« Jessi springt auf und begrüßt sie mit Küsschen.

Wenn du die beiden nicht kennst, würdest du nie auf die Idee kommen, dass sie Zwillinge sind. Esra hat lange dunkelbraune Haare, ein schmales, feines Gesicht mit hohen Wangenknochen und eine sportliche Figur. Sie ist superehrgeizig bei allem und weiß genau, was sie will. Ich glaube, ein paar Leute verwechseln das mit Arroganz. Vor allem die Mädchen, die meisten Jungs stehen auf sie.

Jessi ist blond, ihr Gesicht ist runder und hat viele Sommersprossen. Sie ist nicht so megahübsch wie Esra, hat dafür aber die größere Klappe und wirft manchmal mit Schimpfwörtern um sich, die ihre Schwester im Leben nicht in den Mund nehmen würde.

Während Esra seit zwei Jahren mit ihrem Lennart zusammen ist, hat Jessi eine komplizierte On-off-Beziehung mit Göbel und zwischendurch immer mal andere Typen, mit denen sie es aber nie lang aushält.

»Habt ihr die Klassenfotos gesehen?«, sagt Esra. »Ich sehe echt peinlich aus.«

»Jaja, Sis, wer's glaubt. Mann, ich krieg sie nicht runtergeladen ...« Jessi verdreht die Augen, weil in der Küche hektisch geklingelt wird. »Sorry, ich muss weitermachen. Der Alte stresst rum.«

Im Fernsehen läuft jetzt ein Konzertausschnitt von Harry Styles. Die Ruderboote haben die hölzerne Badeplattform mit dem Sprungturm und der kleinen Wasserrutsche in der Mitte des Sees erreicht, umkreisen sie wie zwei Haie ihr Opfer und machen sich wieder auf den Rückweg zum Hafen. Gähnend nimmt Jessi einen Teller Chickenwings aus der Durchreiche entgegen und verschwindet damit im vorderen Teil des *Diners*.

Esra legt ihr Handy auf den Tisch und fährt mit dem Zeigefinger über das Display, wobei sie ihre Schneidezähne auf die Unterlippe presst und in regelmäßigen Abständen den Kopf schüttelt.

»Congrats«, sage ich.

Esra schaut auf. »Wie bitte?«

»Wegen Mathe, meine ich.«

»Ach so«, sagt Esra. »Das war doch nur Glück. Bei Vektorrechnung wäre ich blank gewesen.«

»Glück? Du bist doch immer die Beste in Mathe ...«

Esra zuckt mit den Schultern und wendet sich wieder ihrem Handy zu. »Ich bin froh, wenn ich irgendwie durchkomme.«

Das ist natürlich die maximale Untertreibung. Als der Doc

den Notenspiegel an die Wand geworfen hat, war jedem klar, wer die einzige Eins hat. Esra ist in allen Fächern richtig gut, in wirklich allen, sogar in Kunst und in Sport, aber noch besser ist sie darin, es abzustreiten und runterzuspielen.

»Hast du dir die Fotos schon angeguckt?«, sagt sie. »Es gibt kein Bild, auf dem ich nicht total schräg aussehe.«

»Du spinnst«, sage ich, während sich die Fotos auf meinem Handy langsam öffnen. »Schau *mich* mal an. Wie ich gucke.«

»Wie ein Mutant«, sagt Esra augenzwinkernd.

Ich kann die Metallschrauben in meiner Wirbelsäule plötzlich deutlich spüren. Vier kalte, harte Fremdkörper, die sich tief in meinen Rücken bohren und mich daran erinnern, dass ich anders bin als die anderen. Die OP ist ewig her und ich kann mich längst wieder normal bewegen, aber für viele bin ich immer noch der Typ mit der Titanplatte im Rücken. Eigentlich war es eine Routineoperation. Schon ein ziemlicher Eingriff, aber in der Charité machen die so was am laufenden Band. Das *geringe Risiko* kannst du dir allerdings sonst wohin schieben, wenn es ausgerechnet bei dir Komplikationen gibt. Über fünf Monate war ich ausgeknockt und konnte nicht in die Schule gehen. Göbel nennt mich wegen der Titanplatte und der Narben manchmal *Mutant*, und ein paar Leute finden das witzig. Esra anscheinend auch. Ich tue so, als wäre ich tief getroffen, was gar nicht so einfach ist, weil ich tief getroffen *bin*, aber vortäuschen muss, ich würde es spielen.

Esra streicht mir über den Arm. »Babe, hallo? Das war doch nur ein Spaß.«

»Jaja ...«

»Ach komm schon. I love you, das weißt du doch.«

I love you. Esra übertreibt es immer ein bisschen mit ihren

Zuneigungsbekundungen, das ist so ihre Art, das macht sie bei allen, die sie mag. Ava findet das furchtbar. *Die will sich doch nur einschleimen und beliebt machen, checkst du das nicht?* Ava findet so ziemlich alles furchtbar, was die Zwillinge sagen oder tun.

»Bist du jetzt sauer?«

»Ich? Nein, Quatsch«, sage ich und scrolle durch die Klassenfotos. Sie wurden letzte Woche auf den Stufen vor dem Hauptgebäude der Schule aufgenommen. Bei einem durften wir komplett freidrehen, hochspringen, Grimassen schneiden, Arme in die Luft werfen und so weiter, wenn wir danach seriöse Fotos machen, das war der Deal.

Ich bleibe bei unserem Actionfoto hängen und vergrößere den Ausschnitt um Esra. Sie hat ihren Mund zu einer Schnute geformt und wirft dem Fotografen einen Kuss zu, wobei sie natürlich alles andere als peinlich oder komisch aussieht. Lennart und Göbel tun so, als würden sie sich gegenseitig an die Gurgel gehen, Deniz streckt die Zunge raus und macht das Peace-Zeichen und Ava ... ich glaube, ich sehe nicht richtig. Sie steht in der letzten Reihe ganz rechts, mit ein bisschen mehr Abstand zu den anderen, als nötig gewesen wäre. Ihre Haare trägt sie immer noch kurz, sie sind kaum mehr als ein dunkler Schatten auf ihrem Schädel, ihre Augen unter den dunklen Brauen sind starr und ausdruckslos, gucken direkt in die Kamera. Sie hält die Kante ihrer rechten Hand vertikal vor die Stirn, den Daumen angewinkelt, die Finger leicht gespreizt.

Ich schaue aus dem Fenster. Auf der Straße versucht der Wagen mit dem Anhänger immer noch um die Kurve zu kommen. Der Fahrer aus dem Auto dahinter ist ausgestiegen und hilft lautstark beim Rangieren.

»Ist was?«, fragt Esra.

In meinem Kopf spielt sich die Szene ab, wie Ava mir die Bedeutung des Zeichens erklärt. Wir waren beide ziemlich betrunken, saßen etwas abseits von den anderen in der Sandgrube, sie hatte ihren Hoodie an, die Kapuze überm Kopf, und ihre großen Augen haben im Schein des Lagerfeuers gefunkelt wie grüne Scherben im Sonnenlicht.

»*Babe?*«, sagt Esra und fuchtelt mit der flachen Hand vor meinem Gesicht rum. »Bist du noch da?«

Ich zögere kurz, dann schiebe ich ihr mein Handy zu. »Schau dir mal Ava an.«

Esras Gesichtszüge gefrieren auf der Stelle. »Wieso? Was ist mit ihr?«

»Das Zeichen. Die Hand vor der Stirn.«

»Ja, und?«

»Das ist das Taucherzeichen für *Achtung, Hai*.«

»Woher kennst du dich mit Taucherzeichen aus?«, sagt Esra kühl und gibt mir das Handy zurück. »Soweit ich weiß, gibts im Schadowsee keine Haie.«

Ich betrachte das Foto noch einmal genauer. »Es ist eine Warnung. Das Zeichen bedeutet, dass du vorsichtig sein sollst, dass irgendwas nicht stimmt.«

»Wie ich Ava kenne, heißt das bestimmt *fuck you* oder so. Die Frau ist doch komplett crazy.«

»*Wer* ist crazy, Sis?«

Jessi donnert einen Teller mit Süßkartoffelpommes zwischen uns, sodass die Hälfte davon auf dem Tisch landet. Sie nimmt die Mütze vom Kopf, wirft sie daneben und setzt sich zu Esra auf die Bank.

»Können wir zahlen?«, fragt einer der Jungs am Nachbartisch.

»Typ, siehst du nicht, dass ich gerade Pause habe?«, motzt Jessi ihn an und streicht sich die Haare glatt.

Der Junge, Sportbrille, SGS-Schulshirt und höchstens achte Klasse, kriegt einen roten Kopf.

Zufrieden grinst Jessi uns an. »Also, wer ist crazy? Kommt schon, ich hab nicht den ganzen Tag Zeit.«

»Wir reden über Ava«, sagt Esra mit einem verächtlichen Ton und schiebt den Teller von sich.

»*Evil Ava*? Was wollt ihr mit der Psycho-Kuh?«

Jessis runde Wangen glühen, wie immer, wenn sie sich aufregt, und im Prinzip regt sie sich den ganzen Tag über irgendwen oder irgendwas auf. Der Junge mit dem Schulshirt wirft ihr einen verzweifelten Blick zu, den sie mit einem Schulterzucken quittiert. »Ich hoffe, sie schafft es bis nach Portugal und bleibt für immer auf einem Drogentrip hängen.«

»Ach, komm schon, das ist echt fies«, sage ich.

Jessi schnalzt mit der Zunge. »Also, dass du die immer noch in Schutz nimmst ... Ich hab sie vom ersten Moment an nicht leiden können. Läuft uns vor den Roller und zeigt uns den Mittelfinger, statt sich zu entschuldigen. Die Frau ist so assi. Ich meine, ich musste eine Vollbremsung hinlegen, sonst hätten wir sie umgefahren. Das war echt knapp. Und wenn hinter uns ein Auto gewesen wäre ...«

Esra verschränkt die Arme. »Lasst uns mal über was anderes reden, sonst krieg ich schlechte Laune. Was macht Göbel, Sis?«

Jessi stöhnt theatralisch auf. »Oh mein Gott. Der bombardiert mich mal wieder mit Nachrichten. Zwanzig Stück, allein nach dem Mittagessen. Der kapierts einfach nicht.«

»Ich finds irgendwie süß, dass er dich nicht aufgibt.«

»Süß? Sis, das *nervt*. Ich gebs ja zu, wir hatten Spaß zusammen, aber jetzt ist echt mal gut ...«

Während sich die Zwillinge über Göbel unterhalten, wandern meine Gedanken wieder zu Ava. Es war dumm von mir, Esra auf sie anzusprechen. War doch klar, dass sie allergisch reagiert, ihre Schwester und sie *hassen* Ava. Mit dem Beinahe-Unfall letzten August hat es angefangen und danach ist es mit jedem Tag schlimmer geworden.

Ich schiebe mir eine Pommes in den Mund und schaue auf die Uhr, die neben der leuchtenden Texaco-Reklame über dem Eingang hängt. »Ich glaube, ich mache mich auf den Weg.«

»Wieso?«, sagt Esra. »Die Sitzung geht doch erst in einer Stunde los.«

»Was für eine Sitzung?«, fragt Jessi.

»SV«, sagt Esra.

Jessi winkt ab. »Ach so. Für so was hätte ich ja ü-ber-haupt keine Zeit. Vor allem, seit unsere Eltern uns zwingen, diesen *Scheißjob* zu machen.« Wieder guckt sie über ihre Schulter zur Küche und senkt die Stimme. »Glotzt dir der Alte auch immer auf den Arsch, Sis? Der denkt, ich würde das nicht merken, aber ich bin ja nicht blöd. Achte morgen mal drauf.«

Esra seufzt und vergräbt ihr Gesicht in den Händen. »Oh nein, ich hab ja morgen Schicht. Ausgerechnet nach der Party. Lennart killt mich, wenn ich nicht mit aufräumen helfe.«

»Ich fahre schon mal in die Schule. Muss noch was erledigen«, sage ich und lege einen Fünf-Euro-Schein auf den Tisch. »Wir sehen uns später.«

Draußen riecht es nach Sommer und Badestrand. Der Typ mit dem Anhänger hat die Kurve gekriegt, die Straße ist wieder frei. Eine Möwe kreist lauernd über dem Parkplatz und wartet auf unvorsichtige Touristen, die mit einer Pommes to go aus dem *Diner* kommen.

Es passiert nicht oft, dass ich auf die Gelegenheit verzichte, mit den Zwillingen Zeit zu verbringen, aber Avas Zeichen auf dem Klassenfoto geht mir nicht aus dem Kopf. Ich muss es mir gleich noch mal in Ruhe ansehen. Wollte Ava uns damit was sagen? Dass sie in Gefahr ist, vielleicht? Dass sie in Schwierigkeiten steckt? Die Fotos sind Dienstag früh geschossen worden, seit Dienstagabend ist Ava verschwunden, das kann kein Zufall sein, das muss doch irgendwie zusammenhängen. Aber wie? Wahrscheinlich mache ich mich mal wieder unnötig verrückt. Am Ende hat Esra recht und das Ganze bedeutet was völlig anderes, bei Ava weißt du nie. Bestimmt ist sie morgen zurück und wir kriegen wieder nur *den Blick* von ihr, wenn wir fragen, wo sie war.

Ich setze meine Kopfhörer auf und wähle eine Playlist aus. Dann schiebe ich mein Rad an Jessis Scooter vorbei, den sie mitten auf der Trennlinie von zwei Parkplätzen abgestellt hat, und lasse mich den Abhang zur Stadt runterrollen. Hinter dem »Willkommen im Seeparadies Schadow«-Schild biege ich links ab und passiere das mit frischen Blumen geschmückte Holzkreuz am Straßenrand, vor dem ein rotes Grablicht brennt. Es ist die Stelle, an der Steini überfahren wurde. Im August sind es zwei Jahre, dass es ihn nachts auf dem Rückweg von einer Strandparty erwischt hat. Steini hatte seine AirPods drin und war wohl auch ziemlich besoffen, jedenfalls hat er das Auto nicht gehört, das viel zu schnell um die Kurve kam. Auf dem Kreuz stehen nicht nur Name, Geburts- und Todesdatum, sondern auch der Hashtag, unter dem du Fotos von ihm auf Instagram anschauen oder hochladen kannst: *#neverforgetsteini*. Jedes Mal, wenn ich daran vorbeifahre, läuft es mir kalt den Rücken runter. Das muss man sich mal vorstellen. Eben warst du noch am Feiern, das Leben war gut und dann, zack, von einer auf die nächste Sekunde, ist alles vorbei. Ich halte an, schalte die Musik aus und lehne mein Rad an einen Laternenmast. Dann schaue ich mir das Klassenfoto noch einmal an. *Ich bin ja sonst nicht besonders ängstlich*, hat Ava in der Sandgrube gesagt und ihre Arme um die Knie geschlungen, *aber vor Haien hab ich echt Respekt*. Seit drei Tagen ist sie spurlos verschwunden. Hoffentlich ist ihr nichts Schlimmes passiert. Nein, noch ein toter Teenager innerhalb so kurzer Zeit, in der derselben Stadt, das kann nicht sein.

Das *darf* nicht sein.

HAPPY

Es begann mit einem Strahl gelbgrüner Kotze. Adrian war schon im Auto schlecht, und gleich nach der Ankunft auf dem Campingplatz hing er über der Kloschüssel und kübelte, was das Zeug hielt. Vielleicht war das Fischbrötchen verdorben, das er an der Raststätte gekauft hatte, vielleicht war es eine Magen-Darm-Geschichte, Happy hatte jedenfalls wenig Mitleid. Es war wieder mal typisch. Wenn etwas passierte, erwischte es immer ihn, das war wie ein Naturgesetz, wie Murphy's Law mit Adrian in der Hauptrolle. Letzten Monat war er im Sportunterricht mit Elias zusammengeknallt. Elias hatte sich den Hinterkopf gerieben, war aufgestanden und hatte weitergespielt. Adrian musste vom Platz getragen werden und kam mit Verdacht auf Gehirnerschütterung ins Krankenhaus.

Einige von Happys Freundinnen fanden Adrian süß, das wusste sie, allerdings nicht im Sinne von *Boyfriend-Material*, sondern eher wie einen kleinen Bruder oder einen Hundewelpen oder so. Happy fand ihn langweilig. Sie redeten nie miteinander, obwohl sie in dieselbe Klasse gingen. In den Pausen hing er immer mit Linus rum und spielte Karten, während Happy sich mit ihrem Skateboard an der Halfpipe auf dem Schulhof ausprobierte oder mit Selina in die K-fete ging. Überhaupt redete Adrian nicht viel. Und wenn er den Mund aufmachte, verstand man ihn kaum, weil er so leise sprach und auch mit sechzehn noch ein bisschen im Stimmbruch war. Adrian lebte einfach in einem anderen Film, in dem zwar die gleichen Leute und Orte vorkamen wie in ihrem, der aber einen komplett anderen Plot hatte.

An manchen Tagen konnte Happy nicht einmal mit Sicherheit sagen, ob er in der Schule gewesen war oder nicht. Das wäre wahrscheinlich auch so geblieben, wären ihre Eltern nicht auf die *absurde* Idee gekommen, mit Adrians Familie in den Urlaub zu fahren.

Happy gähnte. Sie legte den Stift aus der Hand, rückte den Campingtisch ein Stück in den Schatten und betrachtete ihr Werk: *Auf der Flucht vor Vomit Man*, ein Comic über ein Skatergirl mit Zöpfen, das von einem kotzenden grünen Monster verfolgt wird. Zeichnen war nicht gerade ihre Stärke, aber sie liebte es, Geschichten zu erfinden. Dafür hatte sie den *Vomit Man* erstaunlich gut hingekriegt, fand sie und malte ihm drei abstehende Haare auf den Hinterkopf.

Adrian lag in der Hängematte, die sie zwischen den beiden Kiefern neben ihren Zelten aufgespannt hatten, und regte sich nicht. Es war ziemlich warm, knapp fünfundzwanzig Grad, und das um zehn Uhr morgens. Happy sehnte sich nach dem Meer und seufzte laut. Sie musste erst den Vormittag hinter sich bringen, bevor sie an den Strand durfte, das war die Abmachung. Adrian sollte sich auf dem Zeltplatz erholen, statt sich der prallen Sonne auszusetzen, und Mo hatte sie gebeten, ihm Gesellschaft zu leisten. Warum Adrian nicht allein bleiben konnte, kapierte sie zwar nicht, aber um ihrem Vater die Laune nicht noch mehr zu verderben, hatte sie eingewilligt.

Als sie am Vortag auf der Insel angekommen waren, hatte Mo sich an den Strand gesetzt, ein Dosenbier aufgemacht und war bester Dinge gewesen. Sonne, Urlaub, Meer, was gibt es Besseres, hatte er gesagt und über das ganze Gesicht gestrahlt. Aber schon als er anfing, die Zelte aufzubauen, hatte sein Stimmungsbarometer zu sinken begonnen. Er fluchte über die »Konstruktionsfehler« und motzte ständig an Laura rum, weil sie ihm entweder im Weg stand oder sich ungeschickt anstellte. Und dann war seinem Air Bed mitten in der Nacht die Luft ausgegangen. Er hatte es zweimal wieder aufgepumpt, aber es half nichts, es musste ein Loch haben, also hatte er auf der Rückbank ihres Volvos geschlafen und klagte seitdem über Rückenschmerzen.

Die Hängematte ruckelte. Adrian fuhr sich durch sein dichtes, braunes Haar, das am Hinterkopf abstand wie eine Antenne, schälte sich aus der Hängematte und strich sich das verkrumpelte World of Tanks-Shirt glatt. Er trug karierte Cargohosen, die ihm knapp über die Knie reichten, und ausgelatschte Sneakers, deren Schnürsenkel immer über den Boden schleiften, weil er sie nie band. Happy schob den Vomit Man unter ihren Zeichenblock und tat so, als wäre sie in ihr Buch vertieft. Adrian setzte sich zu ihr an den Tisch, schraubte wortlos den Verschluss der Sonnenmilch ab und begann sich das Gesicht einzucremen.

Seine Schwester Noema und Happys Schwester Carla waren seit Neustem best friends. Sie wären bestimmt eine gute Truppe, hatten ihre Eltern gesagt, als es um den Sommerurlaub ging, Happy würde sich doch auch gut mit Adrian verstehen. Wow, hatte Happy gedacht, einfach nur wow. Wie schlecht konnte man seine Tochter kennen? Von wegen gut verstehen. Adrian hatte nur Gaming und Fantasy-Spiele im Kopf und damit konnte sie gar nichts anfangen. Auf keinen Fall würde sie mit dem in den Urlaub fahren, und erst recht nicht zehn Tage lang, das konnten sich ihre Eltern abschminken. Da blieb sie lieber zu Hause und verbrachte die Ferien am See oder im Skatepark.

Happy zuckte zusammen. Finn und Tomek kamen an ihrem Zeltplatz vorbei. Nur in Badeshorts, mit Surfbrettern unter den Armen, Oberkörper wie aus dem Katalog. Finn winkte ihr zu und Happys Herz schlug schneller. Mit knallroten Wangen winkte sie zurück. Auch Adrian winkte. Er hatte eine dicke, weiße Cremeschicht im Gesicht und sah damit unfassbar peinlich aus. Happy rückte ein Stück von ihm weg. Wenn du neben einem Nerd sitzt, siehst du selber aus wie einer, dachte sie und blickte den beiden hinterher. Noch zwei Stunden musste sie durchhalten, bevor sie den Brüdern zum Strand folgen konnte. Zwei unendlich lange Stunden. Das war ein kompletter Kinofilm, länger als eine Doppelstunde Mathe, wie sollte sie die Zeit bloß rumkriegen? Zum Lesen war sie jetzt viel zu aufgeregt und Screentime gab es erst nach dem Abendessen, bis dahin hielten Laura und Mo ihr Handy unter Verschluss. Happy blickte in den Himmel, als wäre die Antwort in den Wolken zu finden, die träge über die Insel zogen. Hoffentlich fing es nicht an zu regnen.

»Sollen wir uns mal umsehen?«, sagte Adrian, während er den Schraubverschluss der Sonnencreme inspizierte.

Es spricht, dachte Happy und widerstand dem Drang, ihm zu entgegnen, dass es auf dem Campingplatz außer Zelten und Wohnmobilen nichts, aber auch absolut gar nichts zu sehen gäbe. Am Ende war alles besser, als zwei Stunden lang auf die Uhr zu glotzen und zu warten, dass die Zeit verging – sogar sich mit *Vomit Man* die Beine zu vertreten. Außerdem würde es Mos Laune aufhellen, wenn sie sich mit Adrian abgab, und ein zufriedener Vater war ein entspannter Vater.

»Von mir aus«, sagte sie und ließ den Zeichenblock in ihrem Rucksack verschwinden.

Sie beschlossen, nach der Beach Bar zu suchen, die sie auf der Hinfahrt zwischen Bäumen versteckt an der Küstenstraße gesehen hatten. Missmutig stellte Happy fest, dass sich immer mehr Wolken über dem Meer zusammenzogen. Es gab zwei Gründe, warum sie doch mit auf die Insel gekommen war: der eine war Finn, der andere Tomek. Auf Finn hatte Happy nämlich schon vor einer Weile ein Auge geworfen, aber wenn sie ehrlich zu sich war, würde sie auch mit dem jüngeren Tomek vorliebnehmen, sollte Finn nicht available sein. Laura hatte bei einem Abendessen ganz nebenbei fallen lassen, dass die Benning-Brüder zur selben Zeit auf die Insel fahren würden wie sie. Happy hätte sich beinahe verschluckt. Hatte ihre Mutter gewusst, dass sie sie damit kriegen würde?

»Kannst du *Yalda*?«, krächzte Adrian und riss sie aus ihren Gedanken.

Happy schüttelte den Kopf. *Yalda* war ein Fantasy-Kartenspiel, das in der siebten Klasse ziemlich populär gewesen war, für das sich Happy aber nicht interessiert hatte. Es gab viel zu viele komplizierte Regeln, die sie nie ganz verstanden hatte und auch nie ganz verstehen wollte. Adrian war dagegen immer noch absolut versessen auf das Spiel.

»Ist nicht so meins«, sagte sie und sah Adrian aus den Augenwinkeln an. Er schlurfte mehr, als dass er lief, mit offenen Schnürsenkeln und tief hängenden Schultern. Seine Haarantenne wippte bei jedem Schritt auf und ab. Und was war das für eine komische Sonnencreme? Das Zeug zog überhaupt nicht ein, sein Gesicht war immer noch weiß. Er sah aus wie eine Leiche, als hätte er sich für Halloween als Zombie geschminkt. Zum Glück waren Finn und Tomek nicht in der Nähe. Zum Glück waren Adrian und Happy weit, weit weg von zu Hause. In Schadow hätte sie sich so nicht mit ihm blicken lassen. In Schadow hätte sie sich *gar nicht* mit ihm blicken lassen.

»Kein Ding«, sagte er und deutete auf ein Schild, auf dem in bunter Schrift »Kev's Beach Bar« stand. Dahinter schlängelte sich ein sandiger Weg durch ein Kiefernwäldchen. »Da gehts lang.«

Als sie bei der Bar ankamen, hatten dunkle Wolken die Sonne verdeckt. Die bunt angestrichenen Holzstühle und Tische auf der Terrasse waren verwaist, die mit Kreide auf eine Tafel geschriebene Getränkeliste war verschmiert und kaum leserlich. Die Tür zum Innenraum stand offen. Hinter dem Tresen stapelten sich

Lebensmittel, Campingzeug, Holzkohle, Grillanzünder, Zigarettenpackungen und Zeitschriften in einem Regal. An der Decke brummte ein altersschwacher Ventilator, den jede neue Umdrehung zu quälen schien. Es roch nach Chlor.

»Jemand da?«, rief Happy, bekam aber keine Antwort.

Adrian beugte sich über die Eistruhe.

»Es gibt Magnum«, sagte er. »Ich mag Magnum. Aber nicht das mit Mandel.«

Happy blickte aus dem Fenster aufs Meer. Sie stellte sich vor, dass Finn und Tomek gerade mit ihren Surfbrettern über die Wellen glitten und auf sie warteten. Oder hatten sie längst andere Mädchen getroffen, denen sie das Surfen beibrachten? Happy spürte ein Zwicken im Magen. Sie kannte das Gefühl. Es setzte immer ein, wenn sie glaubte, etwas zu verpassen, und in diesem Augenblick zwickte es besonders heftig.

»Magst du Magnum?«, fragte Adrian. »Oder lieber was anderes?«

Happy wusste nicht, ob es seine krächzende Stimme war, die Sonnencreme in seinem Gesicht, die absurd abstehenden Haare oder der Regentropfen, der gegen die Scheibe prallte und ihre Hoffnung auf einen Nachmittag am Strand begrub, jedenfalls knallte in diesem Moment eine Sicherung bei ihr durch. Sie ging um den Tresen, schnappte sich eine Packung Zigaretten aus dem Regal, steckte sie sich in den Hosenbund und zog ihr T-Shirt drüber. Adrian starrte sie entgeistert an.

Happy zuckte die Achseln. »Glaubst du, ich geb Geld dafür aus, wenn ich die auch kostenlos haben kann?«

Sie steckte sich noch ein Feuerzeug in die Tasche und begann, durch die Zeitschriften zu blättern, *Auto Motor Sport*, *Brigitte*, *Super Illu*. Sie fand einen *Playboy* und hielt ihn hoch. »Wär das was für dich?«

»Du spinnst ja.« Kopfschüttelnd drehte sich Adrian um und

ging nach draußen. Happy lachte auf. Sie war von sich selber überrascht. Noch nie in ihrem Leben hatte sie etwas geklaut. Bis gerade eben hatte sie noch nicht einmal daran *gedacht*, etwas zu klauen. Und jetzt hatte sie plötzlich eine gestohlene Packung Kippen in der Hose und kam sich damit wahnsinnig verwegen vor.

Draußen wurde eine Autotür zugeschlagen. Happy erschrak. Sie lief zum Ausgang, warf einen letzten Blick zurück, um sicherzustellen, dass sie keine Spuren hinterlassen hatte – und prallte mit einem Mann zusammen, der mit einer Kiste Orangen in den Händen von der Veranda kam. Der Typ torkelte rückwärts, verlor das Gleichgewicht und fiel auf den Hintern. Die Kiste krachte auf den Boden, die Orangen sprangen heraus und kullerten über die Holzbohlen. Der Mann starrte Happy an, Happy starrte den Mann an. Dann rutschten ihr die Zigaretten aus dem Hosenbund und landeten vor ihr auf dem Fußabtreter.

Die Zeit stand still. Happy war unfähig etwas zu sagen oder sich zu bewegen. Der Typ wischte sich mit dem Ärmel über das Gesicht. Er trug eine schwere Army-Jacke, für die es viel zu warm war, und Springerstiefel mit Stahlkappen. Seine Haare waren an den Seiten abrasiert, oben lang und hinten zusammengebunden, er roch nach Schweiß. In Happys Kopf drehte sich das Gedankenkarussell: Was, wenn der Typ die Polizei rief? Mo würde ausrasten. Der konnte so richtig an die Decke gehen vor Wut. Jetzt hatten sich ihre Eltern schon zu einem gemeinsamen Familienurlaub zusammengerauft, und sie versaute ihn nach nicht einmal *einem* Tag. Well done, Happy, das war wirklich eine Leistung.

»Was rennst du hier rum?«, fuhr der Typ sie an und richtete sich auf. Seine Stimme klang rau und belegt.

»Niemand ist gerannt«, sagte Adrian, der plötzlich neben Happy stand. Er bückte sich nach den Zigaretten. »Sie haben nicht aufgepasst«, fuhr er fort, hob die Packung auf, wischte sie an seiner Hose ab und hielt sie Happy hin, die sie reflexartig entgegennahm.

»Was ist mit den Kippen?«, sagte der Typ barsch.

Adrian und Happy wechselten Blicke.

»Das sind unsere«, sagte Adrian. »Wir wollten Eis kaufen, aber es war keiner da.«

Ein VW-Bus fuhr auf den Parkplatz und wirbelte Sand auf. Adrian ging in die Knie und fing an, die Orangen aufzusammeln. »Wir wollten einfach nur Eis kaufen«, wiederholte er.

Eine Frau mit Dreadlocks stieg aus dem Bus und öffnete die Heckklappe.

»Hilf mir mal mit den Paletten, Kev«, rief sie.

Der Typ bückte sich, hob eine Orange auf, die zwischen seine Stiefel gerollt war, und warf sie in die Kiste. »Wir öffnen erst in einer halben Stunde«, brummte er, bedachte Happy mit einem feindseligen Blick und wandte sich ab, um der Frau beim Ausladen zu helfen. Happy sah zu Adrian. Der ließ eine Handvoll Orangen in die Kiste purzeln und machte eine Kopfbewegung Richtung Straße. Happy nickte. Langsam liefen sie über den Parkplatz. Sie wagten es nicht, sich noch einmal zu *Kev* und seiner Freundin umzudrehen. Als sie außer Sichtweite waren, rannten sie los. Sie schlugen sich in den Wald, sprangen über Wurzeln, Äste und umgefallene Baumstämme. Sie stießen auf einen Feldweg, rannten aber weiter querfeldein durchs Unterholz. Happy hörte nur ihren Atem und ihr klopfendes Herz, sonst nichts, nicht einmal die brechenden Zweige unter ihren Füßen. Der Wald lichtete sich und sie kamen zu einer Straße. Am Wartehäuschen einer Bushaltestelle blieben sie stehen. Adrian stützte sich keuchend auf seine Oberschenkel. Er war totenbleich und sah aus, als würde er gleich wieder kotzen.

»Wenn der merkt, dass eine Packung fehlt ...«, japste er.

»Wird er schon nicht«, sagte Happy atemlos.

»Und wenn doch?«

Adrian ließ sich auf die Bank im Wartehäuschen fallen und fuhr sich nervös durch die Haare. Happy bemerkte, dass sie immer noch die Zigaretten in der Hand hielt. Auf ihrer Flucht hatte sie die Packung so fest zusammengedrückt, dass die meisten zerbrochen waren. Ein Auto näherte sich. Für eine Sekunde glaubte sie, *Kev* wäre am Steuer und würde nach ihnen suchen. Dann stellte sie erleichtert fest, dass der Fahrer viel älter war und keine Notiz von ihnen nahm, als er an der Bushaltestelle vorüberfuhr. Sie fischte eine unversehrte Kippe aus der Packung und zündete sie sich an. Den ersten Zug vertrug sie gut, beim zweiten bekam sie einen Hustenanfall.

»Hast du überhaupt schon mal geraucht?«, fragte Adrian erstaunt.

Happy wischte sich die Tränen aus den Augen, warf die Kippe auf den Boden und trat sie aus. Sie wollte ihm eine Lüge auftischen, irgendwas von wegen nicht meine Marke, schon vor Langem aufgehört oder so, bekam es aber nicht über die Lippen.

»Nein«, sagte sie. »Noch nie.«

Adrian zog eine Augenbraue hoch, sagte aber nichts. Der Regen, den Happy bislang kaum wahrgenommen hatte, wurde stärker. Sie sah in den wolkenverhangenen Himmel. So schnell würde das Wetter nicht besser werden. Seufzend setzte sie sich neben Adrian in das Wartehäuschen und lauschte den Tropfen, die auf das Dach trommelten und den Asphalt mit schwarzen Punkten übersäten. Was hatte sie sich bloß bei der Aktion gedacht? Hatte sie mit den geklauten Kippen vor Finn und Tomek angeben wollen? Ihr Herz klopfte immer noch wie wild.

Adrian blickte gedankenverloren auf die Straße. Der Regen hatte seine Haare geglättet, die Sonnencreme war ihm den Hals heruntergelaufen und hatte den Kragen seines T-Shirts gelb gefärbt. Über seiner Oberlippe und am Kinn sprossen vereinzelte

Bartstoppeln. Happy fiel auf, dass er außergewöhnlich lange, geschwungene Wimpern hatte, fast wie bei einem Mädchen. Sie kramte ein Taschentuch aus ihrer Hosentasche und hielt es ihm hin.

»Was soll ich damit?«, fragte er.

»Dir die Sonnencreme aus dem Gesicht wischen. Du siehst aus wie ein Zombie.«

Er zögerte einen Moment, dann nahm er das Taschentuch.

»Wie ein Zombie oder wie *Vomit Man?*«, fragte er, während er sich die Stirn abtupfte.

Happy wurde rot. »Das war nicht ... das hast du gesehen?«

Adrian lachte auf. »Für wie blind hältst du mich?«

Vor Happys Füßen gruben sich zwei Feuerkäfer in den Schlamm, um sich vor dem Regen zu schützen. Am liebsten wäre sie jetzt selber im Erdboden versunken. Sie bückte sich nach der Zigarette, die sie sich vorhin angezündet hatte, und warf sie in hohem Bogen in Richtung Mülleimer. Sie verpasste ihn knapp.

»Loser«, kommentierte Adrian trocken.

»Selber Loser.« Happy stand auf, um die Kippe aufzuheben, und verharrte einen Moment. »Danke«, sagte sie, ohne Adrian anzusehen.

»Wofür?«, fragte er.

»Das weißt du ganz genau«, sagte Happy und schnippte den Stummel in den Mülleimer.

Freitagnachmittag, später

Etwas Hartes streift meinen Rücken. Erschrocken zucke ich zusammen. Der Basketball rollt über den Schulhof und verschwindet im Gebüsch hinter der Halfpipe. Wenn ich mich nicht gebückt hätte, um mein Rad abzuschließen, hätte er mich mit voller Wucht erwischt, und zwar genau an der Stelle, wo die Titanplatte meine Wirbelsäule fixiert. Ohne eine Miene zu verziehen, trabt Göbel dem Ball hinterher.

»Das war knapp«, sagt er nur.

Ich glaube nicht, dass er mich mit Absicht treffen wollte, aber es fällt ihm auch nicht ein, sich zu entschuldigen. Ken und er tragen SGS-Trikots. Ich hätte es beinahe vergessen: Gleich ist das Spiel gegen das Humboldt-Gymnasium. Normalerweise interessiert sich kein Schwein für unsere Basketballmannschaft, aber wenn das Humboldt anreist, ist die Halle voll.

Göbel kommt mit dem Ball unter dem Arm zurück. »Schaust du dir das Spiel an?«, fragt er mich und zieht die Nase hoch.

Viermal in der Woche geht er in das neue FitX in der Innenstadt *pumpen* und bildet sich mords was ein auf seinen Body. Deswegen trägt er auch immer ärmellose T-Shirts, damit alle seinen Bizeps bewundern können. Keine Ahnung, was Jessi an ihm findet, Göbel ist ein absoluter Vollpfosten. Aber er gehört nun mal zum Freundeskreis der Zwillinge, also versuche ich irgendwie mit ihm klarzukommen.

»Denke schon«, sage ich und rüttele an meinem Fahrradschloss. »Ich bin erst noch bei der SV.«

Göbel nickt und folgt Ken zur Turnhalle. »Der *Mutant* kommt auch«, ruft er laut genug, dass ich es hören kann.

Sag ich doch: Ein absoluter Vollpfosten.

Vorsichtig setze ich den Rucksack auf. Meine Narben brennen und ich bin mir der Fremdkörper in meiner Wirbelsäule unangenehm bewusst. Ich weiß, dass es unwahrscheinlich ist, aber ich habe trotzdem immer Angst, dass in meinem Rücken etwas kaputtgehen könnte. Es war ja auch *unwahrscheinlich*, dass die OP schiefgehen würde. Eine Schraube saß nicht richtig, also mussten sie mir den Rücken nach ein paar Wochen ein zweites Mal aufschneiden, gerade als ich mich einigermaßen erholt hatte. Danach ist zum Glück alles gut verheilt, die Titanplatte sitzt jetzt, wie sie sitzen soll, und ich kann mich wieder ganz normal bewegen. Also, ich darf nicht aufs Trampolin und auch keinen Bungeesprung machen, aber sonst geht im Prinzip alles, Laufen, Fußball, Tischtennis, die ganze Palette. Nur mit dem Schwimmen habe ich ein Problem, aber das hat eher indirekt was mit der OP zu tun.

Es war ein paar Wochen nach dem zweiten Eingriff, kurz nachdem sie die Fäden gezogen hatten. Ich hatte Reha-Sport in der Klinik, Rückenschwimmen. Während der ersten Bahnen lief noch alles rund, dann spürte ich plötzlich dieses Stechen in der Wirbelsäule. Ein richtig fieser Schmerz, genau dort, wo die Schrauben stecken.

Ganz normal, dass es während des Heilungsverlaufs ab und an mal pikt oder sticht, haben die Ärzte gesagt, also kein Grund zur Sorge eigentlich, aber in meinem Kopf ist auf einmal ein krasser Film abgelaufen. Ich habe mir vorgestellt, eine der Schrauben hätte sich gelockert und die Nervenbahnen in meinem Rückenmark durchtrennt. Wenn das passiert, bin ich im Arsch, dann bin ich querschnittsgelähmt, habe ich gedacht und bin panisch geworden. Erst habe ich gestrampelt und um mich geschlagen wie ein Irrer, dann haben meine Muskeln zugemacht und es ging gar nichts mehr. Der Beckenrand war nicht weit weg, vielleicht drei kräftige Züge, und ich wäre gerettet gewesen. Aber keine Chance, ich konnte mich nicht bewegen, weder Arme noch Beine, und bin untergegangen wie ein Sack voller Steine.

Nichts ist so schlimm wie das Gefühl zu ertrinken. Keine Luft mehr zu bekommen, nicht atmen zu dürfen, Todesangst zu kriegen und zu denken, jetzt stirbst du. Zum Glück haben es die Physios gleich gecheckt und mich aus dem Wasser gefischt. Ich habe am ganzen Körper gezittert und gehustet und Wasser gespuckt, und es hat bestimmt eine halbe Stunde gedauert, bis ich mich wieder einigermaßen beruhigt hatte.

Psychosomatisches Muskelversagen, haben es die Ärzte genannt. Für mich hat das geklungen wie *der Junge hat sie nicht mehr alle.*

Deniz Ö: Bro, kommst du zum Spiel?

Ich: Hab gleich SV. Danach?

Deniz Ö: K.

Bevor ich das Schulgebäude betrete, stecke ich mein Handy weg. Es ist zwar Freitagnachmittag, aber der Bender bringt es fertig und kassiert es jetzt noch ein, wenn er mich damit erwischt, Regel ist Regel. Die siebte Stunde ist gerade zu Ende, überall stehen Leute zusammen, reden, lachen und warten darauf, dass das Spiel beginnt.

Neben dem Basketballmatch ist Lennarts Geburtstagsparty heute Abend *das* Gesprächsthema. Lennarts Partys sind legendär. Wenn du die verpasst, hast du echt ein Problem. Dann darfst du dir bis in alle Ewigkeit anhören, wer mit wem rumgemacht, wer wie viel getrunken und wohin gekotzt hat, und dass die Party *sooo much fun* war.

Dass Ava seit Tagen vermisst wird, scheint dagegen keinen zu interessieren. Sorry, aber ich kann mir nicht vorstellen, dass sie nach Portugal abgehauen ist. Ich kann mir nicht vorstellen, dass sie weggegangen ist, ohne sich von mir zu verabschieden. Trotz allem, was war. Ich *will* es mir nicht vorstellen. Aber vielleicht bilde ich mir wieder zu viel auf mich ein. Es wäre nicht das erste Mal, schließlich habe ich auch geglaubt, dass es mit Ava und mir etwas werden könnte. Manchmal denke ich, dass ein Bild von mir aufpoppen müsste, wenn man *falsche Hoffnung* googelt.

Die Tür zum Musiksaal fliegt auf und eine Horde Kinder aus der Unterstufe stürmt auf den Flur. Ich flüchte hinter die Vitrine mit den Pokalen, die unsere Rudermannschaft gewonnen hat, und warte, bis die Meute an mir vorbeigezogen ist. Am Schwarzen Brett hängt neben den üblichen Ankündigungen, den Nachhilfeangeboten und dem »Short-Story-Wettbewerb«-Plakat der Fachschaft Deutsch, das längst outdated ist, die »Vermisst!«-Anzeige mit Avas Foto. Ich habe mich auch nach all den Wochen nicht an ihren Kurzhaarschnitt gewöhnt. Mir haben ihre schwarzen Locken immer gut gefallen, aber das ist nicht der einzige Grund. In den letzten zwei Jahren hat Ava sich so verändert, dass sie mir manchmal vorkam wie ein anderer Mensch. Mit ihrer neuen Frisur hat sie dann auch so ausgesehen. Vielleicht ist es das, was mich daran stört.

Im Oberstufenbereich kommen mir zwei Mädchen auf

Socken und mit Rollerskates in den Armen entgegen, die sich aufgeregt über einen ITG-Test unterhalten, gefolgt von einem schmächtigen Jungen mit Brille und viel zu großem Rucksack auf dem Rücken. Im Freiraum sitzen ein paar Leute auf dem Boden, vergleichen ihre Aufgabenblätter und motzen über die anscheinend unfaire Bewertung von Frau Brandt.

Bei den Schließfächern ist es ruhiger. Ich gehe an Steinis Spind vorbei, der von oben bis unten mit Fotos von ihm beklebt ist. Nach seinem Tod haben sie ihn nicht neu vergeben und jetzt ist er so eine Art Steini-Schrein. Zwischen den Fotos lugt ein Umschlag hervor, in dem ein handgeschriebener Trauerbrief von seiner Schwester steckt. Ich habe ihn kurz nach dem Unfall gelesen. Jeder Satz war wie ein Stich ins Herz, und das, obwohl ich Steini kaum kannte. Ich versuche, den Gedanken daran abzuschütteln, und hole Block und Stifte für die SV-Sitzung aus meinem Fach. Dabei fällt mir auf, dass jemand mit Edding etwas auf Avas Spind weiter links geschmiert hat. Auf dem gelben Metall prangen zwei fette Ziffern, handtellergroß:

21

Komisch. Steinis Spind ist die absolute Ausnahme, Aufkleber und Bilder sind *strengstens* verboten, und Schmierereien sowieso, die werden normalerweise sofort vom Bender entfernt. 21 ist der Titel eines Songs, den Ava gern mag, das weiß ich. Aber warum sollte sie den auf ihren Spind schreiben?

Ich betrachte die Ziffern genauer. Ist das überhaupt Avas Schrift? Ich sehe mich um. Die Mädchen mit den Rollerskates sind längst weg, die Leute im Freiraum sind mit sich und ihren Tests beschäftigt. Vielleicht ist etwas in Avas Spind, das verrät, wo sie steckt. Ich stelle ihr Vorhängeschloss auf 0505, ihr Geburtsdatum. Fehlanzeige, es lässt sich nicht öffnen. Ich probiere es mit 0000 und 1234, habe aber kein Glück, natürlich nicht, Ava ist ja nicht bescheuert.

»*Das dürfen Sie nicht!*«

Erschrocken fahre ich herum. Der Bender humpelt wild gestikulierend auf mich zu, die Augen weit aufgerissen, seine Pupillen zucken hektisch, er schwitzt. Irgendwo wird eine Tür zugezogen.

»Das dürfen Sie nicht!«, brüllt er noch mal.

Der Bender ist unser Hausmeister, ein kleiner Mann mit Oberlippenbart und einem steifen Bein, der eigentlich immer schreit, wenn er den Mund aufmacht. Ich bin mir nicht sicher, ob der überhaupt normal reden kann oder ob das eine Krankheit ist, jedenfalls hörst du es bis in die Biosammlung, wenn der rumbrüllt. Schwer atmend stopft er sich sein Hemd tief in den Hosenbund und schiebt mich zur Seite. Er begutachtet die Ziffern auf Avas Spind, steckt sich den Daumen in den Mund und reibt dann kräftig über die Schrift. Der Effekt ist gleich null, die Farbe ist wasserfest.

»Das dürfen Sie nicht«, wiederholt der Bender zum dritten Mal. »Ich muss das melden.«

»Das war ich nicht. Ich hab ja nicht mal einen Stift dabei.«

Misstrauisch sieht er mich an. »Zeigen Sie mir Ihre Hände.«

Ich strecke ihm meine Finger entgegen. Der Bender beugt seinen Kopf darüber, begutachtet eingehend meine Handflächen, dann wendet er sich wieder dem Spind zu.

»Spiritus«, murmelt er. »Mit Spiritus gehts weg.«

Ohne ein weiteres Wort humpelt er zu seinem Büro. Was für ein Typ. Ich habe noch Glück gehabt. Wenn der sich *richtig* aufregt, kriegt er sich so schnell nicht wieder ein, und das kann peinlich werden. Die Jüngeren nehmen ihn oft nicht ernst, aber mit dem Bender ist nicht zu spaßen, das lernst du spätestens, wenn er dich das erste Mal vor aller Welt zusammenfaltet. Ich verschwinde besser, bevor er wiederkommt.

Am Automaten im Foyer ziehe ich mir einen Kaffee und gehe nach draußen. Um den Pausenhof beneiden uns alle, insbesondere die vom Humboldt. Das Areal reicht vom Hauptgebäude bis zum See, wir haben einen Basketballcourt, eine Halfpipe, einen eigenen Anlegesteg und ein Bootshaus am Ufer. An der Außenwand hat sich der Kunst-LK mit einem Graffito von einem riesigen weißen Hai verewigt, der mit aufgerissenem Maul eine Schwimmerin verfolgt.

Ich setze mich mit etwas Abstand zum Ufer ins Gras. Hat Ava die 21 selbst auf ihren Spind gekritzelt? Steht das wirklich schon seit Dienstag da? Hätte ich das nicht schon vorher bemerken müssen? Der Bender macht jeden Abend einen Rundgang durch die Schule und checkt, ob alles in Ordnung ist. Der Typ ist wie ein Bluthund, ihm wäre das mit Sicherheit aufgefallen. Also *muss* die 21 neu sein. Aber wer hat sie da hingeschrieben, und warum ausgerechnet auf Avas Spind? Auf den anderen Fächern habe ich nichts gesehen.

Nachdenklich betrachte ich das Treiben auf dem See. Die Fähre tuckert an der stillgelegten Eisenbahnbrücke vorbei, deren Stahlgerüst blaugrün in der Sonne glänzt, und nimmt Kurs auf den Anleger in Schadow Nord. Aus der Ferne sieht es aus, als würde sie gleich einen der massiven Steinpfeiler der Brücke rammen, aber das ist nur eine optische Täuschung, die Fähre kommt der Brücke nie näher als 20 oder 30 Meter. Auf der Badeplattform, die auf dem Wasser treibt wie eine Seerose aus Holz und Metall, liegen zwei Jungen auf dem Bauch und wärmen sich auf.

Deniz Ö: I am watching you.

Ich drehe mich um, kann Deniz aber nirgends entdecken.

Deniz Ö: Weiter oben, du Knicklicht.
Deniz Ö: Weiter.
Deniz Ö: Noch weiter.
Deniz Ö: Duuude. Kopf hoch!

Jetzt sehe ich ihn. Deniz ist in der Sporthalle auf der Tribüne und winkt mir durch die verglaste Rückwand zu. Ich winke zurück.

Deniz Ö: Na also. Komm mal her. Ich muss dir was zeigen.

Ich schaue auf die Uhr und schick ihm ein *Daumen hoch*-Emoji. Vielleicht hat Deniz ja eine Idee, was es mit Avas Zeichen und der 21 auf sich haben könnte.

Das Spiel hat gerade angefangen. Die halbe Oberstufe ist da und feuert unser Team an. Viele tragen Schulshirts und schwenken grün-weiße Schals mit dem *Seegymnasium Schadow*-Emblem. Ich suche die Tribüne nach Esra ab, kann sie aber nirgends entdecken. Sie wird noch im *Diner* sein und ihrer Schwester Gesellschaft leisten.

Deniz sitzt in der letzten Reihe und telefoniert. *David* formt er mit den Lippen, als ich oben ankomme, und klopft mit der freien Hand auf den leeren Platz neben ihm. Seine Augen strahlen, wie immer, wenn er mit David spricht. Er trägt ein Jeanshemd, das sich eng über seine Muskeln spannt, und hat blondierte Strähnen im Haar. Seit Neustem lackiert er sich die Fingernägel. Die im Gym würden deswegen zwar ein bisschen komisch gucken, aber das sei ihm egal, sagt er. Er hat kurz vor seinem Coming-out mit dem Boxen angefangen, um *für alles bereit zu sein*. Keine Ahnung, was er erwartet hat. Die meisten aus unserer Klasse wussten eh Bescheid, und außer Idioten wie Göbel hat auch niemand ein Problem damit. Wie auch immer, Deniz hat David im Gym kennengelernt und sich Hals über Kopf in ihn verknallt. Das Training hat sich also auf jeden Fall für ihn gelohnt.

»Was machst du für ein Gesicht?«, sagt er, nachdem er aufgelegt hat. »Träumst du von Esra?«

»Deniz!« Ich gucke mich erschrocken um.

»Entspann dich, Bro. Hat doch keiner gehört.«

»Dir kann man echt nichts erzählen.«

»Schon gut, schon gut. War doch nur ein Spaß.«

Seufzend setze ich mich neben ihn. Vor ein paar Wochen, bei Kens Party, habe ich ihm gestanden, dass ich am Anfang des Schuljahrs ein bisschen in Esra verknallt war, und jetzt zieht er mich ständig damit auf. Dabei weiß er ganz genau, dass das längst vorbei ist. *Verknallt* ist auch das falsche Wort, total übertrieben. Nach der Sache mit Ava war ich einfach froh, dass sich meine Gedanken mal um jemand anderes gedreht haben. Mehr wars nämlich nicht. Ehrlich, ich weiß, wie es sich anfühlt, wenn man *richtig* verliebt ist.

»Ich bin gerade gebendert worden«, sage ich.

Deniz lacht. »Mein Bei-leid«, sagt er, wobei er jede Silbe einzeln betont. »Kannst du mich noch hö-ren, oder ist dein Trom-mel-fell ge-platzt?«

»Du bist so was von unwitzig, Özdal, es ist kaum zu glauben.«

Nachdem ich ihm berichtet habe, was mir mit Bender passiert ist, verdüstert sich seine Miene. »Hab ich dir erzählt, dass ich von ihm geträumt habe?«

»Urgh, nein. Ich wusste nicht, dass du auf Hausmeister-typen mit Oberlippenbart stehst.«

Deniz ignoriert meinen Kommentar. »Ich sag dir, das war ein absoluter Albtraum. Ich hab an meinem Laptop gesessen und *Mindgame Zombie Survival* gezockt, als der Bildschirm plötzlich schwarz wird. Auf einmal erscheint da die Fresse vom Bender und starrt mich an. Bisschen pixelig, aber ein-deutig der Bender. ZOMBIES SIND VERBOTEN, sagt der Pixel-Bender, SIE DÜRFEN DAS NICHT SPIELEN. Und dann beugt er sich vor und sein Kopf kommt aus dem Bild-schirm raus.«

»Und dann?«

»Wollte ich den Laptop zuklappen, aber es ging nicht. Der Bender hat sich mit aller Kraft dagegengestemmt. Sein hal-ber Oberkörper hat schon aus dem Bildschirm rausgeguckt, als ich endlich aufgewacht bin. Das war so gruselig, ich war kurz davor, zu meiner Schwester ins Bett zu kriechen.«

»Ha, und? Hast du es gemacht?«

»Nein, Mann. Die hätte mich eh gleich wieder rausge-schmissen, die kleine Ratte. Ich hab den Laptop ins Wohn-zimmer gestellt und die Tür abgeschlossen. Ich sag dir, ich war schweißgebadet ... *Kommt schon! Go SGS!*«

Unser Team liegt zurück. Ken versucht einen Dreier, scheitert aber knapp. Der Ball dreht sich zweimal um den Korbrand und fällt dann einem der Gegner in die Hände, der seine Führung mit dem nächsten Angriff auf sechs Punkte ausbaut. Die Fans vom Humboldt brechen in Jubel aus und ein paar zeigen uns die Mittelfinger.

Deniz winkt ab. »Das sind solche Assis, echt. Anyway. Was wolltest du an Evil Avas Spind?«

Ich trinke den Kaffee aus, dann berichte ich ihm von Avas Zeichen auf dem Klassenfoto und von der *21*.

Deniz hört mir schweigend zu, nickt nur ab und an.

Wir kennen uns seit knapp einem Jahr, seit Ava und ich in der neuen Klasse sind, und haben uns sofort angefreundet. Zugegeben, es war auch ein bisschen Zufall im Spiel. Wenn Ava am ersten Schultag nicht zu spät gekommen wäre, hätte alles ganz anders laufen können. Ich hatte ihr einen Platz frei gehalten, aber Frau Brandt wollte, dass sich Deniz neben mich setzt. Der hatte erst überhaupt keinen Bock. Wieso muss gerade *ich* den Neuen bespaßen, hat er gemotzt und sich augenrollend neben mich gehockt. Deniz, the Öne and Önly, so hat er sich vorgestellt und mich dabei nicht mal angeguckt. Ich glaube, er hat mich dann auch nur nach meiner OP gefragt, weil ihm das Geblubber von der Brandt über ihren »Mathefahrplan« zu langweilig war. Die Sache mit den Schrauben und der Titanplatte hat ihn dann aber total geflasht. Plötzlich wollte er alles darüber wissen (*Acht Zentimeter Stahl? Crazy Shit!*) und er hat mich so lange ausgequetscht, bis die Brandt gedroht hat, uns gleich wieder auseinanderzusetzen.

Ich fand es super, dass er so unbefangen mit dem Thema umgegangen ist. Das war nämlich nicht selbstverständlich. Als ich nach der Reha in meine alte Klasse kam, wussten viele Leute nicht, wie sie sich verhalten sollten. Keine Ahnung, warum. Hätte ich mir das Bein gebrochen, hätten bestimmt alle wissen wollen, wie lang der Gips dranbleiben muss und wann ich wieder richtig laufen kann. Ich glaube, allein die Vorstellung, an der Wirbelsäule operiert zu werden, ist vielen total unangenehm. Manche haben nicht mal gefragt, wie es mir geht. Wahrscheinlich hatten sie Angst, das Falsche zu sagen und dann irgendwie blöd dazustehen.

Jedenfalls hat mich Deniz gleich nach der ersten Stunde mit den Zwillingen bekannt gemacht und gefragt, ob ich in der großen Pause mit ihnen in die K-fete kommen will. Ich kannte Esra schon vom Sehen, logo, jeder kennt Esra vom Sehen, und hab sofort Ja gesagt. Echt nette Leute, habe ich gedacht und wollte Ava Bescheid geben, aber sie war nicht an ihrem Platz und kam erst wieder, als die zweite Stunde schon angefangen hatte.

Zu Beginn der großen Pause ist Ava sofort aus dem Klassenzimmer gehuscht und war danach wie verschollen. Bevor ich mit den anderen in die K-fete gegangen bin, habe ich überall nach ihr gesucht, bin mehrmals zum See und zur Turnhalle gelaufen, aber sie war nirgends zu finden. Erst zur dritten Stunde ist sie wiederaufgetaucht und hat mich nur geheimnisvoll angegrinst, als sich unsere Blicke getroffen haben.

Was hatte sie gemacht? Und *mit wem*? Bitte *nicht schon wieder*, habe ich gedacht, während sich diese Fragen in mein Herz bohrten. Ich hatte beinahe vergessen, wie sich Eifersucht anfühlt.

»Mach dir keine Sorgen um Ava«, sagt Deniz, nachdem ich ihm alles erzählt habe. »Das letzte Mal wollte sie eine Freundin in Hamburg besuchen.«

»Ich weiß. Aber jetzt ist es irgendwie anders. Das Zeichen auf dem Foto ... es kommt mir vor, als will sie mich damit ansprechen.«

»Das Zeichen kann alles Mögliche bedeuten.«

»Das hat Esra auch gesagt.«

»Na wenn *Esra* das sagt, dann muss es doch stimmen.«

»Deniz ...«

»Du hast wirklich mit Esra über Evil Ava gesprochen? Respekt, Bro. Du traust dich ja was.«

»Ich weiß. Das war keine gute Idee.«

Deniz kaut an seinem schwarz lackierten Daumennagel. »Die kommt bestimmt bald wieder. Mach dir keinen Kopf.«

Unser Team hat eine Aufholjagd gestartet und liegt nur noch einen Punkt zurück. Göbel hat den Ball, zielt – und verpasst. Aber diesmal hat Ken den Rebound und macht den Korb. Ausgleich. Deniz springt auf und jubelt.

»Nehmen wir mal an, sie wollte dir wirklich was mitteilen«, sagt er, nachdem er sich wieder gesetzt hat. »Was könnte das sein?«

»Ich weiß auch nicht. Dass sie irgendwie Ärger hat, vielleicht.«

»Hast du ihr mal geschrieben? Sie angerufen?«

»Nein.«

»Du bist gut, Bro. Dann mach mal. Vielleicht schickt sie Grüße aus Portugal und alles klärt sich auf.«

»Das bringt nichts. Ava wird mir nicht antworten. Seit der Aktion in der Sandgrube haben wir Funkstille.«

»Einen Versuch ist es wert.«

Ich weiß genau, dass ich sie nicht erreichen werde, aber Deniz hat recht, probieren sollte ich es. Also nehme ich mein Handy und suche nach einer Ecke, in der ich in Ruhe telefonieren kann, falls sie doch rangeht. Was soll ich dann sagen, wie soll ich anfangen? *Hey, long time, no speak, wo steckst du, was sollte das mit dem Zeichen auf dem Klassenfoto?* Ich gehe durch die Shortcuts in meinem Handy und rufe sie an.

»The person you have called is temporarily not available«, sage ich, als ich mich wieder zu Deniz setze. »Ihr Handy ist aus.«

»Danke für den Hinweis, Sherlock. Versuchs später noch mal.«

Ich lehne meinen Kopf gegen das Geländer hinter uns. »Wir müssen was machen.«

»Was denn?«, sagt Deniz und lässt seine Hände auf die Oberschenkel klatschen, weil Ken schon wieder den Ball verloren hat.

»Ich weiß auch nicht«, sage ich. »Nach ihr suchen.«

»Wo willst du denn nach ihr suchen?«

»Keine Ahnung. Irgendwo hier halt.«

»In der Turnhalle?«

»In Schadow, du Vogel.«

»Du glaubst doch nicht ernsthaft, dass sie sich noch in der Stadt rumtreibt. Die ist bestimmt längst über alle Berge.«

»Und wenn nicht?«

»Okay, ich mach dir einen Vorschlag: Du vergisst das Thema für heute. Wir gehen später zu Lennart feiern, da kommst du auf andere Gedanken. Morgen drehen wir eine Runde um den See und suchen nach Evil Ava. Deal?«

»Nenn sie nicht dauernd so.«

Deniz seufzt. »Gut, morgen drehen wir eine Runde durch Schadow und suchen nach *Ava*. Deal?«

Ich zucke mit den Schultern. Natürlich bin ich ihm dankbar, dass er mir helfen will. Ich meine, es könnte ihm auch komplett egal sein, wo Ava sich rumtreibt und welche Botschaften sie mir schickt. Jessi und Esra wollten ja auch nichts davon hören. Andererseits habe ich kein gutes Gefühl dabei, das Thema einfach auszublenden, und ehrlich gesagt auch keine große Lust auf die Party. Was, wenn Ava etwas zugestoßen ist? Wenn sie mich braucht? Mit diesen Gedanken im Hinterkopf ist mir nicht gerade nach Feiern. Aber Lennart wohnt nur eine Straße weiter. Wenn ich nicht auftauche, stehen Deniz und er irgendwann besoffen vor meiner Tür und klingeln Sturm, das weiß ich genau.

»Deal?«, wiederholt Deniz und hält mir die Hand hin.

»Deal«, sage ich und schlage ein.

Ich werfe einen Blick auf die Uhr neben der Anzeigetafel. »Ich muss los. Die SV-Sitzung fängt gleich an. Was wolltest du mir denn sagen?«

»Esra, ey.« Deniz rollt mit den Augen. »Dass die euch ausgerechnet während des Spiels zusammentrommelt. Echt jetzt, ihr könnt auch später noch die Welt retten. Egal, ich wollte dir nichts sagen, ich wollte dir was zeigen. Hier.«

Er zieht eine Colaflasche aus seinem Rucksack. Sie ist mit einer rötlichen Flüssigkeit gefüllt, in der kleine Flocken schwimmen. Er nimmt einen Schluck, verzieht kurz das Gesicht und hält mir die Flasche hin.

»Meine neuste Kreation. Probier mal.«

»Okaaay ...«

Deniz versucht sich immer wieder an neuen Drinks. Er mixt sie zu Hause zusammen, füllt sie ab und bringt sie dann mit in die Schule oder auf Partys und meistens schmecken sie zum Kotzen. Es kostet mich einiges an Überwindung, das Zeug zu trinken, aber ich tue ihm den Gefallen. Und bereue es sofort – es fühlt sich an, als würde ein Molotowcocktail in meinem Mund explodieren.

»Vodka mit Chili und einem Schuss Granatapfelsaft«, sagt Deniz stolz, während ich mit einem brutalen Hustenanfall kämpfe. »Ich denke, ich werde den Drink *Spicy Özdal* nennen.«

Vanessa, die vor uns sitzt, reicht mir ihren Eistee und rettet mir damit ziemlich sicher das Leben. Ich wische mir die Tränen aus den Augen und versuche wieder klarzukommen, als um uns herum mehrere Handys piepen. Es dauert einen Moment, dann drehen sich Vanessa, Ken und Juri beinahe zeitgleich zu uns. Toni ruft mir etwas zu, das ich nicht verstehe, weil das Humboldt schon wieder einen Dreier versenkt hat und auf der Tribüne lautstark geklatscht wird.

»Bro«, sagt Deniz und hält mir sein iPhone hin. »Schau mal in den Klassenchat.«

Ich ziehe seinen Arm zu mir und starre auf das Display. Es ist eine Nachricht von Ava.

Schadowland ist abgebrannt. Zwei Wege, ein Ziel. Wo macht das Leben halbwegs Sinn? Der Mutant hat den Schlüssel.

ZOMBIE

Es war der vierte Tag auf der Insel. Happy war auf dem Weg zum Bungalow ihrer Eltern, wo sie sich für die Strandparty fertig machen wollte. Sie war den ganzen Nachmittag allein durch den Kiefernwald hinter dem Campingplatz spaziert, um ihren Gedanken nachzuhängen, und brauchte dringend eine Dusche.

Fällt dir die Decke auf den Kopf?, hatte Mo gefragt, als sie sich auf den Weg gemacht hatte. Dann hatte er mit schmerzverzerrtem Gesicht Luft durch die Zähne gesaugt – was Laura mit einem genervten Stöhnen quittierte. Weil die neue Luftmatratze aus dem Inselshop nichts gebracht und Mo immer noch Rückenschmerzen hatte, waren Laura und er in eine der Holzhütten auf dem Campingplatz umgezogen. Wären ihre Eltern einigermaßen vernünftige Leute, hätte die Sache damit erledigt sein können, fand Happy, aber ihre Eltern waren nicht vernünftig, kein bisschen, leider. Laura nahm Mo nicht ab, dass er so krass litt. Sie glaubte, dass er übertrieb, weil er nicht zugeben wollte, dass er keine Lust mehr auf Zelten hatte. Mo wiederum konnte es nicht ertragen, wenn Laura ihn nicht ernst nahm, und seitdem herrschte mal wieder dicke Luft zwischen den beiden.

Gedankenverloren grüßte Happy ein älteres Ehepaar, das Händchen haltend zwischen den Zelten entlangspazierte. Nicht nur ihre Eltern nervten. Das Wetter war schlecht, ihre kleine Schwester ging ihr auf den Geist und die Benning-Brüder waren seit Tagen wie vom Inselboden verschluckt. Happy glaubte weder an Gott noch an Karma, und trotzdem kam es ihr vor, als wollte eine höhere Macht sie für den Zigarettendiebstahl bestrafen. Der einzige Lichtblick, der einzige Grund, warum sie den Urlaub trotz allem einigermaßen erträglich fand, war Adrian. Und das brachte sie am meisten durcheinander.

Happy erreichte den Bungalow ihrer Eltern. Sie glaubte, die schlechte Stimmung schon spüren zu können, bevor sie die Tür öffnete. Als sie dann die Hütte betrat, schlug ihr ein negativer Vibe entgegen wie eine unsichtbare Welle. Mo und Laura standen sich wortlos gegenüber, starr wie zwei Statisten am Filmset, die auf das *Go* des Regisseurs warteten. Aber das Signal kam nicht. Mo blickte über Lauras Schulter ins Nichts, Laura hatte den Kopf gesenkt und presste die Lippen aufeinander. Eine Szene wie eingefroren. Jetzt hob Laura den Kopf, sah Happy in die Augen und schien doch durch sie hindurchzublicken. Mo stieß ein bitteres Lachen aus.

»Erklär doch deiner Tochter mal, warum wir am Ende sind«, zischte er höhnisch. »Vielleicht versteht sie es ja.«

Seine Stimme war so kalt und metallisch, wie sie es nur wurde, wenn er getrunken hatte. Unwillkürlich sah sich Happy im Bungalow um und entdeckte eine offene Weinflasche auf der Küchenzeile.

»Lass die Kinder aus dem Spiel, Mo.«

»Es ist dein *Scheiß*spiel. Du willst es doch so.«

»Ich will gar nichts ... red nicht so mit mir.«

»Du weißt genau, was du willst. Weil es dir immer nur um dich geht.«

»Fang bitte nicht schon wieder damit an.« Laura wandte sich um. »Happy ...«

Happy hob abwehrend die Hände. »Ich ... ich will das nicht hören. Lasst mich damit in Ruhe. Macht das unter euch aus.«

Sie drehte sich um, verließ die Hütte und warf die Tür hinter sich zu.

Einhundertdreiundvierzig Schritte zählte Happy, bis sie wieder zur ihrem Zelt kam. Einhundertdreiundvierzig und ein halber, um genau zu sein. Erst jetzt bemerkte sie, dass sie ihren Kulturbeutel nicht mehr in der Hand hielt. Hatte sie ihn im Bungalow abgestellt? Hatte sie ihn dort fallen lassen? Sie konnte sich nicht erinnern.

Happy seufzte tief in sich hinein. Sie hielt es kaum aus, wenn ihre Eltern sich stritten. Es fühlte sich an, als würde ihr eine kalte Hand die Kehle zudrücken. Inzwischen fand sie selbst die Vorstellung, dass Laura und Mo sich trennten, nicht mehr schlimm. Dann hätten die ewigen Streitereien wenigstens ein Ende. Auf die Familienabende und die gemeinsamen Urlaube und das alles konnte sie gut verzichten, es lief ja sowieso immer darauf hinaus, dass ihre Eltern Stress miteinander bekamen. Happy hatte inzwischen ein gutes Gespür dafür entwickelt, wann es so weit war, und flüchtete dann rechtzeitig in ihr Zimmer, wo sie sich Kopfhörer aufsetzte und las oder Tagebuch schrieb. Ihr war das alles viel zu intim. Sie wollte keine Erklärungen haben, keine Hintergründe und keine Details. Ihre Eltern waren ihre Eltern, und keine Freunde, mit denen sie Beziehungsprobleme besprach, das sollten die unter sich ausmachen, und wenn sie am Ende beschließen würden, sich zu trennen, dann wäre es halt so.

In der Hängematte neben ihrem Zelt lag Adrian und telefonierte. »*Sir* Kyron Baglor, bitte. Seit gestern Halblord ersten Grades. ... Was?« Er setzte sich auf, winkte Happy zu und deutete an, dass er gleich auflegen würde. »Okay, Linus, ich muss ... nein, den Yalda-Schwur machen wir morgen. Ciao.« Er legte das Handy weg und lächelte Happy an. »Da bist du ja. Sag mal, heute Abend ist die Strandparty. Gehst du hin?«

Er wirkte wie immer ein bisschen verschlafen, sein Haar war zerzaust, sein Gesicht zerknittert, seine Schnürsenkel baumelten lose von den Sneakers. Happy merkte, wie die Last, die sie nach dem Streit ihrer Eltern auf den Schultern gespürt hatte, plötzlich ein Stück weit von ihr abfiel.

»Vielleicht«, sagte sie kurz angebunden. »Frag mich später noch mal.«

Ohne ein weiteres Wort schlüpfte sie in ihr Zelt. Sie ließ sich auf die Luftmatratze fallen und wunderte sich, dass sie so schroff gewesen war. Adrian konnte nun wirklich nichts dafür, dass ihre Eltern sich aufführten wie kleine Kinder.

Sie wühlte in ihrer Tasche nach dem Handspiegel und klappte ihn auf. Kein schöner Anblick. Ihre Schminksachen steckten im Kulturbeutel, und zurück zum Bungalow würde sie ganz sicher nicht gehen. Auch gut, dann war heute eben ein No-Make-up-Day. Sie stülpte sich ihren *Thrasher*-Hoodie über und band sich die Haare zu einem Dutt zusammen.

Adrian steckte den Kopf ins Zelt. »Und? Wie siehts aus?«

Happy warf ihr Kissen nach ihm. »Mann, ey. Schon mal was von Privatsphäre gehört?«

Adrian riss die Hände hoch und fing das Kissen auf. »Also, was jetzt? Gehst du zur Party oder nicht?«

»Was hast du an *frag mich später noch mal* nicht verstanden, Junge?«

»Es *ist* später als gerade eben. Mindestens eine Minute später«, sagte Adrian nach einem Blick auf seine Uhr. Dann blähte er die Backen auf. »Jetzt mach schon, oder *Vomit Man* kotzt dir ins Zelt.«

»Gib mir mal bitte das Kissen zurück.«

Adrian warf es ihr zu, Happy fing es auf und feuerte es ihm ins Gesicht. »So, und jetzt hau ab, du Zombie. Ich komm gleich.«

»Zu deiner Information: Ich hab die Sonnencreme entsorgt. Die Zombie-Zeiten sind vorbei.«

»Was deine Gesichtsfarbe angeht vielleicht.«

»Wenn ich ein Zombie wäre, würde ich mich gar nicht mit dir abgeben. Zombies stehen auf große Gehirne.«

Happy zog eine Augenbraue hoch. »Gib mir mal bitte das Kissen.«

»Noooo ...«, rief er und sein Kopf verschwand.

»Fünf Minuten«, rief sie ihm hinterher. »So lange wirst du es ja wohl noch aushalten können. Und bind dir mal die Schuhe. So gehe ich nirgendwo mit dir hin.«

Happy zog ihre Shorts aus und schlüpfte in eine Jeans, wechselte die Socken und kramte die Schachtel mit den Ohrringen aus ihrer Tasche. Ihr wurde bewusst, dass sie immer noch grinste. Sie klappte den Spiegel auf und zwang sich, ein ernstes Gesicht aufzusetzen. Es war komisch, dass sie sich plötzlich so gut mit Adrian verstand. Happy sah sich im Spiegel den Kopf schütteln. Okay, sie unterhielt sich gern mit ihm, und ja, er brachte sie zum Lachen, aber er war doch immer noch der unscheinbare Typ mit den Gamer-Shirts, den abstehenden Haaren und dem nerdigen Yalda-Sprech. *Lord* was?

Nicht, dass sie sich selber für wahnsinnig cool hielt. Aber die Jungs, mit denen sie sich sonst abgab, waren einfach anders. Die aus dem Skate-Park zum Beispiel waren älter, trugen stylische Klamotten und sie hatten *Frisuren*. So wie Finn. Happy war sich sicher, dass er und Tomek zur Strandparty gehen würden. In Schadow waren die beiden immer dabei, wenn es etwas zu feiern gab. Vor dem Urlaub hatte Happy mit ihrer besten Freundin Selina gewettet, dass sie auf der Insel mit Finn knutschen würde. Sie klappte den Spiegel zu, atmete tief durch und nahm sich vor, die Wette heute Abend zu gewinnen.

»Okay, Zombie«, sagte sie zu Adrian, als sie aus dem Zelt kam. »Ready to party?«

Am Strand zog Happy Vans und Socken aus und ging barfuß. Sie liebte es, wenn die Wellen ihre Füße umspülten, sie liebte den Geruch des Meeres. Trotzdem spürte sie, wie ihr Herz plötzlich schwer wurde. Sie musste an die Sommerurlaube von früher denken, als ihre Eltern, Carla und sie noch unbeschwerte Zeiten miteinander verbracht hatten. Happy presste die Lippen aufeinander. Hatte es diese Zeiten wirklich gegeben oder war ihr als kleines Mädchen einfach nicht aufgefallen, dass es zwischen ihren Eltern nicht passte? Was würde passieren, wenn Mo auszog? Laura konnte die Miete für das Haus doch unmöglich allein bezahlen. Würden sie umziehen müssen in eine günstigere Wohnung, vielleicht irgendwo in die deprimierenden Sozialbauten von Schadow Nord?

»Alles okay bei dir?«, fragte Adrian, der die Hände tief in den Taschen seiner Cargohose vergraben hatte und wie immer mit hängenden Schultern neben ihr durch den Sand schlurfte.

»Ja.«

»Gut«, sagte er und blieb stehen. »*Wirklich?*«

»Wirklich. Alles in Ordnung.«

Weiter unten am Strand, Richtung Leuchtturm, war eine Bühne mit DJ-Pult und großen Boxen aufgebaut, auf dem ein Mann in einem Gorillakostüm stand und auflegte. Zwei rote Fahnen mit Affenköpfen darauf flatterten im Wind, ein Strandfeuer brannte meterhoch. Es waren weniger Leute da, als Happy erwartet hatte. Sie suchte nach Finn, konnte ihn aus der Ferne aber nirgends entdecken. Schweigend liefen sie auf die Bühne zu. Eine Möwe flog kreischend über ihre Köpfe und landete auf einem der Holzpfähle, die mehrere Meter ins Meer reichten und ihren Strandabschnitt vom nächsten trennten.

»Wirklich *wirklich*?«, sagte Adrian.

»Junge, du nervst«, sagte Happy. »Also gut. Meine Eltern machen mich fertig. Die haben ständig Stress und verderben allen die Stimmung. Ich wollte gar nicht mit in den Urlaub, das ist letztes Mal schon schiefgegangen. Zwei Wochen Italien. Ein Höllentrip war das. Vor allem die Rückfahrt. Tausend Kilometer vom Gardasee nach Schadow im Auto und die beiden haben nicht ein Wort miteinander geredet. Nicht ein einziges, gottverdammtes Wort. Glaubst du das?«

»Krass ...«

»Ja, voll krass«, sagte Happy. »Und es war so klar, dass sie sich dieses Mal wieder zoffen würden. So klar. Ich meine, das mit dem Campen war Mos Idee. Und dann stellt er fest, dass es ihm viel zu unbequem ist im Zelt zu pennen. Es ist immer das Gleiche. Laura hält sich aus allem raus, Mo nimmt sich megawichtig und kriegt am Ende nichts auf die Reihe. Die Zelte stehen schief, die Luftmatratzen sind Schrott, der Surfkurs ist ausgebucht und, und, und.« Happy merkte, wie sehr es sie erleichterte, sich den Frust von der Seele zu reden. »Und warum sind wir überhaupt mit euch gefahren?«, fuhr sie fort. »No offense, Zombie, aber wir haben total unterschiedliche Interessen. Ich hab keine Ahnung von Computerspielen. Ich kann ja nicht mal *Yalda*.«

Kopfschüttelnd ließ Happy ihre Füße von den schäumenden Wellen umspülen und blickte aufs Meer. Das Wasser war kalt und erfrischend. Sie spürte, wie sie ein Stück einsackte. Wie lang müsste sie so stehen bleiben, bis sie bis zum Hals im Sand steckte? Bis sie ganz verschwunden war? Wenn sie aufhörte zu existieren, wenn sie weg war und es keine Happy mehr gab, was passierte dann? Früher hatte sie an Gott geglaubt und an einen Himmel, in den ihre Seele fliegen würde, wenn sie gestorben war. Dort würde sich dann die ganze Familie wiedertreffen, Papa, Mama, Carla und du, hatte Laura immer gesagt, und das hatte etwas sehr Tröstliches für Happy gehabt. Heute war sie sich nicht mehr sicher, ob es wirklich einen Himmel gab, und schon gar nicht, ob sich ihre Familie dort überhaupt wiedertreffen *wollte*.

»Aber eigentlich weißt du das doch gar nicht«, sagte Adrian und machte einen Schritt zurück, um einer Welle zu entgehen.

Happy sah auf. »Was weiß ich nicht?«

»Dass wir unterschiedliche Interessen haben. Ob du's glaubst oder nicht, ich mach auch andere Sachen außer Zocken und Kartenspielen.«

»Wirklich? Was denn?

»Keine Ahnung. Alles Mögliche. Lesen ...«

»Du *liest*?« Happy grinste.

»Was ist daran so komisch?«

»Ich weiß auch nicht. Du kommst mir nicht so vor. Ich hab dich noch nie mit einem Buch gesehen.«

»Ich hab den ganzen Nachmittag gelesen, während du weg warst.«

Happy blickte auf ihre Füße, die jetzt bis zum Knöchel von einer feuchten Sandschicht bedeckt waren.

»Na gut. Was ist dein Lieblingsbuch?«

»Lass mich mal überlegen«, sagte Adrian und drückte seine Schnürsenkel an den Seiten in die Schuhe, damit sie nicht nass wurden. »Ich mag die *Tribute* und *Game of Thrones*, klar. Die *Star Side*-Trilogie finde ich mega.«

Happy sah ihn ungläubig an. Sie hatte die Bücher über die Abenteuer der einäugigen Shira McCullogg verschlungen. Vor allem der erste Band war so spannend gewesen, dass sie die letzten zweihundert Seiten an einem Stück durchgelesen hatte. Sie hätte nie gedacht, dass Adrian die *Star Side*-Saga kannte. Normalerweise interessierten sich Jungs nicht für diese Art von Fantasy: zu wenig Schlachten, zu wenig Gewalt und viel zu viel Liebe und Romantik.

»Ich liebe Shira McCullogg«, sagte sie knapp.

Jetzt blickte Adrian überrascht auf. »Echt? Ich hab die Bücher gerade zum zweiten Mal durch. So gut! Vor allem der einbeinige

Stu.« Er hielt inne. »*Halt die Klappe, Little Frog* ...«, begann er mit verstellter Stimme und Happy stimmte ein: »... *und bring mir meine Prothese*«, riefen sie im Chor und lachten.

Danach trat eine seltsame Stille zwischen ihnen ein. Happy räusperte sich. Adrian zog mit der Ferse eine Schneise in den Sand. Eine kühle Brise zerzauste ihm das Haar.

»Kennst du *Ender's Game*?«, fragte er.

»Nein. Nie gehört.«

»Das leih ich dir mal aus, das gefällt dir bestimmt. Was liest du gerade?«

»Ich hab die *Rudy Renegade*-Reihe dabei. Hab aber noch nicht angefangen.«

Adrian nickte. »Der erste Teil ist ganz spannend, aber spätestens, wenn der Drache Elerion stirbt, wirds eher so *meh*.«

»Hey, nicht spoilern«, sagte sie und stieß ihn mit dem Ellenbogen an.

»Das ist kein Spoiler«, entgegnete er empört. »Das steht schon auf dem Umschlag.«

»Den lese ich nie.«

Ungläubig zog er die Augenbrauen hoch. »Und wie suchst du dir dann deine Bücher aus?«

»Weiß auch nicht. Ich schau mich in der Buchhandlung um.«

»Ich lese bei einem Buch immer zuerst die letzten Seiten«, sagte er. »Wenn die mir gefallen, kaufe ich es.«

»Das ist ja total bescheuert.« Happy musste lachen.

Adrian fügte einen Halbkreis und eine Diagonale zu der Schneise im Sand hinzu, sodass sich das *Star Side*-Logo ergab. »Überhaupt nicht«, sagte er und betrachtete sein Kunstwerk. »Den Anfang liest doch jeder. Mit der ersten Seite versuchen sie dich zu kriegen, das ist wie Werbung, da versprechen sie dir alles Mögliche. Aber wenn du wissen willst, ob ein Buch gut ist, ob es dir wirklich gefallen wird, musst du dir das Ende durchlesen. Das

Ende ist entscheidend. Wenn der Schluss nicht gut ist, kannst du den Rest auch vergessen.«

»Aber dann ist doch die ganze Spannung raus.«

»Ach, das ist schnell wieder weg. Wenn du die Story nicht kennst, bleibt da nicht viel hängen. Bei mir jedenfalls nicht.«

»Endlich mal ein Vorteil, wenn man einen kleinen IQ hat«, sagte sie.

»Du musst es ja wissen«, entgegnete er und machte eine kurze Pause. »Zeichnest du eigentlich viel?«

»Du meinst, wegen *Vomit Man*?« Happy errötete. »Nein, eigentlich nicht. Aber ich schreibe gern.«

»Was schreibst du denn?«

»Ach, viel Tagebuch. Kurzgeschichten. Manchmal Gedichte.«

»Oh, cool«, sagte Adrian. »Darf ich mal was lesen?«

»Vergiss es«, sagte Happy. »Das darf niemand.«

»Komm schon. Jetzt hast du mich neugierig gemacht.«

Happy wollte gerade etwas erwidern, als sie bemerkte, dass sich ein Schatten aus der Menge am Lagerfeuer gelöst hatte. Ein großer, breitschultriger Junge mit zusammengebundenen Haaren kam auf sie zu. Er hob den Arm und winkte. Happy grinste. Es war Finn. Sie hatte doch gewusst, dass er hier sein würde.

Die Flammen züngelten in den Himmel und schossen orangefarbene Funken in die Nacht. Der Gorilla hatte den Kopf des Kostüms abgenommen und vorne auf das DJ-Pult gestellt, aus den Boxen der Anlage schallte ein Elektrobeat. Während Finn von der Reise mit seinem Lacrosse-Team nach Kreta erzählte, betrachtete Happy seine muskulösen Oberarme. Wie oft er sich in diesem Urlaub wohl schon auf sein Surfbrett geschwungen hatte? Selina hatte gescherzt, dass sich Happy ja Privatstunden von ihm geben lassen könnte. Oder von ihm und Tomek gemeinsam, *zwinker, zwinker.* Happys Blick wanderte über seine breiten Schultern zu der Menschenmenge hinter ihm. Ein paar Mädchen hatten einen Kreis gebildet und tanzten barfuß um ihre Taschen herum. Die Jungs standen am Rand und tranken Bier aus Flaschen. Ein Typ mit Batikhose und freiem Oberkörper schoss ein Diabolo in den Nachthimmel und rannte hinterher, um es wieder aufzufangen. Jael, das hübsche Mädchen mit dem Zungenpiercing, das seit gestern neben ihnen zeltete, stand etwas verdeckt ein paar Meter entfernt und lachte laut auf.

»Und dann haben Tomek und ich beschlossen, dass wir die Sommerparty in der *Rampe* sausen lassen. So unfähige Leute hab ich noch nie getroffen.«

Happy erschrak. Sie hatte keine Ahnung, wie Finn plötzlich von der Kretareise zum Sommerfest gekommen war. Reiß dich zusammen, ermahnte sie sich, sonst bist du aufgeschmissen, wenn er dir eine Frage stellt. Sie nahm einen Schluck Bacardi-Cola aus dem Pappbecher, den er ihr in die Hand gedrückt hatte, neigte den Kopf zur Seite und stutzte. Der Junge, mit dem sich Jael unterhielt, war Adrian.

»Fachlich ist der gut, aber als Lehrer kannst du den echt vergessen. Ich meine, ich hab 'ne Eins auf dem Zeugnis, ich beschwere mich nicht, aber für die anderen ists halt scheiße.«

Happy nickte, auch wenn sie den Themenwechsel erneut verpasst hatte. Sie hätte gewettet, dass Adrian schon zurück zum Zeltplatz gegangen war. Es hatte sie gewundert, dass er überhaupt zum Strand wollte, Adrian war alles andere als ein Partytyp.

Happy ging auf die Zehenspitzen, um ihn und Jael über Finns Schulter hinweg besser beobachten zu können. Wieder lachte Jael auf. War da noch jemand, der sie zum Lachen brachte, während Adrian einfach nur dabeistand? Aber nein, er war mit ihr allein. Happy konnte es nicht glauben. Die beiden schienen wahnsinnig viel Spaß zu haben. Was erzählte Adrian ihr bloß?

Happy zwang sich, sich wieder auf Finn zu konzentrieren.

»Also, hast du Lust?«

Finn sah sie erwartungsvoll an. Sie machte große Augen und hoffte, er würde seine Frage wiederholen, aber den Gefallen tat er ihr nicht.

»Komm schon«, sagte er und füllte ihren Becher erneut bis zum Rand mit Bacardi. »Nur ein kleines Stück. Ich muss mich ein bisschen bewegen.«

Finn nahm sie an der Hand und ging mit ihr in Richtung Düne. Happy fühlte sich überrumpelt. Wo wollte er hin? Je weiter sie sich vom Feuer entfernten, desto kühler wurde es. Happy fröstelte. Sie ließ Finns Hand los, zog sich die Kapuze ihres Hoodies über den Kopf und schlang ihre Arme um sich. Als er wieder anfing, von seinem Lacrosse-Team zu erzählen, stellte sie fest, dass sie ihm einfach nicht zuzuhören konnte. War sie übermüdet? Die Nächte waren kurz, viel zu kurz für ihren Geschmack, spätestens um acht war der ganze Campingplatz auf den Beinen, und dann war an Schlafen nicht mehr zu denken, weil man durch die dünne Zeltwand den kleinsten Laut von draußen hörte. Oder hing ihr der Streit ihrer Eltern noch nach? Oder ... Happy zog die Augenbrauen zusammen ... oder interessierte es sie einfach nicht, was Finn zu erzählen hatte? Warum redete er eigentlich nur über sich? Happy überlegte, ob er sie schon irgendetwas Persönliches gefragt hatte. Sie konnte sich nicht erinnern.

»Prost«, sagte er und hielt ihr seinen Becher hin.

Happy stieß mit ihm an, trank aber nicht.

»Ich mag deinen Style«, sagte Finn. »Bin früher selber Skateboard gefahren.« Er strich ihr eine Haarsträhne aus dem Gesicht. Dann wurde seine Stimme plötzlich ganz sanft. »Du siehst gut aus«, hauchte er.

Happys Herz klopfte. Auf diesen Moment hatte sie gehofft, seit sie wusste, dass Finn auf die Insel fahren würde. Sie hatte sich so oft vorgestellt, wie es sein würde, seine großen, schönen Lippen zu küssen und seinen durchtrainierten Körper zu berühren. In ihren Träumen war ihr egal gewesen, was er sagte, sie wusste nicht einmal mehr, ob er überhaupt etwas gesagt hatte, aber die Realität war anders. Jetzt sah sie einen angetrunkenen Typen vor sich, der sie volllaberte und ihr im Gesicht rumfummelte.

»Ich will zurück zur Party«, sagte sie bestimmt.

»Wieso denn? Ist dir kalt?« Finn legte seinen Arm um ihre Schulter. Sein muskulöser Arm, den sie gerade noch bewundert hatte, kam ihr plötzlich schwer und bedrohlich vor.

»Nimm den runter.«

Finn lachte auf. »Hey, ich wollte dich doch nur warm halten.«

»Mir ist nicht kalt«, log sie und trat einen Schritt zurück.

»Bleib doch mal da«, sagte er und kam wieder auf sie zu.

Als er ihr über den Rücken streichen wollte, wich sie aus. »Fass mich nicht an.«

Finn streckte die Hände in die Luft. »Chill mal, Lucky. Alles gut.«

»Ich heiße *Happy*, du Affe.«

Sie knallte ihm den Becher vor die Füße, sodass der Bacardi auf seine blitzsauberen Sneakers spritzte.

Finn machte einen Satz nach hinten. »Sag mal, hast du sie noch alle?«

Happy antwortete nicht. Sie drehte sich um und lief zurück zur Bühne. Was war bloß los mit ihr? Sie war kurz davor gewesen, ihre Wette zu gewinnen. Noch vor wenigen Tagen hätte sie alles dafür getan, um Finn zu küssen, ja, sie wäre sogar mit ihm in sein Zelt gegangen, wenn er es darauf angelegt hätte. Und jetzt? Genervt drängelte sie sich an der tanzenden Mädchengruppe vorbei und stapfte zu Adrian.

»Happy«, sagte er überrascht. »Du bist ja noch da. Ich dachte, du wärst schon weg. Jael kennst du, oder? Wusstest du, dass sie

ein absoluter Yalda-Profi ist? Sie hat bei den Deutschen Meister-
schaften mitgemacht.«

»Es gibt eine *Yalda*-Meisterschaft?«, fragte Happy verwirrt.

»Von wegen Profi«, sagte Jael verlegen. »Ich bin nur Zwölfte
geworden.«

»Nur?« Adrian lachte auf. »Zwölfte von knapp zweihundert ist
ziemlich überragend, würde ich sagen.«

»Glückwunsch. Ich geh schlafen«, sagte Happy. »Gute Nacht.«

Adrian sah erst zu Jael, dann zu den Dünen, die mittelweile in
tiefster Dunkelheit lagen. »Soll ich dich bringen?«

Happy schüttelte den Kopf. »Danke. Ich bin alt genug, ich
brauche keine Eskorte.«

Als sie den hölzernen Pfad betrat, der zum Zeltplatz führte, über-
kam sie ein beklemmendes Gefühl. Es war so dunkel, dass sie nur
die Silhouetten der Dünen erkennen konnte, die sie wie eine Kra-
terlandschaft umgaben. Sie zog ihr Handy aus der Tasche und
leuchtete auf den Weg, was ihre Umgebung jedoch nur noch
schwärzer erscheinen ließ. Wo war Finn? Vor der Bühne hatte sie
ihn nicht mehr gesehen. Er war doch zurück zur Party gegangen,
oder etwa nicht?

Happy atmete tief durch. Sie brauchte sich keine Gedanken zu
machen. Finn war zwar ein Arsch, aber keiner, der es nötig hatte,
Mädchen im Dunkeln aufzulauern. Sie beeilte sich trotzdem. Die
Musik von der Party wurde leiser und leiser und war kaum noch
wahrnehmbar, als Happy das Kiefernwäldchen erreichte, das
den Zeltplatz säumte. Gerade als sie die bunte Lichterkette über
der Rezeption zwischen den Bäumen aufblitzen sah, hörte sie
Schritte hinter sich. Außerdem war da ein Geräusch, als ob eine
Hundeleine über die Holzbretter schleifen würde. Dann wurde
Happy klar, dass sie sich getäuscht hatte. Es war keine Leine. Es
waren Schnürsenkel.

»Happy? Bist du das?«, rief Adrian.

»Zombie?«, antwortete sie und versuchte, entrüstet zu klingen. »Warum läufst du mir nach? Ich hab doch gesagt, ich brauche keine Begleitung.«

»Ich lauf dir nicht nach«, sagte Adrian, als er sie erreicht hatte. »Ich ... ich hatte keine Lust mehr zu bleiben. Ich bin k. o.«

»Und deine Yalda-Rakete hast du allein zurückgelassen?«, fragte Happy spitz. »Du musst *wirklich* müde sein.«

Adrian winkte ab. »Ich hab auch andere Interessen außer Yalda, weißt du? Jael anscheinend nicht, und das war auf Dauer ein bisschen langweilig. Yalda musst du spielen, da kannst du nicht ewig drüber reden.«

»Dafür habt ihr euch aber ziemlich lang unterhalten.«

Er zuckte mit den Schultern. »Eigentlich hat *sie* die meiste Zeit erzählt.«

Sie nickten einem der Surflehrer zu, der an der Rezeption des Campingplatzes saß und ein Video auf seinem Handy glotzte. Er winkte ihnen und beugte sich dann wieder über das Display.

»Mit Finn wars das Gleiche«, sagte Happy. »So ein Angeber. Hat geredet ohne Punkt und Komma. Es gibt einfach Leute, die wollen keine Unterhaltung, die brauchen nur einen Vorwand, um sich selber reden zu hören.«

»Ist halt so. Ich hab ein paarmal versucht, das Thema zu wechseln, aber die ist gar nicht drauf eingegangen.« Adrian lachte. »Ich hab sie gefragt, ob sie Shira McCullogg kennt.«

»Und?«

»Natürlich nicht.«

»Es wissen halt nur die coolen Leute, wer das ist«, sagte Happy und grinste.

Sie passierten die Waschhäuser, um deren spinnennetzverhangene Oberlichter Hunderte von Insekten schwirrten. Aus den Kabinen drang ein dumpfes Dröhnen. Schon wieder Hornissen, dachte Happy und beschloss, auf die Abendtoilette zu verzichten.

»Vielleicht hätten wir die beiden mal zusammenbringen sollen«, sagte Adrian und fuhr sich durch die Haare.

»Ja«, sagte Happy. »Die wären echt ein gutes Match gewesen.«

»Voll«, sagte Adrian. »Nicht nur von der Art. Auch vom Aussehen her.«

Happy betrachtete ihn von der Seite. Er hatte exakt das gesagt, was sie im selben Moment gedacht hatte. Und das schon zum zweiten oder dritten Mal in den letzten Tagen. Happy zog die Kapuze vom Kopf und blickte in den Himmel, wo nur wenige Sterne zu sehen waren. Sie war überrascht, dass sich Adrian darüber Gedanken machte, wer zu wem passt und warum. Der lebt in einer anderen Welt, bei dem dreht sich alles nur um Yalda-Rankings und Kill Counts, hatte sie gedacht, den interessiert *so was* doch nicht. Da hatte sie ihn offensichtlich falsch eingeschätzt. Wieder einmal.

Als sie bei ihren Zelten ankamen, hörte Happy ihre Schwester leise schnarchen.

»Okay«, flüsterte sie. »Na dann ...«

»Na dann ...«, flüsterte auch Adrian.

»Gute Nacht«, sagte Happy.

»Gute Nacht«, sagte Adrian.

Sie blieben reglos voreinander stehen. Happys Atem stockte. Das Dröhnen der Hornissen und das Schnarchen ihrer Schwester wurden leiser. Plötzlich war nichts mehr zu hören, kein Rauschen im Wald, keine Brandung am Strand, kein Geräusch, nirgendwo auf dem Campingplatz. Es fühlte sich an, als wäre die Welt auf stumm gestellt.

Happy brauchte einen Moment, um sich aus der Starre zu lösen.

»Gute Nacht«, wiederholte sie dann und schlüpfte in ihr Zelt.

Freitagabend

Am Anfang, als wir neu waren in der Klasse, habe ich Ava immer gefragt, ob sie mitkommen will, wenn ich mich mit den anderen getroffen habe. Burger im *Diner*, Kino, oder einfach chillen am See, ich hab sie immer gefragt. Und jedes Mal hat sie mich bloß schief angeguckt und gesagt, dass sie kein Bock hätte auf diese *Pfosten*. Ich fand es richtig mies von ihr, dass sie so über die anderen geredet hat. Ehrlich gesagt hätte ich ein bisschen mehr Dankbarkeit erwartet, schließlich hätte ich sie ja nicht fragen müssen. Im Gegenteil, ich hätte allen Grund gehabt, mich nicht mit ihr abzugeben. Nein, dass sie nicht mit mir zusammen sein wollte, werfe ich ihr nicht vor. Auch wenn es mir das Herz gebrochen hat, du kannst es nicht erzwingen, das ist halt so. Aber dass sie sich nicht *ein Mal* bei mir gemeldet hat, als ich in der Klinik war, dass sie nicht *ein Mal* gefragt hat, wie es mir geht, das hat mich wirklich enttäuscht. Ich weiß, dass sie zu der Zeit selber genug Probleme hatte – aber eine kurze Nachricht wäre doch drin gewesen, eine WhatsApp oder eine PN über Insta oder TikTok, mehr hab ich doch gar nicht erwartet. Aber wer weiß, vielleicht wollte sie es mir ja leichter machen, über sie wegzukommen.

Ich habe trotzdem immer wieder versucht sie einzubeziehen, wenn ich was mit den anderen gemacht habe. Weil Deniz mich quasi an die Hand genommen hatte, war ich schneller in der neuen Klasse angekommen, als ich es für möglich gehalten hätte. Ava dagegen hatte es sich in kürzester Zeit mit den meisten Leuten verscherzt. Schon nach dem ersten Tag hat sie gesagt, dass sie unsere Klasse scheiße findet. Ich dachte, ich höre nicht richtig. Wie konnte sie so was behaupten, nach sechs Stunden Unterricht und zwei großen Pausen, in denen sie wasweißichwo gewesen war? Von den meisten kannte sie ja noch nicht mal die Namen. Sie bräuchte keine Namen, um jemanden bescheuert zu finden, hat sie geantwortet. Es gäbe viel zu viele Rich Kids, zu viele Tussis, zu viele Streber, und überhaupt, die ganze Dynamik in der Klasse wäre total *toxisch*.

Ich habe bis heute nicht kapiert, was sie damit gemeint hat. Okay, vor allem die Zwillinge sind ein bisschen *special*, das gebe ich ja zu, aber so schlimm, wie Ava immer tut, sind sie auch wieder nicht. Die drei sind gleich bei ihrer ersten Begegnung aneinandergeraten. Ich war nicht dabei, ich weiß nicht, wer schuld an dem Beinahe-Unfall war, Ava sagt so, die Zwillinge sagen so, und am Ende ist das ja auch egal. Irgendwann hätten sie alle mal einen Haken dranmachen und die Sache vergessen können, aber dazu war niemand bereit.

Ich hatte gehofft, dass Ava und ich wenigstens Freunde bleiben können, nachdem es nichts mit uns geworden ist. Das ist leider komplett schiefgegangen. Falsche Hoffnung, mal wieder. In der neuen Klasse sind wir langsam, aber sicher auseinandergedriftet wie zwei Eisschollen auf dem Meer, und irgendwann waren wir so weit voneinander entfernt, dass wir uns nicht mehr fassen konnten. Am Ende hatten wir gar keinen Kontakt mehr.

Und jetzt soll ich plötzlich wissen, was es mit ihrem Verschwinden auf sich hat? *Der Mutant hat den Schlüssel.* Ich kann nicht glauben, dass sie das geschrieben hat. Sie weiß doch genau, wie sehr ich es hasse, wenn man mich so nennt.

»Hey Mutant, rück mal den Schlüssel raus.«

Göbel fischt sich dämlich grinsend das letzte Bier aus dem Eimer mit dem Eiswasser und reibt die Flasche an seinem Achselshirt trocken.

Es war eine schwachsinnige Idee, zu Lennart zu gehen. Ich hätte nach Hause fahren und die Klingel abstellen sollen. Ständig werde ich auf Avas Nachricht angesprochen, sogar von Leuten, mit denen ich überhaupt nichts zu tun habe. Ich habe ihr gleich geschrieben, was der Scheiß soll. Ich habe auch versucht sie anzurufen, aber keine Chance. Sie war sofort offline, nachdem sie die WhatsApp verschickt hatte. Komm schon, lass uns zur Party gehen, hat Deniz gesagt, du kannst jetzt eh nichts machen, ein bisschen Ablenkung schadet nicht.

Von wegen Ablenkung. Es fühlt sich an, als würde ein dicker roter Pfeil auf mich zeigen, über dem steht: *Frag mich nach Avas Nachricht.*

»Was soll das für ein Schlüssel sein?« Lennart lässt seinen Blick über den Garten und die tanzende Menschenmenge im Poolbecken wandern. Jessis blonde Mähne wippt auf und ab, irgendjemand wirft seine Basecap in die Luft und fängt sie mit dem Kopf wieder auf. An den Bäumen hängen bunte Lampions und eine Diskokugel, die zuckende, helle Flecken auf den Rasen wirft.

»Ich weiß es nicht«, sage ich. »Ich habe echt keine Ahnung.«

»Und *Schadowland ist abgebrannt*?«, sagt Deniz. »Das klingt ziemlich *dark*.«

»Das klingt nach nicht mehr alle Latten im Zaun. Typisch Evil Ava halt«, sagt Lennart und guckt zu Vanessa, die gerade an der Leiter runter ins Becken steigt. Früher hätte er irgendeinen Kommentar über ihren Hintern gemacht, *dem geb ich neun von zehn Punkten* oder so, da bin ich mir sicher. Aber das verkneift er sich seit Neustem, sogar wenn Esra nicht dabei ist.

Lennart ist ein großer, gutaussehender Typ mit hellblauen Augen und schulterlangen, braunen Haaren. Er trägt eine Sonnenbrille, obwohl es schon dämmert, ein T-Shirt von BOSS und brandneue Jordans. Was findest du an dem, hat mich Ava mal gefragt, der hat doch nichts anderes im Kopf als Saufen, Sex und Partymachen. Am Anfang hab ich auch gedacht, ich könnte nichts mit ihm anfangen. Aber dann hab ich ihn besser kennengelernt und festgestellt: So oberflächlich und arrogant, wie viele denken, ist er nicht. Schließlich hat er mich genau wie Deniz und die Zwillinge mit offenen Armen in ihren Freundeskreis aufgenommen, und das ist doch so ziemlich das Gegenteil von arrogant.

»Wahrscheinlich greifen sie sie wieder an irgendeiner Raststätte auf«, sagt er jetzt.

»Das glaube ich nicht«, sage ich. »Den Fehler macht sie nicht noch mal.«

»Was hat ihre Mutter gesagt?«

»Nicht viel. Die war einfach nur erleichtert, dass es ein Lebenszeichen von Ava gibt.«

Jessi klettert mit hochroten Wangen aus dem Becken und wischt sich mit den Fingern verschmierte Wimperntusche unter den Augen weg.

Der Pool ist vor ein paar Tagen umgekippt. Die Pumpe sei am Arsch, hat Lennart gesagt, das Wasser wäre plötzlich grün geworden und hätte schlimmer gestunken als die Toiletten in der Schulturnhalle. Er wollte die Feier schon abblasen, aber dann kam er auf die Idee, die Tanzfläche in das leere Becken zu verlegen. Zum Glück. Bei einer *richtigen* Poolparty hätte ich mir wieder irgendeine Ausrede einfallen lassen müssen, warum ich nicht ins Wasser kann. Schwimmen ist für mich immer noch nicht drin, und mich vor Leuten ausziehen kommt auch nicht infrage. Keine Lust auf die Gesichter, die sie ziehen, wenn sie die Narben auf meinem Rücken sehen. Die eine ist gut zehn Zentimeter lang, rot und leicht gewölbt, die andere ist etwas kürzer, aber dicker. Die sehen aus wie Würmer, hat Göbel gesagt, in der Umkleide, vorm Sportunterricht, und total angeekelt geguckt. Das werde ich nie vergessen: *Die sehen aus wie Würmer.*

Es ist der zweite Sommer nach meiner OP und ich wünschte, er wäre schon vorbei. Ich wünschte, es wäre nass und kalt bis in den September, vier Monate Wolken und Dauerregen, etwas Schöneres könnte ich mir kaum vorstellen. Aber das kann ich natürlich vergessen. *Die sehen aus wie Würmer.* Das Problem ist, dass sich in Schadow im Sommer wirklich alles am See abspielt, vor allem an unserer Schule. Deniz hat immer ein Handtuch und eine Badehose dabei, damit er schwimmen gehen kann, falls eine Stunde ausfällt. Abends trifft man sich mit einer Kiste Bier am Strand, trinkt ein bisschen und dann springen alle irgendwann ins Wasser. Da kommst du einfach nicht drum rum, ohne dass du schief angeguckt wirst. Als ich in die neue Klasse kam, hab ich mich noch ganz gut davor drücken können, da war die Badesaison schon fast vorbei.

Keine Ahnung, wie ich dieses Jahr aus der Nummer rauskommen soll.

»Hiiii!!!«

Jessi hat uns entdeckt. Sie stürzt auf uns zu, drückt erst mir, dann Deniz einen Kuss auf die Wange und hüllt uns in eine schwere Parfumwolke ein, die nach Rosen und Vanille riecht. Er flüstert ihr etwas ins Ohr, sie lacht laut auf und legt ihren Arm um seine Hüfte. Jessi findet es ultracool, einen schwulen besten Freund zu haben, und das sollen auch alle mitbekommen. Sie trägt ihr rosa Sommerkleid mit dem tiefen Ausschnitt, eine goldene Kette mit einem Perlenanhänger und Sandalen mit Absätzen. Die *Geheimwaffe*, nennt sie das Outfit und hat es immer dann an, wenn sie einen Typen abschleppen will.

Mit der flachen Hand fächelt sie sich Luft zu. »Leute, ist mir heiß.«

»Und was ist mit mir, Baby?«, motzt Göbel und breitet die Arme aus. »Krieg ich keinen Kuss?«

»Ich hab dich doch schon begrüßt«, entgegnet Jessi und will ihn auf die Wange küssen. Göbel dreht seinen Kopf schnell zur Seite, sodass sie seine Lippen trifft.

»*Andi*«, sagt sie mit halb gespielter Empörung. »Du bist echt unmöglich!«

»Tu doch nicht so, Baby, du willst es doch auch«, sagt Göbel und kräuselt die Lippen.

Deniz stöhnt. »Lass mal gut sein, Göbel.«

Jessi zupft sich das Kleid zurecht, auf dem sich unter ihren Achseln kleine Schweißflecken gebildet haben. Sie genießt die Aufmerksamkeit sichtlich. Sobald Esra auftaucht, wird die im Rampenlicht stehen, das ist immer so und das weiß Jessi, da hilft ihr auch der tiefste Ausschnitt nichts. Lennart hat sich schon beschwert, dass seine eigene Freundin zu spät zu seiner Party kommt. *Die kleine Streberin muss wahrscheinlich erst noch ihre Hausaufgaben machen.* Hoffentlich ist sie nicht allzu sauer auf mich, weil ich die SV-Sitzung geschwänzt habe. Auf meine Nachricht, dass ich es nicht schaffe, hat sie jedenfalls nicht geantwortet, und das ist schon mal kein gutes Zeichen. Nach allem, was vorhin passiert ist, konnte ich mich einfach nicht zwei Stunden lang in den muffigen SV-

Raum quetschen und über Schul-AGs und Unisextoiletten diskutieren.

»Oh mein Gott«, sagt Jessi jetzt und wendet sich zu mir. »Diese WhatsApp von Ava. Ich habs ja überhaupt nicht gecheckt. Was ist abgebrannt? Klär mich mal auf. Was meint sie damit?«

»Er weiß es nicht«, sagt Deniz.

»Er weiß es nicht«, wiederhole ich.

Jessi schlägt die Hände vor dem Mund zusammen. »Leute, die Frau ist sooo weird, die gehört echt in die Klapse. Das hab ich schon immer gesagt. Wer weiß, auf welchem Trip die wieder ist. So eine komische Nachricht. Voll düster.«

»Die hat sich bestimmt die Pulsadern aufgeschnitten«, sagt Göbel und lacht bellend.

Für einen Moment herrscht eisiges Schweigen. Lennart und Deniz werfen sich Blicke zu. Jessi guckt betreten zu Boden.

Göbel hebt entschuldigend die Hände. »Was denn? Das war doch nur ein Witz. Kommt schon, als ob ihr euch plötzlich alle voll Sorgen um *Evil Ava* machen würdet.«

»What the fuck, Andi. Darum gehts nicht«, sagt Jessi. »Du bist manchmal echt geschmacklos.«

»Oh Baby, ich mags, wenn du wütend wirst«, sagt Göbel. »Das macht mich heiß.«

»*Andreas!*«, fährt Jessi ihn an.

»Alter, du checkst es nicht, oder?«, sagt Deniz. »Halt doch einfach mal die Klappe.«

Göbels Grinsen verschwindet. »Sag mal, was willst du eigentlich von mir, Özdal ...?«

Jessi schiebt sich zwischen die beiden. »Jetzt streitet euch nicht. Das ist die Psychotussi doch überhaupt nicht wert.«

»Schon gut, schon gut. Macht euch alle mal locker«, sagt

Göbel, ohne Deniz aus den Augen zu lassen. »Will jemand noch ein Bier? Lennart?«

Lennart schüttelt den Kopf.

Göbel lacht. »Ja, sauf besser nicht so viel. Sonst machst du wieder Dummheiten.«

»Verpiss dich, Alter«, stöhnt Lennart.

»Ich seh euch später.« Grinsend geht Göbel zum Haus.

Deniz sieht ihm hinterher. »Der Typ ist so belastend. Ich verstehe echt nicht, was du mit dem willst, Jessi.«

»Mann, Deniz. Ich will nichts von Göbel. Da läuft schon lange nichts mehr.« Jessi macht eine kurze Pause und wirft mir einen Blick zu. »Aber so übel ist er auch wieder nicht. Im Prinzip ist er ein lieber Kerl. Er muss halt immer allen das Gegenteil beweisen.«

»Das macht er ziemlich gut«, sage ich und versuche, das Bild von Ava mit aufgeschlitzten Pulsadern aus dem Kopf zu kriegen.

Ich weiß, dass Ava es in letzter Zeit nicht leicht hatte. Erst der ganze Stress zu Hause, die schlechten Noten, die sie die Versetzung gekostet haben, dann die neue Klasse, mit Esra und Jessi und all den anderen, mit denen sie nicht zurechtkommt. Aber trotzdem: Sie würde sich niemals etwas antun, da bin ich mir sicher, dafür ist sie einfach nicht der Typ. *Wo macht das Leben halbwegs Sinn?* Früher war sie ganz anders drauf, offen und abenteuerlustig und überhaupt nicht negativ oder depri. Früher. Seitdem hat sich so viel verändert. Seitdem hat *sie* sich so verändert, und damit meine ich nicht nur ihre Frisur. Vielleicht kenne ich sie ja doch nicht mehr so gut, wie ich gedacht habe. Vielleicht ist sie ja doch *der Typ.*

Jessi klatscht in die Hände. »Leute, also ich weiß nicht, wie es euch geht, aber ich brauche jetzt einen Drink.«

»Da hab ich was für dich, Jessi«, sagt Deniz grinsend. »Lennart, hast du Gläser?«

Die anderen protestieren zwar, aber noch einen *Spicy Özdal* lasse ich mir nicht andrehen, Deniz und ich haben auf dem Weg von der Schule zur Party schon die halbe Flasche getrunken. Ich gehe, um mir ein Bier aus der Küche zu holen und für einen Augenblick mit meinen Gedanken allein zu sein. Als ich die Terrassentür öffne, stoße ich beinahe mit Esra zusammen. Sie trägt ein schlichtes Top, Shorts und Sneakers und zieht trotzdem alle Blicke auf sich.

»Wo warst du vorhin?«, fragt sie ohne Begrüßung.

»Ich ... sorry, es tut mir leid. Mir ist was dazwischengekommen.«

»Was *dazwischengekommen*?«, wiederholt sie scharf. »Wir hatten echt *wichtige* Themen auf der Agenda. Ich dachte, ich kann mich auf dich verlassen.«

»Kannst du auch, aber ...«

»Lass uns nachher darüber sprechen«, sagt sie. »Ich muss zu Lennart, bin schon viel zu spät dran.«

Esra eilt zu Lennart und fällt ihm um den Hals. Niedergeschlagen betrete ich das Haus. Die Basketballmannschaft hat sich in der Küche versammelt und stößt mit Jägermeister auf den Heimsieg an. Ken sitzt am Tisch und baut einen Joint. Mascha und Vanessa sehen andächtig dabei zu, wie er, ohne hinzugucken, den Filter faltet. Göbel hält einen randvollen Becher am ausgestreckten Arm über dem Kopf und schiebt sich an mir vorbei ins Wohnzimmer.

Ich nehme mir ein Flens aus dem Kühlschrank und öffne es mit einem lauten Ploppen. Der Fußboden klebt, überall stehen leere Flaschen rum, der Aschenbecher auf dem Tisch quillt über. Neben dem Fenster lehnt Steinis Schwester an der Wand und unterhält sich mit Toni aus meiner Klasse. Nach dem Tod ihres Bruders war sie total abgemagert, so richtig dürr. Jetzt geht es wieder, jetzt merkst du ihr äußerlich nichts mehr an. Neulich habe ich sie vor der *Rampe* gesehen, als sie ein »Zeugen gesucht«-Flugblatt an einen Laternenmast geklebt hat. Das macht sie regelmäßig, auch wenn der Unfall schon fast zwei Jahre her ist. Der Autofahrer, der ihren Bruder auf dem Gewissen hat, ist nie ermittelt worden. Fahrerflucht – wer auch immer es war sei nicht mal ausgestiegen, um nach Steini zu sehen, heißt es.

Jetzt schaut sie mich an und kneift die Augen zusammen, als ob sie sich fragen würde, ob wir uns kennen. Ich fühle mich ertappt und gucke verschämt auf den Boden. Ausgerechnet ich. Wie habe ich die Blicke der Leute gehasst, als ich nach der Reha zurück in die Schule gekommen bin. Ich habe ihre Gedanken förmlich lesen können: *Was haben sie denn mit dem gemacht, der ist ja zehn Zentimeter größer als vorher.* Warum müssen die mich so anglotzen, habe ich gedacht. Geht das nicht unauffälliger? Und jetzt mache ich Spaten genau das Gleiche. Ich *starre.* Steinis Schwester hat diesen Blick wahrscheinlich schon tausendmal gesehen und sich tausendmal gedacht: Jaaa, ich bin *seine* Schwester.

Schnell verschwinde ich aus der Küche. Im Wohnzimmer fordert Göbel irgendwelche Leute zum Armdrücken heraus. Ich kann den Typen heute nicht mehr ertragen und gehe in den ersten Stock. Im Elternschlafzimmer steht ein knutschendes Pärchen. Eine Hand löst sich aus der Umarmung und wirft die Tür vor meiner Nase zu. Das Bad ist besetzt. Ich klopfe, bekomme aber keine Antwort. In Lennarts Zimmer ist niemand. Ich lasse mich auf sein Bett fallen und atme durch. Endlich allein.

An der Wand hängt eine gerahmte Collage aus Urlaubsfotos: Lennart am Strand, Lennart vorm Eiffelturm, Lennart auf Fahrradtour, Lennart mit Esra im Pool seiner Eltern. An der Decke klebt ein übergroßes Poster unseres Sonnensystems. Ich betrachte die Planeten. Merkur, Erde, Mars … auf dem Jupiter ist sogar der *Große Rote Fleck* eingezeichnet, ein Wirbelsturm, der größer ist als die Erde und schon seit über zweihundert Jahren auf dem Planeten tobt. Das muss man sich mal vorstellen. *Zweihundert Jahre*. In diesem Moment wird mir bewusst, dass Esra exakt das vor Augen hat, wenn sie mit Lennart schläft: die Sonne, die Kometen, die Asteroiden, Jupiter und den Großen Roten Fleck. Und dass bei mir zu Hause noch kein Mädchen den Sternenhimmel gesehen hat, obwohl ich bald *achtzehn* werde. Ich kriege sofort ein schlechtes Gewissen: *Junge, wie kannst du jetzt an Sex denken, während Ava deine Hilfe braucht? Wie kannst du auf eine Party gehen und feiern, als wäre alles in Ordnung?*

Ich springe auf, laufe im Zimmer herum und versuche den Gedanken zu verdrängen. Was soll ich denn machen? Ich habe keine Ahnung, was ich mit Avas Nachricht anfangen soll. Und zu Hause rumhocken und Trübsal blasen macht es auch nicht besser.

Als ich mich an den Schreibtisch setzen will, rutscht mir der Stuhl weg. Uff, Deniz und seine verdammten Cocktails. Wenn ich an die Decke schaue, zittert die Lampe und das Licht verschwimmt zu einem goldenen Streifen, wie die Sterne bei *Star Wars*, wenn der Millennium Falke auf Lichtgeschwindigkeit beschleunigt.

Ich finde eine halb volle Wasserflasche neben Lennarts Bett und trinke sie bis auf den letzten Schluck aus. *Der Mutant hat den Schlüssel*. Das nehme ich Ava echt übel. Die kann sich auf was gefasst machen, wenn ich sie wiedersehe. *Wenn* ich sie wiedersehe. Sofort habe ich Ava vor Augen, wie sie mit aufgeschlitzten Armen in einer Badewanne liegt und mich mit toten Augen anstarrt, während das blutrot gefärbte Wasser über den Wannenrand läuft. Ich atme tief durch. Man darf nicht immer vom Schlimmsten ausgehen. Ich lege meinen Kopf in den Nacken. *Schadowland ist abgebrannt.* Was soll das heißen? Mit Schadow ist sie durch, verbrannte Erde, sie will weg und woanders neu anfangen. Kann sie das gemeint haben? *Zwei Wege, ein Ziel.* Keine Ahnung. *Der Mutant hat den Schlüssel.* Der Mutant bin ich. Aber was für einen Schlüssel meint sie? Ich habe keinen Schlüssel von ihr.

Deniz kommt ins Zimmer. »Hier bist du also«, sagt er und setzt sich auf das Bett. »Du hast gerade echt was verpasst. Jessi ist komplett ausgerastet, als sie den *Spicy Özdal* probiert hat. Bro, das hättest du sehen müssen. Sie ist durch die Gegend gerannt wie ein rosa Kugelblitz. Die hat sich überhaupt nicht mehr eingekriegt. Göbel hat ihr ein Bier in die Hand gedrückt, und sie hat es sich komplett reingeknallt. Was für ein Anfängerfehler ...«

»Das Zeug ist aber auch heftig.«

»Ich bin unschuldig«, sagt er und hebt die Hände. »Ich hab sie zu nichts gezwungen.«

»Du hättest sie warnen können.«

»Jetzt fang du nicht auch noch an. Da ist ein bisschen Chili drin and that's it. Da ist noch keiner dran gestorben.«

»Ich war kurz davor.«

»Du bist ja auch ein Opfer.«

»Selber Opfer. Ich hab die halbe Flasche getrunken.«

»Das stimmt. Und du hast noch nicht mal gekotzt«, sagt er anerkennend.

Er betrachtet seinen Daumennagel, von dem ein großes Stück Nagellack abgeblättert ist, und deutet dann auf mein Handy. »Gibts News?«

»Von Ava?« Ich schüttele den Kopf. »Nichts. Sie ist die

ganze Zeit offline. Was ist eigentlich mit David? Kommt der noch?«

»Nee, er kann nicht.« Deniz legt sich hin und sieht an die Decke. »Schau mal, die Sterne auf dem Poster leuchten ja. Wusste gar nicht, dass unser Lennart so ein Romantiker ist.«

»Warum kann er nicht?«

David ist wie ein Phantom für mich. Ich weiß nur, dass er Polizist ist und ein paar Jahre älter als Deniz, dass sie sich beim Boxen kennengelernt und sich quasi im Ring ineinander verliebt haben – das ist im Prinzip schon alles. Obwohl sie seit mehreren Wochen zusammen sind, habe ich ihn noch nie zu Gesicht bekommen. Immer hat er Dienst oder einen Sondereinsatz oder sonst was.

»Hallo?«, frage ich.

»Was is?«

»Warum kommt David nicht?«

Deniz richtet sich auf. »Bin ich vor Gericht oder was? Weil er nicht kann, okay? Lass mal runter, wir verpassen ja die ganze Party.«

»Warum bist du denn auf einmal so aggro?«

»Ich bin überhaupt nicht aggro. Du nervst einfach.«

»*What?* Nur, weil ich wissen wollte, was mit David ist?«

»Nichts ist mit ihm, verdammt noch mal.«

»Ist ja gut, ich habs kapiert. Und du bist *mega*aggro.«

Deniz schüttelt den Kopf. Er steht auf und geht zur Tür. »Ich seh dich unten«, sagt er und verlässt das Zimmer.

Was ist denn mit dem los? Ratlos presse ich meine Stirn gegen die Fensterscheibe. Lennart steht im Poolbecken am DJ-Pult und legt auf, Göbel ist auf die Box geklettert und hat sein Achselshirt ausgezogen, damit alle sein Sixpack sehen können. Ihre Gesichter verschwimmen. Jetzt kommt Deniz in den Garten. Er stürzt sich mit Anlauf in den Pool, wo ihn die Leute kreischend auffangen und auf den Händen von einer Seite zur anderen tragen. Mir wird schlecht. Ich stütze mich auf der Fensterbank ab und atme tief durch.

Ich weiß nicht, wie lange ich schon so dastehe und auf meine Schuhspitzen starre, als mir jemand die Hand auf die Schulter legt. *Ava?* Die Illusion dauert nur einen Augenblick, dann steigt mir der Vanilleduft in die Nase.

»Alles okay bei dir?«, fragt Jessi.

»Ich bin mir nicht so sicher«, sage ich. »Es dreht sich gerade alles.«

»Hat Deniz dich auch mit diesem Ekelzeug abgefüllt?«

»Nein«, sage ich und versuche den Boden zwischen meinen Füßen zu fixieren. »Das war ich selber.«

Jessi nickt. Normalerweise kann sie Gesprächspausen nicht gut aushalten, sie fängt dann sofort an irgendwas zu erzählen, damit bloß keine unangenehme Stille entsteht. Aber jetzt sagt sie nichts. Wortlos schaut sie aus dem Fenster auf das Treiben im Pool.

»Ich hab gerade echt Panik gekriegt«, flüstert sie. »Ich mache Deniz keinen Vorwurf, der wusste das nicht, aber Chili, das Zeug vertrag ich nicht, da schwillt mir der Hals zu und ich krieg keine Luft mehr. Das ist wie Ersticken.« Jessi schluckt. Ihre Augen sind rot und geschwollen, ihre Schminke verschmiert. »Ich hab tausend Allergien. Chili, Haselnüsse, Frühblüher. Und Esra hat nichts, kannst du dir das vorstellen?«

Sie lehnt den Kopf an meine Schulter. Weil ich nicht weiß, was ich sagen soll, nehme ich sie in den Arm. Sie schmiegt sich an mich und es fühlt sich unerwartet gut an. Warm und weich pressen sich ihre Brüste an meinen Oberkörper. Die Sekunden vergehen und ich müsste sie eigentlich wieder loslassen. Was ist das Limit für eine freundschaftliche Umarmung? Fünf Sekunden? Zehn? Ich bin definitiv drüber, aber meine Arme bleiben um sie geschlungen, und auch Jessi macht keine Anstalten, wieder auf Abstand zu gehen. Sie hebt ihren Kopf und sieht mich an. Der Träger ihres Kleids ist verrutscht und hat ihre Schulter entblößt, ihre Augen glänzen erwartungsvoll.

Sie geht auf Zehenspitzen und ihr Mund streift meine Wange. Ich will Jessi nicht küssen. Das würde alles nur kompliziert machen, dann stünde plötzlich was zwischen uns, und das will ich nicht. Ihre Lippen legen sich auf meine, und die Stimme, die mich zur Vernunft ruft, wird leiser. Ich schließe die Augen und plötzlich taucht Ava in meiner Fantasie auf, die Ava von früher, mit den langen Locken, den strahlend grünen Augen und dem Lächeln im Gesicht. Sie streicht mir über die Wange, küsst mich auf den Mund, dann öffnet sie ihre Lippen und unsere Zungenspitzen berühren sich vorsichtig.

Die Vorstellung verpufft, als Jessi ihre Hände über meinen Rücken gleiten lässt. Mein Herz beginnt zu rasen und ich spüre, wie sich alles in mir verkrampft. *Jessi, stopp.* Ich versuche ruhig zu bleiben, aber als sie meine Narben berührt, durchzuckt es mich wie ein Blitz. Reflexartig stoße ich sie von mir. Jessi taumelt nach hinten, verliert dabei eine Sandale und muss sich an Lennarts Schreibtisch festhalten, um nicht hinzufallen.

»Jessi«, rufe ich erschrocken. »Das wollte ich nicht. Hast du dir wehgetan?«

»Schon okay«, sagt sie verdattert und schiebt sich die Haare aus dem Gesicht.

»Ich ... sorry«, stottere ich. »Mein Rücken ... es tut mir leid.«

»Schon okay«, wiederholt sie.

Einen Moment lang stehen wir uns schweigend gegenüber.

»Ich kann das nicht«, flüstere ich und gucke an Jessi vorbei an die Wand.

Sie presst die Lippen aufeinander, nickt zweimal, als ob sie es sich selber damit klarmachen müsste, und schiebt den Träger ihres Kleids zurück auf die Schulter.

»Ich geh mal wieder runter«, sagt sie und bückt sich, um ihre Sandale anzuziehen.

Ohne mich noch einmal anzusehen, verlässt sie das Zimmer.

Heute ist wirklich nicht mein Tag. Erst macht mich Ava vor der ganzen Klasse lächerlich, dann verscherze ich es mir nacheinander mit Esra, Deniz und Jessi. Was kommt als Nächstes? Frustriert lasse ich mich auf das Bett sinken. Ich habe keine Lust, nach unten zu gehen. Ich bin viel zu müde und zu betrunken, um mich mit den anderen auszusprechen, und nach Feiern ist mir erst recht nicht zumute. Immer wieder muss ich an Ava denken. Wo ist sie? Was macht sie gerade? Ist alles okay mit ihr?

Ich spüre, dass mir die Augen zufallen. Über mir kreisen die Planeten um die Sonne, die Monde kreisen um die Planeten, Uranus, Saturn, Jupiter, der Große Rote Fleck, und ziemlich winzig im Vergleich: die Erde, der Blaue Planet, einer von vielen Millionen Planeten in unserer Galaxie. Es gibt Milliarden anderer Galaxien mit Sonnen und Planeten und Kometen, und wenn ich mir das vorstelle, komme ich mir unendlich klein und bedeutungslos vor. Eine Idee schleicht sich in meinen vernebelten Kopf, eine leise Ahnung erst, die langsam, aber sicher zur Gewissheit wird. Und dann weiß ich, was Ava mit ihrer Nachricht von mir wollte: die Antwort auf die Frage nach dem Sinn, dem Leben, dem Universum und dem ganzen Rest

BRÜCKE

Die türkisgrüne Stahlkonstruktion der alten Eisenbahnbrücke erstreckte sich über die schmalste Stelle des Sees und teilte ihn in zwei Hälften. Die Gleise waren rostig und von Unkraut und Sträuchern überwuchert. Seit über dreißig Jahren, seit die Strecke nach Uhl stillgelegt wurde, hatte kein Zug mehr die Brücke überquert.

Adrian und Happy saßen auf der Schadow zugewandten Seite und ließen die Beine über die Kante baumeln. Es war der letzte Tag der Sommerferien und die halbe Stadt schien auf dem See unterwegs zu sein. Ein Segelboot glitt geräuschlos über das Wasser, zwei Achterruderboote lieferten sich ein Rennen, auf der Badeplattform drängelten sich Kinder und schubsten sich gegenseitig unter lautem Kreischen über den Rand. Es roch süßlich nach abgestandenem Seewasser, das sich im Schilf und in kleinen Tümpeln am Ufer sammelte.

Adrian lehnte mit dem Rücken an einem Stahlträger und las. Happy hatte ihr Buch zur Seite gelegt und zupfte Unkraut aus den Fugen der rostigen Bodenplatten. Nacheinander warf sie die Halme ins Wasser, wo sie träge auf der Oberfläche trieben.

»Das macht keinen Sinn«, murmelte Adrian und schlug sein Buch zu.

»Was meinst du?«, fragte Happy. Ihr Magen knurrte. Es war bestimmt schon nach drei, vermutete sie. Sie waren gleich nach dem Frühstück aufgebrochen und außer einem Käse-Sandwich hatten sie nichts zu Mittag gegessen.

»Die Karte des Rumtreibers. Die anderen hätten doch schon

viel früher bemerken müssen, dass Pettigrew immer in der Nähe ist. Warum ist ihnen das nie aufgefallen?«

»Weil er eine Ratte war?«

»Nein. Die Karte zeigt auch Animagi mit ihrem richtigen Namen an.«

Happy dachte nach, fand aber keine Antwort. Sie zog die Beine hoch und rutschte zu Adrian, um sich ebenfalls an den Stahlträger zu lehnen.

»In welches Tier würdest du dich verwandeln, wenn du könntest?«, fragte er, nachdem sie eine Weile schweigend nebeneinandergesessen hatten.

Happy sah zu den Hochhäusern von Schadow Nord, deren Silhouetten sich auf der Wasseroberfläche spiegelten. Eine Schwalbe segelte über ihre Köpfe und landete auf einem der beiden Steinpfeiler, die die Brücke trugen.

»In einen Zugvogel«, sagte sie und beobachtete, wie die Schwalbe in ihrem Nest verschwand. »Dann würde ich im Winter nach Afrika abhauen. Oder in einen Greifvogel, einen Bussard oder so. Du?«

»In eine Ameise«, sagte Adrian, ohne zu überlegen.

Happy lachte auf. »Wie kommst du denn darauf? Ich hätte gewettet, du sagst jetzt *in einen Wolf* oder so was.«

»Was willst du mit einem Wolf? Stell dir vor, du wirst entführt und in einen Keller gesperrt. Da kommst du als Wolf nicht raus. Aber wenn du dich in eine Ameise verwandeln kannst, spazierst du einfach unter der Tür durch.«

»Du bist weird, Adrian. Weißt du das? Warum solltest du entführt werden?«

»War doch nur ein Beispiel. Okay, was anderes. Stell dir vor, du wirst überfallen. Zwei Typen wollen dich abzocken ...«

»Dann wäre ein Wolf sicher nicht das schlechteste Tier, um sich zu verteidigen.«

»Nah. Was, wenn die Angreifer eine Waffe haben? Ein Messer? Eine Pistole? Dann bist du erledigt, ob du Mensch bist oder Wolf. Einen Stich ins Herz oder in den Bauch, das überlebst du nicht. Aber als Ameise bist du quasi unsichtbar, puff und weg. Da brauchst du dich nicht mal groß zu verstecken.«

»Wenn man dir zuhört, könnte man glauben, wir leben in einem Großstadtghetto.«

Adrian kniff die Augen zusammen. »Das Verbrechen macht keinen Urlaub«, flüsterte er verschwörerisch. »Nicht mal im *Seeparadies Schadow*.«

Wieder musste Happy lachen.

»Wenn man vom Teufel spricht«, sagte Adrian und schnickte eine Ameise von seinem Oberschenkel.

»Pass auf«, sagte Happy. »Es könnte ein Animagus sein.«

Das Segelboot fuhr an ihnen vorbei. Am Heck saß ein Kind mit seiner Mutter und winkte ihnen zu. Happy winkte zurück. Wellen klatschten gegen den moosbewachsenen Brückenpfeiler. Die Schwalbe kam wieder aus ihrem Nest und flog auf der Suche nach Nahrung über das Schilf am Ufer. Die dünnen Wolken, die die Sonne am Vormittag verdeckt hatten, waren längst weitergezogen.

Happy bekam Lust, ins Wasser zu springen, aber sie hatte weder einen Badeanzug noch ein Handtuch dabei. Wie hoch war die Brücke? Fünf Meter oder sechs? Das würde sie sich nicht trauen. Außerdem war sie eine Frostbeule. Der See war auch im August nur an der Oberfläche warm und nach einem Sprung aus dieser Höhe würde sie in eiskalte Tiefen eintauchen.

Sie sah zu Adrian, der jetzt wieder in sein Buch vertieft war. Er hatte die Ärmel seines Shirts hochgekrempelt, die Socken ausgezogen und in die Sneakers gestopft. Seine Haarantenne stand heute etwas schräg, so als ob sie einen anderen Sender empfangen würde als sonst. Happy spürte, wie sich eine angenehme

Wärme in ihr ausbreitete, während sie ihn aus den Augenwinkeln betrachtete.

Seit sie vor drei Wochen von der Insel zurückgekommen waren, hatten Adrian und sie beinahe jeden Tag miteinander verbracht. Gleich am ersten Morgen nach dem Urlaub hatte er unangekündigt vor ihrer Tür gestanden, um ihr *Ender's Game* auszuleihen. Er wohnte nicht weit entfernt auf der anderen Seite der Hauptstraße, zu Fuß waren es keine fünf Minuten. Happy hatte noch geschlafen, was ihr natürlich wahnsinnig peinlich war. Adrian hatte sie zwar in den zwei Wochen davor jeden Morgen zerknittert und zerzaust aus dem Zelt kriechen sehen, er kannte den Anblick also, aber Camping war einfach etwas anderes. Es gehörte dazu, verschlafen am Frühstückstisch zu hocken und wie ein Zombie lauwarmes Müsli in sich reinzuschaufeln, Camping war – so hatte es Mo jedenfalls formuliert – »Natur, Abenteuer, Selbsterfahrung«. Aber der Urlaub war vorbei, sie waren zurück in der Zivilisation und hier galten andere Standards, was Aussehen und Hygiene betraf.

Trotzdem hatte sie sich dazu überwunden, Adrian in ihr Zimmer zu lassen, und ihm im Gegenzug zu *Ender's Game* ihre Ausgabe von *Per Anhalter durch die Galaxis* in die Hand gedrückt. Adrian hatte sich auf die Bettkante gesetzt und sofort angefangen zu lesen. Happy fand das ein bisschen unverschämt, weil er nicht gefragt hatte, ob er bleiben durfte, freute sich aber gleichzeitig, dass ihm ihr Buch direkt so gut gefiel.

Erneut blickte sie verstohlen zu Adrian. Seine Schmetterlingswimpern wirkten heute besonders lang, beinahe fake. An seiner Schläfe prangte ein kleiner Leberfleck, der Happy erst vor ein paar Tagen aufgefallen war, weil er meistens von einer Haarsträhne verdeckt wurde. Sie versuchte sich daran zu erinnern, wie es war, als sie seine Frisur albern gefunden hatte. Es gelang ihr nicht.

»Alles okay?«, brummte er, ohne von seinem Buch hochzusehen.

»Ja, klar«, sagte sie schnell und rutschte ein Stück von ihm weg.

Sie begann wieder, Unkraut aus den Fugen zu zupfen. Wie oft waren sie seit der Insel zur Brücke gefahren? Bestimmt zehn Mal. Es war Adrians Idee gewesen. Oder zumindest hatte er den Anstoß dazu gegeben.

Warst du schon mal da?, hatte er gefragt, als sie bei Happy auf dem Balkon gesessen hatten, von dem aus einer der Brückenpfeiler zu sehen war. *Ist doch abgesperrt*, hatte sie geantwortet und nachdenklich die Augen zusammengekniffen. *Was allerdings nichts bedeuten muss ...* Am nächsten Tag waren sie gemeinsam mit ihren Rädern losgezogen, um die Brücke für sich zu erobern. Es hatte eine Weile gedauert, bis sie eine Stelle im Zaun fanden, über die sie klettern konnten. Adrian war dann prompt mit der Hose an einem Stück Draht hängen geblieben und hatte sich am Oberschenkel verletzt (*Adrians Law*, mal wieder). Obwohl die Wunde ziemlich fies aussah, hatte er sich nichts anmerken lassen. Happy hatte befürchtet, dass die Sache mit der Brücke damit fürs Erste gestorben war, aber am nächsten Morgen stand er wieder mit dem Rad vor ihrer Tür, ein Pflaster am Oberschenkel und eine dicke Beule von der Tetanusspritze am Arm.

Ein Schatten legte sich über Happys Sommerlaune. Morgen waren die Ferien vorbei. Der Alltag startete wieder und eine andere Zeitrechnung begann. Was dann passieren würde, wusste sie nicht. Sie wusste nur, dass die Uhren in der Schule anders tickten. Happy musste an Selina denken und bekam ein schlechtes Gewissen. Ihre beste Freundin war in den Ferien in Frankreich gewesen, sie hatten sich seit Wochen nicht gesehen, und obwohl sie beinahe täglich miteinander chatteten, hatte sie Selina nichts von Adrian erzählt.

Happy riss ein ganzes Büschel Unkraut aus und warf es mit Schwung ins Wasser. Es gab ja auch nicht viel zu erzählen. Adrian und sie verstanden sich gut, das war doch nichts Besonderes. Sie trafen sich zum Lesen, sie unterhielten sich, mehr nicht. Keine große Sache also, no big deal.

Aber warum begann ihr Herz dann schneller zu schlagen, wenn sie ihn sah? Warum stand sie so lange vor dem Spiegel, warum zog sie sich zweimal um, bevor sie zusammen zur Brücke fuhren? Warum fragte sie sich ständig, was er gerade tat? Sie musste schlucken. Nein, nein, nein, das durfte niemand erfahren. Wenn sie nicht aussprach, was sie empfand – dass ihr ganzer Körper kribbelte, wenn sie nur an ihn *dachte* –, dann war es nicht real. Dann war das alles nur in ihrem Kopf, ein Hirngespinst, buchstäblich, und das würde auch wieder vorbeigehen.

Denn das musste es. Nüchtern betrachtet passten Adrian und sie nämlich überhaupt nicht zusammen. Allein die Vorstellung, gemeinsam mit ihm und ihren Freundinnen auf eine Pommes ins *Diner* zu gehen, war absurd. Selina hatte einen Freund, der schon *zwanzig* war, sie zweimal die Woche mit seinem *Motorrad* von der Schule abholte, und mit dem sie regelmäßig *Sex* hatte. Das waren Selinas Themen, das war das echte Leben. Adrians größte Sorge war, Linus könnte ihm bei der *Eroberung von Walldor* Punkte wegschnappen und im Yalda-Online-Ranking an ihm vorbeiziehen.

»Es weiß doch jedes Kind, wer Peter Pettigrew war«, sagte Adrian kopfschüttelnd. »Wieso hat niemand bemerkt, dass er sich in der Schule rumtreibt?«

»Das lässt dir keine Ruhe, was?«

»Nein. Absolut nicht. So was macht mich verrückt.«

Happy sah dem Segelboot hinterher. Sie hatte seit Langem keinen Freund mehr gehabt. Es war doch klar, dass sie sich in den erstbesten Jungen verknallen würde, mit dem sie etwas mehr

Zeit verbrachte. Das war eine ganz normale Reaktion auf eine emotionale Durststrecke, nicht echt, nicht tief, ein Urlaubs-Crush, und aus Zufall hatte es eben Adrian getroffen. Morgen ging die Schule wieder los und dann würde sie auch wieder zur Besinnung kommen. In ein paar Wochen würde sie Selina von ihrer kleinen Schwärmerei erzählen und sich mit ihr darüber kaputtlachen. *Adrian? Unser Addi? Das kann nicht dein Ernst sein.* Das hoffte Happy zumindest. Gleichzeitig machte sie der Gedanke traurig. Mit niemandem fühlte sie sich so wohl wie mit Adrian, mit niemandem verging die Zeit so wahnsinnig schnell.

»Dein Handy«, sagte er.

»Wie bitte?«

»Dein Handy vibriert.«

Es dauerte einen Moment, bis Happy ihr Telefon aus dem Rucksack gekramt hatte. Als sie auf das Display blickte, sprang sie erschrocken auf. »Oh Shit. Es ist schon *halb sechs*? Das gibts doch nicht.«

»Das kann nicht sein«, sagte Adrian und wühlte in seiner Umhängetasche. »Eben war es doch noch zwei ...«

»Ich muss los. Laura macht Stress«, sagte Happy, nachdem sie ihre Mailbox abgehört hatte.

»Wieso? Was ist passiert?«

»Wir haben heute die neue Couch geliefert bekommen und müssen sie nach oben tragen. Mo ist mal wieder M.I.A.«

»Er ist ... *was*?«

Happy reckte sich. »Verschwunden. Vom Erdboden verschluckt. Seit dem Urlaub lässt er sich kaum noch zu Hause blicken.«

»Wie ätzend.«

»Ach, das ist okay. Besser, als wenn er da ist und sich mit Laura streitet. Dann würde *ich* mich nämlich gern in eine Ameise verwandeln und abhauen.«

Die Schwalbe landete mit einem dicken Insekt im Schnabel

wieder in ihrem Nest. Auf der Plattform im See sprangen jetzt alle Kinder gleichzeitig ins Wasser. Als die Wellen die Steinpfeiler erreichten, waren Happy und Adrian schon auf dem Weg zu ihren Rädern, die sie vor der Brücke an dem Gitter mit dem »Betreten verboten«-Schild angeschlossen hatten.

Am nächsten Morgen war Happy spät dran. In der ersten Stunde hatten sie Deutsch beim Doc und der Doc war nie pünktlich, also hatte sie sich Zeit gelassen, sich ihr Skateboard geschnappt und einen Schlenker zum Kiosk gemacht, um einen *Club Mate* zu kaufen. Als sie ins Klassenzimmer kam, hatte der Unterricht schon angefangen. Der Doc rückte seine Brille zurecht, räusperte sich lautstark, sagte aber nichts. Happy wusste, dass er sie mochte, was sie aber nicht ausnutzen wollte, also machte sie ein zerknirschtes Gesicht und beeilte sich, ihr Skateboard in die Ecke zu stellen. Aus den Augenwinkeln suchte sie nach Adrian, der in der letzten Reihe neben Linus saß. Sie senkte den Kopf und steuerte auf den Platz zu, den Selina ihr frei gehalten hatte. Maxi drückte ihr im Vorbeigehen ein Küsschen auf die Wange, *wie war der Urlaub*, dann hob der Doc die Stimme und fuhr mit der Anwesenheitsliste fort.

Happy spürte Adrians Blick in ihrem Rücken, wagte aber nicht, sich umzudrehen. Sie versuchte sich zu konzentrieren. Der Doc redete immer noch über Organisatorisches, über die Studienfahrt und die AGs, über die neuen Laptops im Computerraum und so weiter. Happy holte ihren Spiralblock aus dem Rucksack und der *Vomit Man*-Comic rutschte heraus. Das Blatt segelte über den Tisch und landete vor dem Lehrerpult auf dem Boden. Der Doc ging in die Hocke, hob das Papier auf und betrachtete es.

»*Auf der Flucht vor Vomit Man*«, sagte er belustigt und gab es ihr zurück. »Und? Hat er *Skatergirl* erwischt?«

Ja, schon irgendwie, dachte Happy.

In der Fünfminutenpause erzählte Selina begeistert von ihrem Urlaub, vom Mittelmeer und den tollen Strandbars, und natürlich von Baptiste, dem sexy Franzosen, in den sie sich ein bisschen verknallt hatte, was ihr Freund natürlich niemals erfahren durfte. Happy kannte die Story zwar schon, hatte aber trotzdem ein schlechtes Gewissen, weil sie nur mit halbem Ohr zuhörte. Immer wieder blickte sie verstohlen zur letzten Reihe. Sie musste mit Adrian reden, bevor sie sich wieder auf Selinas Urlaubsromanze konzentrieren konnte, anders ging es nicht. Sie musste ihm irgendwie klarmachen, dass sie es nicht böse meinte, wenn sie ihm in der Schule weniger Beachtung schenkte. Erneut sah sie sich um. Adrian stand am Fenster und tauschte mit Linus Karten.

»Was ist denn los mit dir?«, fragte Selina irritiert.

»Nichts«, sagte Happy und spürte, wie ihr heiß wurde. Sie zog ihren Kapuzenpulli aus, legte ihn über die Stuhllehne und strich sich das T-Shirt glatt. »Warte mal kurz. Ich bin gleich wieder da.«

Sie ging zum Fenster und tippte Adrian auf die Schulter, der erschrocken herumfuhr.

»Seit wann bist du so schreckhaft?«, fragte sie und guckte zu Selina, die interessiert zu ihnen herüberschaute.

»Bin ich gar nicht«, sagte er und folgte ihrem Blick. »Ich bin nur überrascht.«

»Wieso?«

Er zuckte mit den Achseln.

Happy legt die Stirn in Falten. »Jetzt sag schon.«

»Eben hast du mich ignoriert.«

»Ich bin zu spät gekommen ...«

Adrian lächelte milde. »Ist okay, Happy. Wirklich. Ich weiß, wie es ist. Das da sind deine Leute.« Er reckte sein Kinn in Richtung Selina, die sich in den Ferien die Haare pink gefärbt hatte, was so gut aussah, dass Happy überlegte, es ihr nachzumachen. »Und so Gestalten wie der da«, Adrian zeigte auf Linus, der auf dem Boden kniete und etwas suchte, das ganz tief in seinem Rucksack verborgen schien, »das sind meine. Ihr seid die coolen Mädchen von der Halfpipe und wir sind ... *wir*. Das passt nicht. Ist mir schon klar.«

»Das ist doch Schwachsinn«, sagte Happy. »Außerdem *haben* wir Gemeinsamkeiten. Schon vergessen?«

»Du weißt, was ich meine.«

»Weiß ich nicht.«

»Ach nein?« Adrian stemmte entschlossen die Hände in die Hüften.

»Nein«, sagte Happy und imitierte seine Geste.

»*Das dürfen Sie nicht!*« Draußen auf dem Flur flippte der Bender mal wieder aus, weil irgendjemand es gewagt hatte, aufs Handy zu gucken. Der Doc verabschiedete sich und verließ das Klassenzimmer. Linus hatte gefunden, was er suchte, und stand mit einer Spielkarte in der Hand auf.

»Der Ephraimsritter«, sagte er triumphierend und hielt Adrian die Karte hin. »Mit den Buhurtpunkten kommst du endlich in den Rang des Yalda-Lords, ehrenwerter Kyron Baglor.«

Linus war ein untergewichtiger, hellblonder Junge mit glockenheller Stimme, der weder Pickel noch Bartstoppeln in seinem milchweißen Gesicht hatte und der außerdem der Kleinste in der Klasse war, sodass er nicht selten für einen Schüler aus der Mittelstufe gehalten wurde.

Happy sah ihn irritiert an. »*What?*«

»*Kyron Baglor* ist Adrians Name im Yalda-Universum ...«, sagte Linus.

»Lass mal ...«, murmelte Adrian, der einen knallroten Kopf bekommen hatte.

»*Sir* Kyron Baglor«, fuhr Linus unbeirrt fort. »Mein Name ist Eugenio der Dritte, meines Zeichens Yalda-Lord zweiten Grades.

Sehr erfreut, Sie in unserem Königreich willkommen zu heißen, Mylady.« Linus nahm Happys Hand und neigte seinen Kopf darüber.

Happy zuckte zurück. »Dude, wenn du sie küsst, bist du tot.«

Linus ließ Happys Hand los und strahlte sie an. »Ich liebe Damen mit frechem Mundwerk ...«

»Okay, Linus, jetzt halt mal die Klappe«, sagte Adrian, dessen Gesicht langsam wieder eine menschliche Farbe annahm. Er starrte auf die ausgefransten Enden seiner Schnürsenkel, die er mal wieder ungebunden neben sich herschleifte. »Du musst dich in der Schule nicht mit mir abgeben, Happy. Das ist okay, ich bin deswegen nicht sauer. Geh ruhig zu deinen Freundinnen. Die gucken schon.«

»Jetzt hör doch auf mit dem Schwachsinn. Also, heute Abend läuft *Pulp Fiction* im *Scala*. Ich gehe mit den Mädels hin. Wollt ihr mitkommen?«

Linus erstarrte. »Wir? Du meinst Kyron und ich? Mit dir und deinen Freundinnen?«

»Mit Selina, Maxi und mir.«

»Echt jetzt? Kein Scheiß?«

»Nein, Linus. Kein Scheiß. Was ist? Seid ihr dabei?«

Adrian zögerte. »Den hab ich schon zweimal gesehen ...«, sagte er und guckte aus dem Fenster auf das Müllauto, das mit laufendem Motor und Warnlicht darauf wartete, mit dem Abfall aus der Nachbarschaft beladen zu werden. »Aber okay. Warum nicht. Den kann man sich auch dreimal anschauen.«

»Yay!«, stieß Linus hervor und schlug sich dann schnell die Hand vor den Mund, ließ sie aber gleich darauf wieder sinken. »Hoffentlich sitzt nicht wieder so ein Funkturm vor mir wie beim letzten Mal ...«

Adrian stieß ihn mit dem Ellenbogen an.

»Also, dann sieben Uhr vor dem Kino. Seid pünktlich«, sagte

Happy und trottete zurück zu Selina und Maxi, die ihr mit großen Augen entgegensahen.

Sie biss die Zähne zusammen. Selina würde es ganz und gar nicht cool finden, mit Adrian und Linus ins Kino zu gehen. Aber Happy hatte nicht anders gekonnt, als die beiden zu fragen. Adrian hatte sie auf dem falschen Fuß erwischt. Sie hatte ihm etwas erklären wollen, das er längst geblickt hatte. Und als er es ausgesprochen hatte, war es ihr plötzlich unendlich falsch vorgekommen.

»Was wolltest du mit den Freaks?«, fragte Selina stirnrunzelnd.

Happy setzte ein Fake-Grinsen auf. »Ich hab eine Überraschung für euch.«

Der *Scala*-Kulturpalast in der Kastanienallee war ein kleines Kino mit nur einem Saal und »viel Charme«, wie Laura es nannte, was wohl bedeuten sollte, dass es schon bessere Zeiten gesehen hatte. Der schwere, rote Samtvorhang vor der Leinwand ging von allein nicht mehr ganz auf und musste das letzte Stück per Hand zurückgezogen werden, die eingerahmten Filmplakate in der Lobby, die einige von Mos Lieblingsfilmen zeigten (*Die Hard* und *Lethal Weapon*), waren verblasst, und die riesige Popcornmaschine röhrte so laut wie ein getunter Motorroller.

Happy liebte das *Scala*. Für sie war es wie das Tor in eine andere, längst vergangene Welt. Umso größer war ihr Schock, als der alte Nehring Selina und ihr am Ticketschalter die Karten rüberschob und dabei verkündete, dass das *Scala* im Herbst schließen würde. Den Mietvertrag hätte er schon gekündigt, der Betrieb würde sich nicht mehr lohnen, weil *die jungen Leute* ja nur noch Netflix glotzten. Und wenn sie dann doch mal ins Kino gingen, würden alle nach Uhl ins Multiplex fahren, in diesen sterilen Kasten mit der Riesenleinwand und der teuren Soundanlage. Die

guten Filme in schönem Ambiente zu sehen, darauf hätte heut-
zutage keiner mehr Lust, vor allem *die jungen Leute* nicht. Happy
war ein bisschen beleidigt, weil sie nicht mit allen »jungen Leuten«
in einen Topf geworfen werden wollte. Aber hauptsächlich war
sie traurig, dass es in Schadow bald kein Kino mehr geben würde.

Der Abend hatte also schon mies begonnen, und als die Jungs
und Maxi dazukamen, wurde es noch schlimmer. Adrian kriegte
nach der Begrüßung (»Hi«, Blick auf die Schuhspitzen) den Mund
nicht mehr auf und stand in der Lobby rum wie Falschgeld. Linus
dagegen plapperte ohne Punkt und Komma, redete Adrian
immer wieder mit *Sir Kyron* an, um sich dann die Hand vor den
Mund zu klatschen und kleinlaut »oh sorry« hinterherzuschie-
ben. Adrian wurde jedes Mal knallrot.

Linus musste ihm gar nicht peinlich sein, dachte Happy, Selina
und Maxi hörten sowieso nicht zu. Ihre Freundinnen standen
etwas abseits, flüsterten mehr, als dass sie redeten, und behandelten die Jungs wie Luft.

Welche Drogen hast du denn genommen, hatte Selina gemotzt,
als Happy ihre »Überraschung« gebeichtet hatte. *Ich dachte, wir
machen Mädelsabend, und dann schleppst du die beiden Milchgesichter
an?* Happy hatte nichts anderes erwartet, und trotzdem nervte
es sie, dass ihre Freundinnen es nicht hinkriegten, wenigstens
ein paar Worte mit den Jungs zu wechseln. Selina war eine gute
Freundin, dachte Happy, aber manchmal auch ein bisschen zu
cool für diese Welt.

Im Kinosaal wurde es nicht besser. Sie hatten keine zusam-
menhängenden Plätze mehr bekommen, sondern einen Doppel-
sitz in der letzten Reihe und drei Einzelsitze schräg davor. Selina
und Maxi krallten sich wie selbstverständlich den Zweierplatz.
Happy setzte sich in der vorderen Reihe ganz außen hin, Adrian
in die Mitte und Linus neben ihn.

Endlich, dachte Happy, als das Licht ausging. Es war eine

Schnapsidee gewesen, die Jungs und ihre Freundinnen zu kombinieren. Was hatte sie sich bloß dabei gedacht? Aber egal, zu so einer Aktion würde es so schnell eh nicht mehr kommen. Der Sommer mit Adrian war vorbei. Es war eine schöne Zeit gewesen, gar keine Frage, aber jetzt kehrten Happy und er wieder in ihre eigenen Leben zurück und bald würde alles wieder sein wie vorher. Okay, sicher nicht ganz so wie vorher, sie würden sich bestimmt weiterhin gut verstehen, sich ab und an mal in der Pause zusammensetzen und quatschen, aber Happys Bedürfnis, jede freie Sekunde mit ihm zu verbringen, das würde nachlassen und vorübergehen, wenn die Sommerferien weiter in die Ferne rückten. Davon war sie fest überzeugt.

»Nicht schon wieder so ein Riese«, stöhnte Linus und deutete auf den Mann, der sich vor ihn gesetzt hatte. »Ich seh nichts.«

Adrian blickte sich um. »Es ist ausverkauft. Es gibt keinen anderen Platz.«

»Du bist größer als ich, Kyron ...«

»Vergiss es.«

Linus sagte zwar nichts mehr, rutschte aber unruhig auf seinem Sitz herum und schob sich laut schmatzend eine Handvoll Popcorn nach der anderen in den Mund. Happy versuchte ihn zu ignorieren, was ihr nicht leichtfiel, und auch Adrian war offensichtlich von ihm genervt.

»*Linus!*«

»Was denn?«

»Hör mal auf zu zappeln.«

Linus steckte sich die nächste Ladung Popcorn in den Mund. »Ich seh aber nichts. Das macht keinen Sinn. Ich glaub, ich geh nach Hause.«

»Ist ja gut«, stöhnte Adrian. »Dann lass uns halt tauschen.«

Sie wechselten die Plätze und die Enttäuschung, die sich in Happy breitmachte, als sich Linus neben ihr in den Sitz fallen ließ, hätte mehrere Hallen füllen können. Sie erschrak vor sich selber. Ob sie nun einen Platz neben Adrian saß oder zwei – was machte das für einen Unterschied? Einen gewaltigen, musste sie sich eingestehen. Insgeheim hatte sie gehofft, dass sich ihre Knie oder ihre Arme während der Vorführung zufällig berühren würden, und allein der Gedanke daran hatte sie den ganzen Tag mit Vorfreude erfüllt. *Der Gedanke an eine sekundenlange Berührung.* Happy schüttelte den Kopf. Wie crazy war das denn? Sie hatte sie echt nicht mehr alle.

»Alles okay?«, fragte Linus mit vollem Mund.

»Klaro«, seufzte Happy.

»Großartig«, sagte Linus und spuckte dabei ein sattes Stück Popcorn ins Haar der Frau vor ihm.

Eigentlich wollten sie nach dem Kino ins *Diner* gehen, aber Selina zog die Reißleine. Sie gähnte nach dem Abspann lang und laut und erklärte, sie wäre *ultra*müde und müsse *sofort* nach Hause, die geplanten Drinks wären heute nicht mehr drin. Maxi schloss sich ihr an und auch Linus schwang sich gleich auf sein Fahrrad, weil er noch das ganze Stück bis nach Schadow Nord fahren musste – aber natürlich nicht, ohne vorher *Sir Kyron* und *Mylady* für den schönen Abend zu danken.

Happy und Adrian machten sich gemeinsam auf den Heimweg. Als sie am See ankamen, dämmerte es bereits. Die letzte Fähre des Tages legte gerade ab und tuckerte Richtung Uhl. Ein Graureiher glitt durch die Luft wie ein Segelflugzeug und landete auf der Badeplattform. Sie ließen das Jugendzentrum hinter sich, über dessen Eingang ein handgemaltes Plakat verkündete: *Die* Rampe *muss bleiben.* Ein Paar schlenderte ihnen Arm in Arm entgegen und warf den Schatten eines Körpers mit zwei Köpfen auf den Asphalt. Happy guckte zu Adrian, der mit gesenktem Blick neben ihr herging. Seine Schnürsenkel streiften lose über den Boden und sein Haar stand in alle Richtungen ab. Sie musste lächeln. Das Magengrummeln, das sie seit dem Morgen begleitet hatte, ließ nach.

Happy sah zur anderen Seite des Sees, wo sich das Stahlgerüst der Brücke kaum noch vor dem dunkler werdenden Himmel abzeichnete. Wie konnte es sein, dass die Zeit mit Adrian immer so schnell verging? Gestern war es wieder besonders krass gewesen. Wohin waren die ganzen Stunden verschwunden? Sie hatten doch nichts gemacht, außer zu lesen und sich ein bisschen zu unterhalten, und plötzlich war der Tag vorbei.

Am Stadthafen, wo die teuren Segelschiffe, Sportboote und Hansens Fischkutter ankerten, trennten sich ihre Wege. Adrian verabschiedete sich, machte aber keine Anstalten zu gehen.

»Ist was?«, fragte Happy.

Adrian zuckte die Achseln. Dann rang er sich ein schiefes Grinsen ab. »Das hat nicht so gefunzt heute Abend, oder?«

»Kann man wohl sagen«, entgegnete Happy.

»Tut mir leid.«

»Ist ja nicht deine Schuld. Selina und Maxi sind halt, wie sie sind ...«

»Linus kann aber auch echt anstrengend sein.« Adrian kickte ein Steinchen über die Kante ins Hafenbecken. »Ist Mo wieder aufgetaucht?«

Happy presste die Lippen aufeinander. »Er kam superspät und war sturzbesoffen, da war die Stimmung natürlich im Keller. Manchmal wünschte ich, sie würden sich trennen. Und zwar endgültig. Die checken überhaupt nicht, dass ihnen jeder zuhören kann, wenn sie sich streiten. Die Nachbarn kriegen *alles* mit. Das ist mir total peinlich.«

»Wieso ist dir das peinlich? Du hast doch nichts damit zu tun.«

»Es sind halt meine Eltern.«

»Na und? Du bist nicht für die verantwortlich.«

»Du hast gut reden. Was ist denn mit deinen Eltern?«

»Was soll mit ihnen sein?«, fragte Adrian.

»Na, verstehen die sich gut?«

»Ich ... keine Ahnung. Darüber habe ich noch nie nachgedacht.«

»Dann verstehen sie sich gut«, sagte Happy.

Adrian legte die Stirn in Falten. »Vielleicht ist das so. Du hast sie ja erlebt auf der Insel. Die nerven halt, aber eigentlich sind sie ganz okay.« Er stützte sich mit den Ellenbogen auf die Kaimauer und seufzte leise. »Ich wünschte, wir wären noch da.«

»Ich bin froh, dass der Urlaub vorbei ist«, sagte Happy. »Noch eine Woche mit meinen Eltern hätte ich nicht ertragen.«

Adrian starrte auf den See. Der Graureiher stand immer noch reglos wie eine Attrappe auf der Plattform. Eine leere Plastikflasche trieb auf der Wasseroberfläche und würde gleich im Schilf vor der Kaimauer hängen bleiben.

»Also, versteh mich nicht falsch«, schob Happy hinterher. »Mit dir war es total schön.«

Ihre Stimme stockte. In ihrem Kopf hatte das locker und lässig geklungen, *hey, mit dir wars total schön*, aber als sie es aussprach, klang es völlig anders, überhaupt nicht mehr locker und lässig, sondern wie das Gegenteil davon, ernst und irgendwie bedeutsam.

Adrian drehte sich zu ihr. Wenn er mit ihr redete, guckte er oft an ihr vorbei, als ob jemand hinter ihr stehen würde, mit dem er eigentlich sprach. Jetzt sah er ihr direkt in die Augen. Happy wollte wegschauen, einen Spruch reißen, damit es nicht komisch wurde zwischen ihnen, aber sie konnte nicht. Es war, als hätten sich ihre Blicke ineinander verhakt und verkantet, als ließen sie sich ohne Werkzeuge nicht voneinander trennen. Sekunden vergingen. Adrian nahm ihre Hand und streichelte mit seinem Daumen über ihren Handrücken.

Dann näherte er sich ihr langsam, abwartend, ob sie zurückweichen würde, und küsste sie. In diesem Moment hörte die Welt auf sich zu drehen. Alles um sie herum verschwamm, der Hafen, die Segelboote, der See, ganz Schadow zerfaserte und hörte auf zu existieren. Happys Füße lösten sich vom Boden und sie schwebte in eine Wolke voller Glück und Erregung, die sie warm und weich umschlang. Erst als seine Lippen sich von ihren lösten, kam sie wieder zu sich.

Adrian trat einen Schritt zurück und sah sie erwartungsvoll an. Happy war immer noch wie erstarrt, ihr Kopf war leer, sie wusste nicht, was sie sagen oder tun sollte. Sie lächelte ihn verlegen an, dann drehte sie sich um – und lief davon.

Samstagnachmittag

Du hast bis Montag Zeit, sie zu finden. Mehr steht nicht auf dem Zettel. Ich falte das karierte, aus einem Collegeblock gerissene Blatt wieder zusammen und stelle meine Cola darauf, damit es nicht wegflattert. Jedes Mal, wenn sich die Tür öffnet, geht ein ordentlicher Luftzug durch das *Diner*, und wie jeden Samstag ist viel Betrieb. Deniz und ich hatten Glück, dass wir noch zwei Plätze an der Bar bekommen haben. Auf dem Bildschirm über dem Tresen singt Britney ohne Ton, weil man bei der Geräuschkulisse sowie nichts verstehen würde, vor der Damentoilette hat sich eine Schlange gebildet, der schwarz-weiß gefliese Boden ist voller Sand. Zwei Mädchen aus der Neunten kommen mit Strandtüchern unter den Armen ins *Diner* und bestellen am Tresen eine Pommes zum Mitnehmen.

Du hast bis Montag Zeit, sie zu finden. Jemand hat mir den Zettel in die Hosentasche geschoben, während ich in Lennarts Bett geschlafen habe. Entdeckt habe ich ihn erst zu Hause, als ich meine Jeans in die Wäsche werfen wollte. Das ist ein Witz, da war ich mir sicher. Aber je länger ich darüber nachdenke, desto unwahrscheinlicher kommt mir das vor. Jemand, der gestern auf der Party war, weiß etwas über Ava. Aber wer? Und was passiert am Montag?

»Habs gleich«, sagt Deniz mit rauer Stimme und tippt auf seinem Handy rum. Er hat den brutalsten Kater aller Zeiten, behauptet er. Zwischen uns steht eine Schüssel Süßkartoffelpommes, die er nicht anrührt. Allein beim Anblick würde es ihm hochkommen, hat er gesagt, und den Teller von sich geschoben wie ein bockiges Kind.

Du hast bis Montag Zeit, sie zu finden. Wieso ich? Was habe ich mit alldem zu tun? Ava ist doch schon vor langer Zeit auf Abstand zu mir gegangen. *Sie* wollte nicht mit mir zusammen sein. *Sie* hat sich nie gemeldet, als ich im Krankenhaus war. *Sie* hatte keinen Bock auf meine neuen Freunde. *Sie* hat vor meinen Augen mit einem anderen rumgemacht. Und jetzt soll ich plötzlich dafür verantwortlich sein, sie zu finden?

»Da ist es«, sagt Deniz und spielt ein Video ab. »Ganz großes Kino.«

Göbel hat den Clip mit dem Hashtag *wildparty* gepostet und uns alle getaggt. Er hat die Zwillinge und Deniz gestern Nacht im Pool aufgenommen, wie sie betrunken tanzen und miteinander rumalbern. Jessi scheint ihm die Sache mit dem *Spicy Özdal* verziehen zu haben und schmiegt sich von hinten an ihn, während ihm Esra mit dem Zeigefinger lasziv über die Wange streicht. Eigentlich relativ harmlos, ein bisschen peinlich vielleicht – aber David hat es gereicht, um mit Deniz Schluss zu machen.

»Warum hast du ihm nichts von der Party gesagt?«, frage ich.

Deniz verschränkt die Arme auf dem Tresen und vergräbt sein Gesicht darin.

»Das verstehst du nicht, Bro.«

»Dann erklärs mir.«

Deniz brummt genervt. Esra bringt einen Stapel schmutziger Teller in die Küche. Sie ist gestresst von den vielen Gästen und hat nicht mehr mit uns geredet, seit sie uns die Pommes und die Cola gebracht hat. Bestimmt hat sie selber einen dicken Kopf von gestern. Auch jetzt huscht sie wieder wortlos an uns vorbei, um die nächsten Bestellungen aufzunehmen.

Zum Glück hat Jessi heute frei. Ich weiß nicht, wie ich reagieren soll, wenn ich sie das nächste Mal treffe. So tun, als wäre nichts gewesen? Besser, ich halte die Klappe und warte, ob sie was sagt.

Ich scrolle durch Göbels Feed und stoße Deniz an. »Vielleicht heitert dich das auf?«

Der Clip ist ebenfalls von gestern Abend. Ich liege schlafend in Lennarts Bett, während mindestens zehn Leute um mich rumstehen und Grimassen schneiden und Göbel mir einen Kochlöffel zwischen die Beine schiebt, dessen Stiel wie ein Penis aus meinem Schoß ragt.

Deniz verzieht das Gesicht zu einem flüchtigen Grinsen und lässt den Kopf dann wieder auf seine Arme sinken.

Als ich aufgewacht bin, war es schon hell und die Party vorbei. Mir war kotzübel. Mein Kopf hat sich angefühlt, als würde er in einem Schraubstock stecken. Das Haus sah aus wie ein Schlachtfeld. Überall standen leere Flaschen, Gläser und Energydrink-Dosen rum. Lennart und Esra schliefen bei offener Tür im Bett seiner Eltern – zusammen mit Ken, der nackt bis auf die Unterhose quer am Fußende lag und schnarchte. In der Küche hatte jemand in den Wasserkocher gekotzt. Im Wohnzimmer lagen Steinis Schwester und Toni eng umschlungen unter einer Decke auf dem Teppich. Göbel hatte sich auf der Couch ausgestreckt, ein Bein auf dem Boden, das andere über der Rückenlehne, aus seinem Mundwinkel hing ein Speichelfaden. Jessi war nirgends zu sehen. Hätte mich auch gewundert, die ist keine, die gern im Schlafsack auf dem Boden übernachtet.

Deniz war der Einzige, der noch wach war. Ich habe ihn sturzbetrunken unten im Pool gefunden, wo er versucht hat, sein Handy mit der Bluetooth Box zu verbinden. Als ich zu ihm ins Becken geklettert bin, habe ich gesehen, dass ihm Tränen über die Wange liefen.

»So einfach ist das alles nicht«, nuschelt er jetzt in seine Arme. Dann seufzt er und richtet sich auf. »Kannst du dir vorstellen, wie es ist, deinen Eltern zu sagen, dass du nicht so bist wie die anderen? Ihnen klarzumachen, dass deine Zukunft ein bisschen anders aussehen wird, als sie es sich erhofft haben? Zu sehen, wie die Gesichtszüge deines Vaters versteinern, bevor er wortlos den Raum verlässt, um dann tagelang kein Wort mit dir zu wechseln? Brauchst nicht zu antworten«, sagt er und trinkt einen Schluck Cola. »Ich weiß, dass du es nicht kannst.«

»Das stimmt ...«

Deniz ist bleich im Gesicht. Auf seiner Stirn hat sich ein dünner Schweißfilm gebildet. »Das ist alles nicht geil, glaub mir. Aber dich zum ersten Mal mit deinem Freund in der Öffentlichkeit zu zeigen, ist noch mal eine andere Nummer. Eine ganz andere Nummer, Bro. Ich wollte David fragen, ehrlich, ich wollte ihn fragen, ob er mitkommt, aber ich habe es einfach nicht hingekriegt. Ich hab ihm erzählt, dass wir nächste Woche Mathe schreiben und ich am Wochenende lernen muss.« Deniz hält inne und wischt sich mit der Hand über die Stirn. »War ja klar, dass er mitkriegen würde, dass das nicht stimmt. Hätte nur nicht gedacht, dass es noch am selben Abend rauskommt.«

»Scheiße.«

»Absolute Scheiße, ja. Göbel ist echt ein Wichser.«

»Kann ich irgendwas tun?«

Deniz stößt ein bitteres Lachen aus. »Du könnest dafür sorgen, dass sie den *Spicy Özal* hier im *Diner* auf die Karte setzen. Den könnte ich jetzt nämlich gut gebrauchen.«

»Alkohol? Jetzt? Du hast doch noch mindestens zwei Promille.«

»Eben. Wie soll ich damit durch den Tag kommen?«

Manchmal frage ich mich, ob Deniz und ich uns jemals richtig kennengelernt hätten, wenn mit meinem Rücken alles glattgelaufen und ich nicht in die neue Klasse gekommen wäre. Die erste OP war im Oktober und eigentlich hätte ich nur zwei Monate in der Schule fehlen sollen. Wäre ich wie geplant im Dezember zurück gewesen, hätte ich die Stufe bestimmt nicht wiederholen müssen. Aber am Ende wurde es April, bis ich so weit war.

Theoretisch hätte ich die Versetzung auch dann noch schaffen können. Der Doc hatte angeboten, während der Reha regelmäßig mit mir zu zoomen und die wichtigsten Unterrichtsthemen durchzusprechen. Am Anfang habe ich das auch gemacht, aber wir haben es schnell wieder aufgegeben. Ich war einfach zu sehr mit mir selber beschäftigt, um mich auf den Schulstoff zu konzentrieren.

Nach der OP musste ich wochenlang ein Korsett tragen, ich durfte nicht sitzen und nicht auf dem Rücken liegen, außerdem hatte ich täglich Physiotherapie, Yoga und Pilates. Dann die Albträume: Beinahe jede Nacht bin ich aufgeschreckt, weil ich geträumt habe, dass ich mich nicht mehr bewegen kann. Ich hatte zu der Zeit eine Riesenangst, dass an meiner Wirbelsäule etwas kaputtgehen könnte. Schon vor die Tür zu gehen war eine echte Herausforderung: Ich hatte ständig Schiss, dass mich jemand anrempelt oder ich irgendwo gegenstoße.

Die Angst war das Grundgefühl. Aber meine Gedanken kreisten noch um etwas anderes. Ava und ich hatten seit meiner OP keinen Kontakt gehabt, und trotzdem ging sie mir nicht aus dem Kopf. Sie war immer da, egal, was ich machte: beim Yoga, beim Stretching, beim Mittagessen und abends, wenn ich einen Film auf Netflix glotzte. Sie war wie ein Geist, der mich durch den Tag begleitete – oder eher verfolgte. Ich wollte sie ja vergessen, ich wollte sie aus meinem Herzen verbannen, aber ich habe es einfach nicht geschafft.

Als ich im Frühjahr zurück in die Schule kam, war Ava krankgeschrieben und erst kurz vor den Sommerferien wieder da. Es gab Gerüchte, sie sei in der Geschlossenen gewesen, weil sie mit der Trennung ihrer Eltern nicht klarkam. Mir hat sie gesagt, sie hätte Corona gehabt und es hätte ewig gedauert, bis sie wieder fit gewesen wäre. Jedenfalls haben wir uns nur kurz wiedergesehen, danach hat sie die kompletten Sommerferien zur Erholung an der Ostsee verbracht.

Als klar war, dass wir beide die Stufe wiederholen und in dieselbe Klasse kommen würden, war ich erst mal ziemlich geschockt. Zum einen hätte ich es niemals für möglich gehalten, dass Avas Noten so abrauschen könnten, zum anderen war ich nicht sicher, was es mit mir machen würde, wenn wir uns wieder jeden Tag sahen.

Aus der Küche klingelt es. Esra eilt hinter den Tresen, holt ein Tablett mit zwei Cheeseburgern aus der Durchreiche und serviert sie dem Paar am Tisch hinter Deniz und mir. Im Gegensatz zu ihrer Schwester steht Esra das *Diner*-Outfit wahnsinnig gut, wie fast alles, was sie trägt. Sie schiebt sich an der blinkenden Jukebox vorbei, nimmt die Schiffchenmütze ab und setzt sich zu uns.

»Ich hab fünf Minuten«, sagt sie schroff. »Um was gehts?«

»Wir haben Avas Nachricht entschlüsselt«, sagt Deniz und gähnt so laut, dass sich das Cheeseburger-Paar nach ihm umdreht.

»Wir?«, sage ich. »Was genau hast *du* noch mal rausgefunden?«

»Bro, ohne mich wärst du nicht auf die Party gegangen. Du wärst nicht in Lennarts Zimmer gelandet und Avas Rätsel wäre immer noch ungelöst.«

»So what?«, sagt Esra genervt. »Von mir aus kann die Psycho-Tussi bleiben, wo sie ist.«

Deniz legt ihr die Hand auf die Schulter. »Jetzt komm mal runter. Du willst doch auch nicht, dass sie sich was antut.«

Esra schnalzt mit der Zunge. »Da bin ich mir nicht so sicher.«

Ich rücke meinen Stuhl zurecht. »Also, Avas Nachricht ...«

»Damit du es weißt«, unterbricht sie mich. »Ich bin echt sauer auf dich.«

Mein Magen zieht sich schmerzhaft zusammen. »Immer noch wegen der SV-Sitzung?«

»Tu doch nicht so. Du weißt genau, warum.«

»Nein, weiß ich nicht.«

»Meld dich mal bei Jessi, okay? Mehr sage ich dazu nicht. Also, was ist mit Evil Ava? Und was hab ich damit zu tun?«

Es war klar, dass Jessi ihrer Schwester von gestern Abend erzählen würde, aber dass Esra deswegen *sauer* auf mich ist, verstehe ich nicht. Außer einem Kuss ist doch nichts gewesen, und von mir ist die Initiative nicht ausgegangen. Gut, ich hätte früher einen Rückzieher machen können, ich hätte es gar nicht so weit kommen lassen dürfen, aber am Ende war es doch wirklich nur ein Kuss.

Deniz stößt mich mit dem Ellenbogen an. »Jetzt sags ihr schon.«

Ich atme tief durch. »Kennst du *Per Anhalter durch die Galaxis*?«

»Nein«, sagt Esra und verschränkt die Arme.

»Das ist ein Buch. Science-Fiction.«

»Komm zum Punkt. Ich hab nicht ewig Zeit.«

»Okay, okay. Also, in der Geschichte kommt ein Supercomputer vor, der die Frage nach dem Sinn des Lebens beantworten soll. Genau genommen die Frage nach dem Sinn, dem Leben, dem Universum und dem ganzen Rest. Er wird mit allen möglichen Daten gefüttert und nachdem er über sieben Millionen Jahre lang gerechnet hat, spuckt er eine Antwort aus: *zweiundvierzig*.«

»Zweiundvierzig? Was soll das bedeuten?«

»Das ist ja der Witz. Das weiß keiner. Aber das ist auch nicht wichtig. Gestern stand ganz groß eine 21 auf Avas Spind. *Wo macht das Leben halbwegs Sinn*, schreibt sie in ihrer Nachricht. *Halbwegs*. Die Hälfte von 42 ist 21. Sie wollte auf ihren Spind aufmerksam machen.«

»Ich kann dir nicht folgen.«

»Der Zusammenhang ist doch offensichtlich. Der Sinn des Lebens. Zweiundvierzig. Die Hälfte davon ist die Zahl auf ihrem Spind.«

»Glückwunsch! Dann hast du das Rätsel ja gelöst.« Esra steht auf und bindet sich ihre Schürze neu. »Ich muss weitermachen.«

Deniz streckt die Arme von sich und gähnt erneut. »Wir brauchen den Schulschlüssel, Esra. Deswegen sind wir hier.«

Esra lacht auf. »Ihr spinnt wohl. Warum das denn?«

»Warum wohl«, sagt Deniz. »Es ist Wochenende. Die Schule ist zu. Wenn wir an den Spind wollen, brauchen wir den Schlüssel.«

»Ihr wisst genau, dass ich den nicht rausgeben darf.« Sie wendet sich wieder mir zu. »Wir dürfen ihn nur zu besonderen Anlässen benutzen, hast du das vergessen? Warum könnt ihr das Wochenende nicht abwarten?«

»Deshalb«, sage ich, ziehe den Zettel unter dem Glas hervor und halte ihn ihr hin.

»*Du hast bis Montag Zeit, sie zu finden.*« Esra sieht mich verständnislos an. »Was soll das denn? Von wem ist der?«

»Weiß ich nicht«, sage ich. »Das hat mir jemand während der Party in die Hosentasche gesteckt.«

»Während der Party? Bist du sicher?«

»Ganz sicher.«

»Und du hast keine Ahnung, wer das gewesen sein könnte?«

»Absolut keine Ahnung.«

Esra winkt ab. »Das ist bestimmt nur ein Joke. Du hast wie eine Leiche in Lennarts Bett gelegen. Du warst das perfekte Opfer. Sei froh, dass sie nichts Schlimmeres mit dir angestellt haben.« Ihre Stimme wird kalt. »Dass ihr Typen auch immer so viel trinken müsst.«

»Und wenn es kein Witz ist?«, sage ich. »Wenn irgendjemand weiß, dass am Montag etwas Schlimmes passiert? Wir müssen so schnell wie möglich rausfinden, wo Ava ist. Bitte gib uns den Schlüssel. Es wird auch keiner was mitkriegen. Wir sind vorsichtig, versprochen.«

»Vergiss es«, sagt Esra und setzt sich die Mütze wieder auf den Kopf. »Wenn's euch bis Montag zu lang dauert, dann geht doch zur Polizei. Ist wahrscheinlich eh das Beste. Wollt ihr noch was bestellen? Nein? Okay, ich muss wieder.«

Sie schnappt sich das Tablett, das sie auf dem Tresen abgestellt hat, drängelt sich an der Warteschlange vor der Damentoilette vorbei und verschwindet in die Küche.

»Na großartig«, sagt Deniz. »Hättest du die Finger von ihrer Schwester gelassen, hätte Esra uns den Schlüssel bestimmt gegeben.«

»Ach, Quatsch. Da ist überhaupt nichts passiert.«

»Esra scheint das anders zu sehen ...«

Eine Familie im Strandoutfit kommt in das *Diner*. Die Kinder springen gleich in die Spielecke zu dem Chevrolet-Schaukelautomaten, Esra führt die Eltern zu einem frei gewordenen Tisch am Panoramafenster. An der Tür, die gerade wieder zuschwingt, hängt immer noch die Vermisstenanzeige mit Avas Foto. Inzwischen ist sie darauf noch schlechter zu erkennen, weil das Papier von der Sonne schon ausgeblichen ist.

Ich ärgere mich, dass Esra den Schlüssel nicht rausrücken will. Warum macht sie so einen Aufstand deswegen? Selbst wenn der Zettel wirklich eine Verarschung wäre, Ava ist heute den vierten Tag weg, wir müssen endlich etwas unternehmen.

Ich schaue nach, ob sie was auf Social Media gepostet hat, finde aber nichts. Die meisten Accounts hat sie schon lange gelöscht. Unter #evilava hat Ken einen Screenshot ihrer Nachricht von gestern mit dem Kommentar *»Jetzt ist sie komplett durchgeknallt«* hochgeladen, das wars, der letzte Eintrag unter dem Hashtag liegt Wochen zurück.

»David kann mich mal«, murmelt Deniz und starrt auf sein Handy. »Am Telefon Schluss machen und dann nicht mehr rangehen. Was ist das denn für ’ne Art?«

»Versuch es noch mal«, sage ich. »Oder schreib ihm. Vielleicht hat er sich wieder beruhigt.« Deniz reibt sich die Augen. »Ich hab ihm schon tausend Nachrichten geschickt. Keine Reaktion. Es ist ja auch nicht nur wegen gestern. Es geht um das große Ganze. Entweder bin ich bereit, mit ihm zusammen zu sein, und zwar mit allem, was dazugehört, ohne Versteckspiel und geheime Treffen, oder ich bin es halt nicht.«

»Muss das denn wirklich so sein? Von jetzt auf gleich, von null auf hundert? Vielleicht brauchst du noch ein bisschen Zeit.«

»Das habe ich ihm auch gesagt. Aber er glaubt mir das nicht mehr. Wir wären schon seit drei Monaten zusammen, sagt er, und seitdem hätte sich nichts getan. Ist auch so. Es *hat* sich nichts getan. Ich bin keinen Schritt weiter als am ersten Tag.«

»Das glaube ich nicht ...«

»Vielleicht wollte ich unterbewusst sogar, dass David erfährt, dass ich ihn belogen habe. Vielleicht wollte ich, dass er deswegen mit mir Schluss macht. So bleibt mir der ganze Stress das nächste Mal erspart. Trotzdem, die Sache am Telefon zu beenden und sich dann gar nicht mehr zu melden, ist so ... ach egal. Lass uns über was anderes reden.« Er hält inne und trinkt einen Schluck Cola. »Was ist mit dem Schlüssel? Also, dem aus Avas Nachricht. Meint sie den zu ihrem Vorhängeschloss?«

»Es ist ein Schloss mit Zahlenkombination ...«

»Also geht es um den Code?«

»Das kann sein. Aber ich weiß nicht, welcher das sein soll ...«

»Na, du hast ja noch bis Montag, um darüber nachzudenken.«

Deniz beißt in eine kalte Pommes und verzieht angewidert das Gesicht.

»Montag ist zu spät«, sage ich und wedele mit dem Zettel. »Wir müssen vorher an ihren Spind rankommen.«

»Okay, okay«, sagt Deniz und reibt sich die Augen. »Ich brauche dringend Aspirin. Also gut, nehmen wir mal an, jemand weiß was über Ava und hat dir den Zettel zugesteckt. Wer könnte das gewesen sein?«

»Keine Ahnung«, sage ich. »Du kennst Ava doch auch. Es war niemand auf der Party, mit dem sie sich versteht. Niemand, den sie in ihre Pläne einweihen würde. Göbel nicht,

Ken nicht, Lennart ... uff, definitiv nicht. Höchstens Mascha oder Vanessa, aber das kann ich mir eigentlich auch nicht vorstellen. Vielleicht hat sie neue Freunde gefunden, wer weiß, aber ich glaube, das hätte ich mitbekommen. In den Pausen war sie meistens allein ...«

Die beiden Kinder rasen durch das *Diner* und betteln ihre Eltern um Kleingeld für den Chevy an. Esra lehnt sich an den Tresen und bläht gestresst die Backen auf, während der Alte in der Küche mehrmals hektisch klingelt.

»Vielleicht hat jemand zufällig was aufgeschnappt?«, sagt Deniz und massiert sich die Schläfen.

»Aber was soll dann die Geheimnistuerei? Das macht doch keinen Sinn. Wer auch immer den Zettel geschrieben hat, er – oder sie – hätte mir das auch einfach sagen können. *Du hast bist Montag Zeit*, weil ...« Ich stocke. »Glaubst du, Ava ist entführt worden?«

»Von jemandem aus unserer Schule?« Deniz lacht auf. »Und wo bleibt dann die Lösegeldforderung? Nein, ganz bestimmt nicht. Gib mal.« Er nimmt mir den Zettel ab, faltet ihn auseinander und betrachtet ihn eingehend. »Mädchenschrift«, sagt er nach einer Weile. »Aber ganz sicher bin ich mir nicht. Dieses schiefe ›a‹ kommt mir irgendwie bekannt vor, das habe ich schon mal gesehen, glaube ich. Dir fällt nichts auf?«

»Nein«, sage ich. »Also, es ist definitiv nicht Avas Schrift.«

»Ha, das wäre auch zu krass, wenn sie sich in Lennarts Schlafzimmer geschlichen hätte, um dir diesen Zettel zuzuschieben.«

»Aber wer war es dann? Ich glaube, wir müssen wirklich zur Polizei.«

»Die machen doch eh nichts«, sagt Deniz und gibt mir den Zettel zurück. »Ava ist volljährig. Die kann hingehen, wo sie will. Und wegen einer komischen Nachricht und einem Handzeichen auf einem Klassenfoto werden die bestimmt nichts unternehmen. Im Gegenteil. Die WhatsApp ist ja der Beweis, dass ihr nichts zugestoßen ist.«

»Wenn sie sie selber geschrieben hat.«

»Wer denn sonst?«

Ich zucke mit den Schultern. »Und wenn du David fragst?«

»Dein Ernst, Bro? Der hat mich gerade abgeschossen, schon vergessen? Er geht ja nicht mal an sein Handy, wenn ich anrufe.« Deniz lacht bitter. »Außerdem, was soll der denn bitte schön machen? Uns die Schule mit einem Brecheisen aufstemmen?«

Ein Auto hupt. Draußen auf der Straße ist mal wieder Stau, wie jeden Samstag, wenn das Wetter gut ist. Seit Steinis Tod gibt es Speedbumps und Blumenkübel auf der Hauptstraße, damit nicht noch mal irgendein Besoffener mit 100km/h durch Schadow brettert und Leben gefährdet.

Deniz legt seinen Kopf wieder auf den Tresen. Ich schaue durch das Panoramafenster auf den See, lasse meinen Blick über die Eisenbahnbrücke und die Badeplattform schweifen und bleibe an den Hochhäusern von Schadow Nord hängen. Letztes Jahr wollte eine junge Frau vom Dach des höchsten Turms springen. Es gab ein Riesenaufgebot an Feuerwehr und Polizei und am Ende haben sie sie davon abbringen können. Ich frage mich, wie fertig man mit der Welt sein muss, um auf so einen Gedanken zu kommen. Wie verzweifelt und allein muss man sich fühlen, um aus fünfzig Metern in den Tod stürzen zu wollen? Wie verzweifelt und allein fühlt sich Ava gerade? *Du hast bis Montag Zeit, sie zu finden.*

»Okay, Babe«, sagt Esra, die plötzlich neben mir steht, in einem Ton, der halb genervt und halb verständnisvoll klingt. »Ich will nicht schuld sein, wenn der Psycho-Tussi was passiert. Ich gehe nachher laufen, dann bringe ich dir den Schlüssel. Halb neun vor dem *Scala*?«

»Esra, du bist so gut. Vielen Dank!«

Deniz reißt den Kopf hoch. »Dann steigen wir heute Nacht in die Schule ein, Bro? Mega. Ich kann die Ablenkung gut gebrauchen.«

Esra stöhnt auf. »Aber wehe, es sieht euch jemand«, sagt sie und nickt einem Typen zu, der zahlen will. »Ich kriege einen Riesenstress, wenn rauskommt, dass ihr *meinen* Schlüssel benutzt habt.«

SOMMERNACHT

Normalerweise erinnerte Happy sich nicht an ihre Träume. Die waren sofort weg, wenn sie aufwachte, wie ausgeknipst und weggewischt. Selten blieb ein Traumfetzen hängen, und wenn doch, war es meistens nur absurdes, verworrenes Zeugs. Den *Kuss* dagegen hatte sie gestochen scharf vor Augen wie eine Filmszene in Ultra HD. Und die ging so: Adrian und sie saßen in einer Strandbar, irgendwo am Mittelmeer, es war warm, auf dem Tisch standen zwei Cocktails mit Schirmchen, eine Band spielte Latin-Pop und über ihnen leuchtete eine bunte Lichterkette. *Happy*, sagte Adrian, beugte sich über den Tisch, nahm ihr Gesicht in beide Hände und küsste sie auf den Mund.

Happy schlug die Augen auf, starrte mit einem warmen Gefühl in der Brust an die Zimmerdecke, auf ihre *Calvin & Hobbes*-Lampe, die ihr vor Selina ein bisschen peinlich war, von der sie sich aber nicht trennen konnte, und dachte: *Verdammt. Warum bin ich bloß schon aufgewacht?*

Sie schob Carla zur Seite und setzte sich auf die Bettkante. Wie ein Bumerang robbte sich ihre kleine Schwester wieder an sie heran. Seit dem Urlaub schlief sie in Happys Bett. Seit dem Urlaub war vieles anders. Mo hatte die neue Couch im Wohnzimmer bezogen, ging morgens vor allen anderen aus dem Haus und kam erst spät abends wieder zurück, meistens betrunken. Manchmal ging Laura dann noch aus und blieb die halbe Nacht weg. Carla konnte das nur schwer ertragen. Kein Wunder, sie war ja erst zehn. Happy war nur noch genervt. Ständig schlechte Stimmung, ständig dicke Luft, ständig wurde sie mitten in der

Nacht aus dem Bett geworfen, weil ihre Eltern sich bis aufs Blut stritten.

Warum zog Mo nicht endlich aus? Was wollte er noch hier? Er verbrachte doch sowieso kaum noch Zeit mit ihnen. Natürlich würde sie ihn vermissen, ihr Vater war ihr Vater, aber sie sehnte sich so sehr nach Ruhe, dass sie seinen Auszug kaum erwarten konnte.

Happy sah auf die Uhr. Es war kurz nach Mitternacht, sie hatte noch keine Stunde geschlafen. Es war verrückt, selbst in ihren Träumen drehte sich jetzt alles um Adrian. Was machte er bloß mit ihr?

Happy schob Carlas Beine weg und stand auf. Vorhin war sie todmüde ins Bett gefallen, weil sie den ganzen Nachmittag im Skatepark verbracht hatte, aber jetzt war sie auf einmal hellwach. Sie schaltete ihr Handy ein und las sich die Nachrichten durch, die Adrian und sie sich in den letzten Tagen geschickt hatten. Der Kuss war tabu. Es war eine unausgesprochene Vereinbarung zwischen ihnen, dass sie nicht darüber redeten, was nach dem Kino passiert war. Als sie sich am Morgen *danach* in der Schule getroffen hatten, taten sie beide so, als wäre nichts gewesen. Sie vermieden jedes Gespräch über den Abend, als hätte er nicht stattgefunden. Happy wusste einfach nicht, was sie sagen sollte. Sie wartete immer noch darauf, dass das Gefühl vorbeiging, dass sie wieder klar sah und checkte, dass Adrian und sie nicht zusammenpassten.

Heute hatten sie die große Pause gemeinsam am Seeufer verbracht. Happy konnte die Blicke der anderen buchstäblich spüren. *Happy und Adrian? Was läuft denn bei denen?* Warum kümmerte es sie so sehr, was die anderen dachten? Sie wusste es nicht. Sie wusste nur, dass es sie gewaltig störte. Sie konnte Zeit verbringen, mit wem sie wollte, sie konnte mögen, wen sie wollte. Sie konnte *verliebt* sein, in wen sie wollte.

Happy durchwühlte ihr Geheimversteck hinter dem Bücher-regal, ging auf den Balkon, der sich an ihr Zimmer anschloss, und steckte sich die einzig heil gebliebene Insel-Zigarette an. Es schmeckte immer noch zum Kotzen. Sie drückte die Kippe aus und ließ den Stummel in der Packung verschwinden. Mr Spock, der Nachbarskater, huschte unter einem Auto hervor und ver-schwand im Garten nebenan. Weil Laura ihn heimlich fütterte, war er in letzter Zeit richtig fett geworden. Laura wollte keine eigene Katze, ihr reichte es, dass Mr Spock ihr dankbar um die Beine strich und sich manchmal zu einem kleinen Nickerchen auf dem Sofa breitmachte. Mo fand, dass Laura die Nachbarn wenigstens fragen müsste, und obwohl sie wusste, dass er recht hatte, hörte sie nicht auf mit den Leckerlis.

Happy seufzte. Selbst wegen der Nachbarskatze mussten sich ihre Eltern streiten.

Mr Spock kam wieder auf die Straße, sprang auf die Garten-mauer und setzte seinen Kontrollgang in die entgegengesetzte Richtung fort. Happy beugte sich über das Balkongeländer und sah zur Hauptstraße. Auf der anderen Seite wohnte Adrian, keine fünfhundert Meter entfernt. Ob er noch wach war?

Der Traum spukte ihr weiter im Kopf herum. War er ein Zei-chen gewesen? War Adrian doch mehr als ein harmloser Crush, als die Verirrung eines einsamen Herzens? Selbst wenn es so wäre, blieb immer noch die Frage: Was empfand Adrian eigent-lich für sie? Vielleicht war der Kuss am Hafen nur eine Mutprobe gewesen, mit der er vor Linus prahlen wollte, *Lord Eugenio, ich hab Happy geknutscht, das gibt fünf Nahkampfpunkte auf meinem Yalda-Konto!* Vielleicht hatte er gleich danach Linus angerufen und sich feiern lassen. Vielleicht hatte er auch einfach mal ein Mädchen küssen wollen, immerhin war er sechzehn, und Happy konnte sich nicht vorstellen, dass er schon eine Freundin gehabt hatte.

Oder hatte er es ernst gemeint? Mochte er sie *wirklich*? Happys

Magen zog sich zusammen. Immer dieselben Fragen, die ihr den Schlaf raubten. So ging das nicht weiter. Sie schlich zurück in ihr Zimmer, nahm das Handy vom Nachttisch und schrieb ihm eine Nachricht.

Happy: Wir müssen reden.

In dem Moment, als sie die Nachricht verschickt hatte, bereute sie es schon wieder. Was war das für ein bescheuerter Satz? Der klang wie eine Drohung. Nur Leute, die total verzweifelt waren, schrieben so was mitten in der Nacht. Als Happy die Nachricht löschen wollte, stellte sie mit Schrecken fest, dass Adrian sie schon gelesen hatte. Sie ließ ihr Handy auf das Bett fallen und schlug die Hände vors Gesicht. Dann leuchtete das Display auf.

Adrian: Schieß los.

Happy atmete tief durch. Sie setzte sich mit ihrem Handy auf den Boden neben das Bett und antwortete.

Happy: Doch nicht so ... persönlich.
Adrian: Ah, ok ...
Happy: Wieso bist du überhaupt noch wach?
Adrian: Hallo? Es ist Freitag. Ich zocke online mit Linus.
Happy: 🤦
Adrian: also?
Happy: was also?
Adrian: kommst du vorbei?
Happy: was, jetzt?
Adrian: du hast doch gesagt, du willst mit mir »persönlich« sprechen.

Happy: aber doch nicht jetzt.
Adrian: ok. klar. sry.
Happy: es ist superspät. ich war schon im Bett.
Adrian: wieso schreibst du mir dann noch?

Happy schloss die Augen. Die ganze Aktion war so hirnverbrannt. Und je länger sie zögerte, desto schlimmer wurde es.

Happy: Vergiss es einfach. Bist du noch länger wach?
Adrian: bestimmt noch eine Stunde. Haben gerade ein neues Spiel angefangen.
Happy: und da kannst du nebenbei chatten?

Jetzt dauerte es auf der anderen Seite, bis eine Antwort kam.

Adrian: Linus mach ich auch mit einer Hand platt ...
Happy: Angeber.
Adrian: isso!
Happy: Gut, dann mach mal weiter.
Adrian: Ok.
Happy: Ok.
Adrian: 👍
Happy: Oder ...
Adrian: Oder was?
Happy: Oder soll ich doch kommen?
Adrian: Wie du willst. Ich bin da.

Happy legte ihr Handy weg und lief in ihrem Zimmer auf und ab. Sie hatte es jetzt schon so lange vermieden, mit Adrian über den Kuss zu sprechen, ein paar Stunden mehr würde sie auch noch aushalten. Wieder ging sie auf den Balkon und hielt Ausschau nach Mr Spock. Der Kater war nirgends zu sehen. Vom See her drangen Musik und Stimmen zu ihr. Jannis aus der Zwölften feierte heute seinen Geburtstag am Strand.

Sie schaute zur Hauptstraße. Warum ging sie nicht einfach zu Adrian und klärte die Sache? *Was hast du gedacht, als du mich geküsst hast?* Ganz einfache Frage, leicht zu beantworten.

Happy: Ich komme.

Sie zog sich an, schnappte sich Schlüssel und Sneakers und ging auf Socken die Treppe runter. Die Wohnzimmertür war geschlossen. War Mo schon da? Happy glaubte, ein leises Atmen zu hören. Sie überlegte, ihr Skateboard zu nehmen, verwarf den Gedanken aber sofort wieder, sie wollte keine unnötigen Geräusche machen.

Sachte drückte sie die Klinke der Haustür herunter. Wenn ihre Eltern mitbekamen, dass sie sich mitten in der Nacht aus dem Haus schlich, würde es Ärger geben. Und wenn Mo besoffen war, konnte er ziemlich ungemütlich werden. Dann war er nicht mehr der liebenswert verpeilte Daddy, der zwar kein Zelt aufstellen konnte, dafür aber für jeden Quatsch zu haben war. Nein, wenn er getrunken hatte, war er ganz anders. Dann schrie er wegen jeder Kleinigkeit rum und drohte damit, ihr Hausarrest zu verpassen oder ihr Handy einzukassieren. Oder – das war die andere Variante – er wurde rührselig und textete sie mit seinen Lebensweisheiten zu. Happy war nicht sicher, was sie schlimmer fand. Vorsichtig zog sie die Haustür hinter sich zu, schlüpfte in ihre Sneakers und machte sich auf den Weg.

Es war eine warme Spätsommernacht. Die Kastanienbäume an der Hauptstraße verloren ihre Blätter dieses Jahr viel früher als sonst. Der Klimawandel, hatte Mo gesagt, es hätte zu wenig geregnet in diesem Sommer. Happy fuhr mit ihren Schuhen durch das Laub wie eine Langläuferin und erinnerte sich daran, wie sie mit Carla früher riesige Blätterhaufen zusammengefegt hatte, um sich im Anschluss hineinzustürzen wie in einen Swimmingpool. Das waren noch Zeiten. Ihre Eltern sahen auf den Fotos von damals so glücklich aus, die kleine Carla auf Mos Arm und Happy an Lauras Hand.

Sie schluckte und versuchte auf andere Gedanken zu kommen. Warum war es eigentlich so leise? War Jannis' Party schon zu Ende? Vielleicht war die Polizei gekommen und hatte die Musik abgedreht. Es gab immer wieder Ärger mit den Anwohnern, die sich darüber beschwerten, dass inzwischen fast jeden Abend am Strand gefeiert würde. *Die jungen Leute.*

Mr Spock sprang aus einem Gebüsch und folgte Happy einige Meter, bevor er wieder in einem der Vorgärten verschwand. Adrian wohnte in der Nordstraße, auf der hügeligen Seite von Schadow. Je näher sie kam, desto kürzer wurden ihre Schritte, desto langsamer ging sie. Was hatte sie überhaupt vor? Was würde sie sagen? *Was sollte das mit dem Kuss?* Und wie würde sie reagieren, wenn er ihr sagte, dass er sie *gut* fand? Würde sie ihm um den Hals fallen? Ihn endlich küssen, wie in ihrem Traum?

Happy verbot sich den Gedanken. Sie durfte sich keine falschen Hoffnungen machen. Die Enttäuschung wäre unendlich groß. Auf keinen Fall würde sie zu ihm reingehen. Wenn sie bei seinem Haus war, würde sie ihm schreiben, dass er sein Spiel unterbrechen und vor die Tür kommen sollte. Er war mit Sicherheit nicht der Einzige, der mit Linus zockte, online konnten sich Hunderte Spieler gleichzeitig bei *Yalda!* einloggen. Sie würde ihm einen Spaziergang zum See vorschlagen. Oder sollte sie ihn direkt zur Rede stellen?

Happy hörte jemanden singen. Es klang schief und betrunken und ließ Happy automatisch schneller gehen. Sie hatte keine Lust, mitten in der Nacht irgendeinem Besoffski in die Arme zu laufen. Happy musste an die stockdunklen Dünen auf der Insel denken und an den Anflug von Panik, als sie die Schritte hinter sich gehört hatte.

An der Ortseinfahrt beim *American Diner* sah sie Scheinwerfer aufblitzen und beeilte sich, die Straße zu überqueren. *Blinded by the lights*, trällerte eine schlaksige Gestalt, die den Strandweg hochkam. Erleichtert stellte Happy fest, dass es nur Steini war. Steini war harmlos, ein großer, schüchterner Typ aus der Zwölften, der ziemlich gut zeichnen konnte. Letztes Jahr hatte er den Sparkassenpreis für junge Talente gewonnen, und seitdem hing sein Bild von der Eisenbahnbrücke im Foyer der Schule. Bestimmt war er auf Jannis' Party gewesen, er torkelte ganz schön. Jetzt hatte er auch Happy bemerkt. Er ging auf die Straße und winkte ihr zu.

Samstagabend

Es ist kurz vor halb neun. Die Sonne steht tief über dem
See und wird gleich hinter der Häuserreihe am Hafen verschwinden. Das Kreischen der Kinder, das man tagsüber in
halb Schadow hört, ist verstummt: Das Strandbad hat längst
geschlossen. Dafür füllen sich die Restaurants an der Uferpromenade. Eine leichte Brise trägt den Geruch von gebrate-
nem Fisch und Frittenfett bis zum alten Kino, wo eine Taube
auf dem Dach monoton gurrt. Das *Scala* ist zwar schon seit
zwei Jahren geschlossen, aber einen neuen Mieter gibt es
immer noch nicht. Die Scheiben der Schaukästen sind eingeschlagen, die Fenster mit Pressspanplatten vernagelt, die
Fassade ist mit Graffiti überzogen und der Eingang mit einer
schweren Eisenkette gesichert. An der Tür kleben Plakate in
mehreren Lagen aufeinander, das Line-up vom Hurricane-
Festival, eine Werbung für die Sommerparty in der *Rampe*
und das neue Album von The Shoutouts. Dazwischen hängt
ein frischer »Zeugen gesucht«-Aufruf zu Steinis Unfall, den
seine Schwester immer noch an jeder Ecke in Schadow auf-
hängt.

»David meldet sich einfach nicht«, sagt Deniz, nachdem
er zum tausendsten Mal auf sein Handy geguckt hat, und
setzt sich auf die Stufen vor dem Eingang. »Wie kann man
bloß so stur sein?«

Er sieht weniger zerknittert aus als heute Nachmittag im
Diner, aber seine Augen sind immer noch müde und gerötet.
Aus seinem Rucksack lugt der in eine Plastiktüte gewickelte

Bolzenschneider hervor. Ich habe mir den ganzen Tag den Kopf darüber zerbrochen, was die richtige Kombination für Avas Spindschloss sein könnte. Ich habe ein paar Ideen, aber nichts, von dem ich restlos überzeugt bin, also hat Deniz das Teil für alle Fälle aus der Werkstatt seines Vaters mitgehen lassen.

»Egal«, sagt Deniz frustriert und steckt das Handy weg. »Soll er halt beleidigt sein, mir doch Latte. Hast du noch was über die Handschrift auf dem Zettel rausgefunden?«

»Ich? Nein.«

»Verdammt. Ich kenne die Schrift. Mir fällt bloß nicht ein, woher.«

»Dann denk mal schärfer nach.«

»Sehr witzig, Bro.«

»Da war einfach niemand auf der Party, mit dem Ava Kontakt hat.«

Nach dem Vorfall in der Sandgrube vor zwei Monaten war Ava in der Klasse endgültig unten durch. Vorher haben die anderen sie noch irgendwie geduldet, aber seit meiner Feier war auch das vorbei. Niemand hat mehr mit ihr geredet, alle haben sie ignoriert und gemieden, allen voran natürlich Esra und Jessi.

Ich selbst war wie in Schockstarre. Bis dahin hatte ich irgendwie geglaubt, die Sache mit Ava wäre für mich erledigt. Ich hatte einen kleinen Crush auf Esra gehabt, war viel mit Deniz und den Zwillingen unterwegs und einfach gut abgelenkt. Klar mochte ich Ava immer noch, aber ich bekam kein lebensbedrohliches Herzrasen mehr, wenn ich sie sah. Bei meiner Party ist mir dann klar geworden, dass *die Sache* alles andere als erledigt war.

Bei trockenen Alkoholikern sagt man, dass schon eine geringe Menge Alkohol einen Rückfall auslösen kann. In der Sandgrube musste ich feststellen, dass es mir mit Ava genauso geht. Dass es so was wie *trockene Liebe* gibt, die jederzeit wieder ausbrechen kann, wenn man dem anderen zu nahe kommt. Als wir nebeneinander an der Feuerschale saßen und uns zum ersten Mal seit Langem wieder richtig unterhalten haben, waren plötzlich alle Symptome zurück, von denen ich dachte, ich hätte sie längst hinter mir gelassen: das Stottern, der trockene Mund, die feuchten Hände und vor allem das unerträgliche Verlangen, ihr zu sagen, was ich für sie empfinde. Die Enttäuschung hatte dieses Mal allerdings nicht lange auf sich warten lassen. Sie einen anderen küssen zu sehen fühlte sich an, als würde mir das Herz rausgerissen.

Ich war nicht einmal sauer auf sie, wirklich nicht. Ich war einfach nur wütend auf mich selber, weil ich sie wieder so nah an mich rangelassen hatte, obwohl ich es besser hätte wissen müssen. Nach der Party habe ich mir geschworen, dass mir das nicht noch mal passiert, und bin auf Abstand gegangen. Ich glaube, Ava hat verstanden, dass es für mich nicht anders geht. Seitdem herrscht Funkstille zwischen uns.

»Da ist sie ja«, sagt Deniz und steht auf.

Ich zucke zusammen. Für einen kurzen Moment habe ich gedacht, dass er von Ava redet. Aber er meint natürlich Esra, die in ihrem Sportoutfit die Kastanienallee hochgelaufen kommt. Sie geht jeden Tag joggen, egal, wie das Wetter ist, im Sommer wie im Winter, auch wenn sie am Abend vorher gefeiert hat. Als sie uns erreicht, stoppt sie die Running-App auf ihrer Smartwatch und stützt sich keuchend auf die Oberschenkel. Die Taube auf dem Dach flattert auf.

»Passt bloß auf, dass euch keiner sieht«, sagt sie zur Begrüßung. Sie guckt sich nach beiden Seiten um und drückt mir dann so verstohlen den Schlüssel in die Hand, als ob sie mir eine Packung Gras verticken würde.

»Entspann dich«, sagt Deniz und zwinkert ihr zu. »Ich hab meinen Tarnumhang dabei.«

»Deniz ...«

»Morgen hast du ihn wieder«, sage ich. »Versprochen. Wie gehts Lennart?«

»Der ist heute zu nichts zu gebrauchen. Total verkatert.« Esras Mundwinkel rutschen nach unten. »Ich hasse es, wenn er sich so besäuft.«

Deniz und ich wechseln Blicke. Ich warte darauf, dass gleich Avas Name fällt, aber Esra reißt sich zusammen und wechselt das Thema. »Na dann, viel Erfolg. Ich muss weiter, ich treffe mich gleich mit Vanessa. Wir lernen Spanisch für Montag.«

»Jetzt noch?«, frage ich erstaunt.

»Du redest schon wie meine Sis, Babe«, entgegnet sie und schneidet eine Grimasse. »Kein Wunder, dass ihr euch so gut versteht.«

Ich quäle mir ein Lächeln ab.

»Also«, sagt Esra und tippt auf ihre Uhr. »Wir sehen uns wie geplant morgen im *Diner*, okay?«

»Okay.«

»Die Frau hat echt Energie«, sagt Deniz, als sie außer Hörweite ist. »Erst macht sie Party bis morgens um fünf, dann arbeitet sie den ganzen Tag, und abends geht sie joggen und lernt für die Schule. Die ist echt nicht deine Liga, Bro.«

»Hab ich das je behauptet?«, seufze ich und schließe mein Rad auf.

Über dem See steht die Mondsichel am dunkelblauen Abendhimmel. Das Wasser riecht nach Algen und nach Sonnenmilch, wie immer an warmen Tagen. Früher mochte ich den Geruch sehr. Heute kriege ich davon ein flaues Gefühl im

Magen, weil er bedeutet, dass der Sommer unabwendbar vor der Tür steht.

Wir schließen unsere Räder ein gutes Stück von der Schule entfernt an einen Zaun und laufen den Rest. Am Strand wummern Elektro-Beats, Stimmen hallen über die Uferpromenade, jemand springt mit Anlauf ins Wasser. Die Menge johlt. Bis elf dürfen sie feiern, dann ist Schicht, dann kommt die Polizei. In den Wochen nach Steinis Tod sind alle Partys in Schadow abgesagt worden. Die ganze Stadt stand unter Schock. Alle waren fassungslos, dass so etwas passieren konnte, auch die, die Steini kaum kannten. Inzwischen erinnern eigentlich nur noch das Holzkreuz an der Hauptstraße und die Fotos auf seinem Spind an den Unfall. Sonst ist fast alles wie früher, Standpartys werden schon seit letztem Jahr wieder gefeiert. Die Welt dreht sich weiter, alle machen ihr Ding, und Steinis Tod wirft einen immer kleineren Schatten auf die Stadt. Allein seine Schwester klebt weiterhin fleißig Flugblätter an jede Hauswand und hofft immer noch, dass sich irgendwann jemand darauf meldet.

Ein Hund mit einem rot leuchtenden Halsband rennt auf uns zu und bellt. »*Titus!*«, pfeift ihn sein Herrchen barsch zurück. »Kommst du her!«

Ich fühle mich ertappt. Als ob man uns ansehen könnte, was wir vorhaben. Als ob der Hund es *riechen* könnte. Deniz ist viel abgeklärter als ich. Freundlich grüßt er Titus' Herrchen, als wäre es der normalste Abend der Welt. Ich spüre, wie die Anspannung in meinem Körper steigt. Bis jetzt war das Ganze nur ein Spiel, eine fixe Idee in meinem Kopf. Vielleicht waren das Zeichen auf dem Klassenfoto und Avas Nachricht wirklich *random* und ohne Sinn, vielleicht wollte sie sich einfach einen Spaß daraus machen, mich im Klassenchat als Mutant zu bezeichnen. Aber jetzt wird die Sache ernst, jetzt sind wir kurz davor, in die Schule *einzubrechen*. Was, wenn uns jemand erwischt? Kommen wir mit einem Verweis davon oder kriegen wir eine Anzeige? Fliegen wir dann von der Schule? Und das alles nur, weil ich mir irgendeinen Schwachsinn zusammengereimt habe?

»Deniz«, sage ich und bleibe stehen. »Bist du sicher, dass du mitkommen willst? Ich will dich da nicht mit reinziehen.«

Deniz lacht auf. »Das fällt dir aber früh ein, Bro. Natürlich komme ich mit. Allein kriegst du Lauch das doch nicht gebacken.«

»Ich bin zutiefst gerührt.«

»Solltest du auch sein. Und jetzt yallah! Wir haben ein paar Schlösser zu knacken.«

Bevor wir zum Hauptportal der Schule kommen, biegen wir links ab und folgen der Backsteinmauer um den Pausenhof in Richtung See. Kurz vor dem Ufer, hinter der Trauerweide, setzt Deniz seinen Rucksack ab. Wir versichern uns, dass niemand in der Nähe ist, dann geht er in die Knie und faltet seine Hände zu einer Räuberleiter. Ich steige mit einem Fuß darauf und klettere auf die Mauer. Er reicht mir den Rucksack, ich helfe ihm hoch und wir springen auf der anderen Seite runter.

Die Wellen schwappen leise ans Ufer. In der Mitte des Sees ziehen sich zwei Schwimmer auf die Plattform. Deniz sieht zu mir. Ich nicke und gehe voran. Wir durchqueren den »Spielwald«, das kleine Areal zwischen See und Hof, wo die Jüngeren in der Pause rumtoben dürfen. Wenig später starrt uns der Hai von der Wand des Bootshauses an.

»Bist du sicher, dass die Kameras Attrappen sind?«, flüstere ich.

»Alle Fake, ganz sicher. Die Schule hat gar kein Geld, sich echte Kameras zu leisten.«

»Für das Bootshaus und den Anleger hats gereicht.«

»Lass uns die Masken aufziehen, für alle Fälle.«

Er holt zwei schwarze FFP2-Masken aus seinem Rucksack und reicht mir eine. Ich setze sie auf und ziehe die Kapuze meines Hoodies über den Kopf. Deniz hat noch eine Sonnenbrille dabei, aber die spare ich mir. Geduckt schleichen wir am Bootshaus vorbei und rennen die freie Strecke an der Halfpipe vorbei bis zur Turnhalle. Mit dem Rücken an der Wand schieben wir uns an der Mauer entlang, bis wir den Hintereingang der Schule erreichen. Ich nehme Esras Schlüssel aus der Tasche und wiege ihn in der Hand.

»Was ist los?«, zischt Deniz. »Worauf wartest du?«

»Gibt es eigentlich eine Alarmanlage?«

»Keine Ahnung. Meinst du, die geht an, wenn du die Tür aufschließt?«

»Weiß nicht.«

»Dann probiers aus«, sagt Deniz.

»Und dann?«

»Dann weißt du's.«

»Du bist echt ein Scherzkeks, Öz.«

Deniz zuckt mit den Schultern. »Mir ist heute eh alles egal. Von mir aus können sie mich in den Knast stecken, wenn sie uns erwischen. Vielleicht hat David ja Dienst. Dann kann er mich wenigstens nicht länger ignorieren.«

»Ähm, aber ich will nicht in den Knast ...«

»Jetzt mach dir nicht in die Hose. Es wird schon nichts passieren.«

Vorsichtig stecke ich den Schlüssel ins Schloss und öffne die Tür. Wir warten einen Moment, ob auch wirklich kein Alarm losgeht, dann betreten wir die Schule. Nur das Licht der Straßenlaternen, das durch die Fensterfront fällt, erleuchtet den Flur. Mehr brauchen wir auch nicht. Ich bin den Weg schon tausendmal gegangen, den finde ich im Schlaf. Geradeaus, vorbei an Lehrerzimmer und Verwaltung, bis zu den beiden Infoterminals am Kaffeeautomaten, auf denen Schul-News und die Vertretungsstunden angezeigt werden, dann die Treppe hoch, und nach den beiden Freiräumen für die Gruppenarbeit kommt der Oberstufenbereich mit den Spinden. Zweite Reihe, links neben meinem, ist der von Ava.

Als wir oben ankommen, packt Deniz mich am Arm.

»Hast du das gehört?«, flüstert er.

»Nein«, sage ich. »Was meinst du?«

»Da war ein Geräusch. Ein Klopfen oder so.«

Wir bleiben stehen und lauschen. Es ist totenstill. Nicht mal die Party ist zu hören, keine Musik, keine Stimmen. Zögerlich lässt Deniz meinen Arm wieder los und wir gehen weiter. Bei den Schränken schalte ich das Licht an meinem Handy an – und lasse es vor Schreck beinahe fallen.

»Was ist los?«, sagt Deniz.

»Da, sieh doch. Avas Spind steht offen. Das gibts doch nicht!«

»Ist was drin?«

Ich leuchte in das Fach. Die ganze Zeit habe ich darüber nachgedacht, wie wir es öffnen und was wir darin finden werden. Einen Brief, eine kurze Notiz vielleicht, in der uns Ava mitteilt, wo sie steckt, aber da ist nichts, gar nichts, der Spind ist leer. Enttäuscht taste ich Wände, Boden und Decke ab, in der Hoffnung, dass irgendwo ein Umschlag oder Ähnliches klebt – ohne Erfolg.

»Wir sind zu spät«, flüstere ich und klappe die Spindtür zu. Der Bender hat die 21 fachgerecht entfernt, es ist nichts mehr davon zu erkennen. Der Spind sieht aus wie jeder andere in der Reihe.

»Vielleicht hat die Polizei ihn geöffnet«, flüstert Deniz

und leuchtet den Boden vor den Fächern ab. Er scheint etwas gefunden zu haben, geht in die Hocke und hebt es auf. »Ist das Avas?«, sagt er und hält mir ein Zahlenschloss hin.

»Zeig mal ... ja, glaube schon.«

»Es ist nicht aufgebrochen worden«, sagt Deniz. »Aber warum liegt es hier rum? Die Polizei hätte es doch nicht einfach auf den Boden ...« Sein Handy fängt an zu blinken. »Oh Shit.«

»Was ist los?«

»Das ist David ...«

»Und jetzt?«

»Ich muss rangehen.«

»Hier? Bist du verrückt?«

»Was soll ich denn machen? Ich hab den ganzen Tag versucht ihn zu erreichen ...«

»Ruf ihn zurück!«

»Vergiss es. Ich geh raus ... ich ... warte draußen auf dich ...«

Er klemmt die Daumen unter die Gurte seines Rucksacks und eilt zur Treppe.

»Deniz!«, rufe ich mit unterdrückter Stimme, aber er stürmt schon die Stufen zum Erdgeschoss runter.

Ich taste noch einmal das Fach ab. Wenn hier eine Nachricht für uns war, dann ist sie jetzt weg. Dann werde ich Ava niemals bis Montag finden.

Ich will gerade Deniz hinterher, als ich das Geräusch höre. Ein dumpfes Pochen, das von den Mediensälen am anderen Ende des Oberstufenbereichs kommt. Was ist das? Ich schalte das Handylicht aus und schaue zum Treppenhaus. *Hau lieber ab, bevor jemand kommt*, sagt mir eine innere Stimme.

Da ist das Pochen wieder. Es ist lauter und unregelmäßiger als gerade eben. Da stimmt doch was nicht. Vielleicht spinnt einer der Rechner im Serverraum? Was, wenn ein

Kabel durchgeschmort ist und die ganze Schule in Brand setzt? Kann das passieren? Zögernd gehe ich durch den dunklen Gang auf das Geräusch zu. Hier gibt es keine Fenster, nur die digitale Anzeige des Getränkeautomaten spendet ein wenig Licht. Ich traue mich trotzdem nicht, mein Handy einzuschalten. Der Flur ist eine Sackgasse. Wenn jemand kommt, sitze ich in der Falle.

Das Klopfen wird lauter, als ich den Serverraum erreiche. Außerdem ist da ein leises, metallisches Klimpern. Dann sehe ich, was der Grund dafür ist: Im Türschloss steckt ein Schlüsselbund, der bei jedem Schlag erzittert. Mir stockt der Atem: Da ist jemand im Serverraum eingesperrt und klopft von innen gegen die Tür. Wieder schaue ich zum Treppenhaus, das weit hinter mir in der Dunkelheit liegt, wieder meldet sich die Stimme: *Du bist so was von im Arsch, wenn sie dich hier erwischen, Anzeige, Schulverweis, Stress mit den Eltern, Stress mit Esra, also, worauf wartest du noch? Hau endlich ab.*

Ich bleibe stehen und starre auf die Tür. Wer verbirgt sich dahinter? *Was* verbirgt sich dahinter?

»Hallo?«, flüstere ich unbeholfen.

Für eine Sekunde bleibt es still.

»*Lassen Sie mich raus! Lassen Sie mich sofort raus!*«

Erschrocken weiche ich zurück.

»*Sofort rauslassen!*«, brüllt der Bender heiser, wobei sich seine Stimme beinahe überschlägt.

Panisch sehe ich mich um. Was macht der denn da drin? Und was soll ich jetzt tun? Aufschließen und weglaufen? Wenn er das Licht im Flur anschaltet, erkennt er mich sofort, so schnell bin ich niemals im Treppenhaus.

Ich schalte meine Handylampe ein. In diesem Moment stürzt jemand hinter dem Getränkeautomaten hervor, stößt mich zur Seite und rennt an mir vorbei. Ich taumele und lasse mein Handy fallen. Im Serverraum dreht Bender jetzt komplett durch. Wie ein wildes Tier hämmert er gegen die Tür. *Wer ist da? Rauslassen!*«

Ich schnappe mir mein Handy, das vor dem Mülleimer gelandet ist, und renne der Gestalt hinterher. Mir schießen tausend Gedanken durch den Kopf. Wer ist das? Hat das alles was mit Ava zu tun? Was ist mit dem Bender? In Rekordgeschwindigkeit springe ich die Stufen zum Erdgeschoss runter, reiße die Tür zur Verwaltung auf und laufe durch den Flur zum Ausgang, wo in diesem Augenblick ein Schatten auf den Pausenhof verschwindet. Ich folge der Gestalt nach draußen und sehe, wie sie plötzlich vor dem Schultor stehen bleibt. Deniz läuft auf der anderen Seite auf und ab und telefoniert.

»Ich weiß, dass es dir ums Prinzip geht, David. Aber mir gehts um dich ...«

Die Gestalt dreht sich zu mir um. Sie hat eine Skimaske auf, mit Schlitzen für Mund und Augen, trägt schwarze Sachen und ... ja, doch, es ist eine Frau. Sie guckt mich an, steht bewegungslos wie ein Reh im Scheinwerferlicht. Dann kommt sie wieder zu sich und rennt Richtung K-fete. Ich jage ihr hinterher und hole immer weiter auf. Sie schlägt einen Haken zum Ufer, läuft am Bootshaus vorbei zum Anleger und bleibt am Ende des Stegs stehen.

Jetzt habe ich sie.

»Stopp!«, rufe ich außer Atem und versperre ihr den Weg zurück. »Wer bist du? Was machst du hier?«

Ich betrete den Steg. Er ist schmal und die Bohlen sind glitschig, ich muss aufpassen, dass ich nicht ausrutsche. Pechschwarze Wellen plätschern gegen die Holzpfähle, ein bedrohliches Gurgeln unter meinen Füßen.

»*Deniz!*«, rufe ich. »Deniz, schnell!«

Die Frau streckt abwehrend die Hand aus, bedeutet mir, nicht näher zu kommen. Vorsichtig wage ich den nächsten Schritt. Ich habe das Gefühl, dass der Steg zu schwanken beginnt, und breite die Arme aus, um das Gleichgewicht zu halten. Die Schrauben in meinem Rücken fangen an zu glühen wie ein eingebautes Warnsignal.

»Deniz!«

Die Frau blickt über ihre Schulter zum See, sieht dann wieder zu mir und schüttelt den Kopf. Was, wenn sie auf mich zu rennt und mich ins Wasser stößt? Plötzlich ist die Angst wieder da, die altbekannte Angst vor dem Ertrinken, und sie kriecht mir erbarmungslos die Kehle hoch. Meine Beine fangen an zu zittern. Der See gluckert und gluckst, kommt mir vor wie ein hungriges Tier, das gefüttert werden will. Mir wird schwindelig. Ich gehe in die Hocke und halte mich an den Holzbohlen fest.

Der Steg wackelt, Spritzwasser klatscht mir ins Gesicht und läuft mir über das Kinn, Wellen schlagen gegen die Pfähle. Die Bohlen schwanken und wackeln, als ob sie mich abwerfen wollten, ich lege ich mich auf den Bauch und klammere mich fest, presse mein ganzes Körpergewicht dagegen und versuche, rückwärts an Land zu robben. Aber dazu müsste ich die Bohlen loslassen. Auf keinen Fall werde ich die Bohlen loslassen. Wenn ich in den See falle, bin ich verloren.

»Bro, was ist los mit dir? Wer war das, wer ist da in den See gesprungen?«

Ich spüre Deniz' Hand auf meiner Schulter. Mit aller Kraft versuche ich mich zusammenzureißen und ihm zu antworten, aber ich bekomme keinen Ton heraus.

KLOTZ

Plopp.

Happy ließ die Beine von der Brücke baumeln und schnippte Steinchen ins Wasser. Auf der anderen Seite des Sees erwachte Schadow allmählich aus dem Tiefschlaf. Hansens Fischkutter lief gerade in den Hafen ein, eine Kehrmaschine schlich die Promenade entlang, hinter dem *American Diner* stauten sich Lieferfahrzeuge an der Ampel. Der Pausenhof des Schulgebäudes mit seinen Erkern und Türmchen (*Hogwarts für Arme*, hatte Adrian es mal genannt) füllte sich mit Leuten. Happy sah auf die Uhr. Noch zehn Minuten, dann begann die erste Stunde.

Im Sommer wimmelte es auf dem See von Kanus, Flößen und Kanadiern. Jetzt, im November, gehörte er ausschließlich den Wasservögeln. Sogar der Fährbetrieb wurde in den Wintermonaten eingestellt. Happy beugte sich nach vorn und betrachtete ihr Spiegelbild im Wasser. Nicht nur wegen der vielen Sommertage, die sie mit Adrian hier verbracht hatte, war die Eisenbahnbrücke ihr Lieblingsort geworden. Es war still und einsam, kein Mensch verirrte sich hierher, schon gar nicht bei der Kälte. Sie zog den Reißverschluss ihrer Winterjacke bis zum Kinn und schob mit den Händen weitere Steinchen zusammen, um sie dann Stück für Stück im See zu versenken.

Plopp – Plopp – Plopp.

Happy musste mindestens bis zur vierten Stunde auf der Brücke bleiben. Laura hatte heute Home-Office und würde misstrauisch werden, wenn Happy zu früh zurückkam. Seit Mo ausgezogen war, hatte sich Lauras Laune zwar grundlegend gebessert, aber weil sie jetzt Vollzeit arbeitete, war sie oft gestresst und schnell auf 180. Happy störte das nicht besonders. In den letzten Monaten hatte sie gelernt, die Außenwelt auf »stumm« zu stellen. Sie wollte nur nicht, dass Laura ihre Drohung wahr machte und sie wieder zu Frau Arnold schickte.

Heute früh war Happy einmal mehr mit dem Klotz auf der Brust aufgewacht. Ihr war sofort klar, dass sie nicht zur Schule gehen konnte. Völlig unmöglich, sechs Stunden lang in einem engen Klassenraum zu hocken und so zu tun, als wäre alles in Ordnung. Allein beim Gedanken daran brach ihr der Schweiß aus. Nein, wenn der Klotz da war, half nur frische Luft und Bewegung, dann hielt sie es nicht in geschlossenen Räumen aus.

Als der Klotz das erste Mal zentnerschwer auf ihre Brust gedrückt hatte, war sie panisch geworden. Sie dachte, sie wäre krank, irgendwas mit ihrer Lunge würde nicht stimmen oder mit ihrem Herzen, das ihr schlug bis zum Hals. Plötzlich hatte sie das Gefühl, die Wände würden sich zusammenschieben und sie zerdrücken. Sie war aufgesprungen und nach draußen gerannt, über die Straße und bis zur Uferpromenade, am Hafen vorbei und zum Strand. Dort hatte sie sich zwar fürs Erste beruhigen können, aber seit diesem Tag war der Klotz ein Teil ihres Lebens.

Nach der zweiten oder dritten Panikattacke hatte sie versucht, sich damit abzufinden. Der permanente Druck auf der Brust war ein Scheißgefühl, ja, aber immerhin war er ein *Gefühl*. Seit dem Unfall war sie innerlich wie taub, und das war viel schlimmer. Sie hätte traurig sein sollen oder verstört oder wütend, egal was, aber sie fühlte nichts, absolut nichts. Nicht einmal bei der Trauerfeier in der Aula, als *seine* Schwester eine herzzerreißende Rede gehalten hatte, hatte sie Mitleid verspürt. Es war, als hätte ihr jemand den Stecker gezogen.

Wie ein Android bewegte sie sich seit dem Unfall durchs Leben, außen Mensch, innen gefühlslose Maschine. Sie tat, was notwendig war, ging in die Schule (wenn der Klotz es erlaubte), unterhielt sich mit ihren Freundinnen, lachte mit ihnen – und spürte dabei: *nichts*. Selina beschwerte sich manchmal, dass sie sich nur noch so selten bei ihr meldete. Happy war das nicht mal aufgefallen. Sie dachte einfach nicht daran, ihr zu schreiben oder sie anzurufen. Sie wusste auch nicht, was sie mit Selina besprechen sollte. Früher hatten sie sich stundenlang über Jungs unterhalten, aber das konnte Happy jetzt nicht mehr. Sie konnte Selina nicht vorspielen, sich für irgendeinen Typen zu begeistern, sie konnte sich ja nicht einmal mehr daran erinnern, wie sich *echte Begeisterung* anfühlte – wie sollte sie sie dann vortäuschen?

Plopp.

Wenn sie zu Hause war, schaute sie Serien oder Videos und Reels auf YouTube oder TikTok. Lesen konnte sie nicht. Wenn es ihr früher nicht gut gegangen war, hatte sie sich in die Welt ihrer Bücher geflüchtet, nach Mittelerde, Hogwarts oder Westeros, war im Kosmos von Shira McCullogg abgetaucht oder mit Rudy Renegade auf Reisen gegangen, aber das ging alles nicht mehr. Sie hatte es versucht, immer und immer wieder, aber sie konnte sich einfach nicht konzentrieren, spätestens nach der ersten Seite fingen die Sätze an, keinen Sinn mehr zu ergeben, sich nur noch zusammenhangslos aneinanderzureihen. Also guckte sie fern. Auch hier verlor sie zwar ständig den Faden, aber das Geflimmer lenkte sie wenigstens ab.

Früher hatte sie sich auch oft auf der Halfpipe ausgetobt, wenn sie schlechte Gedanken vertreiben wollte. Seit dem Unfall lag ihr Skateboard unberührt im Kleiderschrank. Happy konnte nicht mehr auf das Brett steigen, es war ihr unmöglich. Sie verspürte einen großen inneren Widerstand, wie bei allem, was ihr Freude machte. Es war nicht richtig, dass es ihr gut ging, während *er* tot und begraben auf dem Friedhof lag und nie wieder Spaß haben würde, es war einfach nicht gerecht.

Happy drehte eines der Steinchen in ihrer Hand und fuhr mit der Fingerspitze über die scharfe Kante. Die Verlockung war groß, aber noch eine Narbe am Arm oder am Oberschenkel würde auffallen, und sie musste unbedingt vermeiden, dass Laura etwas bemerkte. Auf keinen Fall wollte sie noch einmal zu Frau Arnold.

Laura hatte sie dorthin geschleppt, nachdem ihre Noten immer schlechter geworden waren. Für sie hing Happys Zustand mit der Trennung zusammen und sie dachte wohl, dass eine psychologische Beratung helfen würde. Die erste Sitzung war die Hölle gewesen. Es war ein bisschen wie früher, wenn Carla von außen die Kinderzimmertür aufdrücken wollte und Happy von innen dagegenhielt. Nur dass es jetzt nicht mehr um ihr Kinderzimmer, sondern um ihren Kopf ging, zu dem sich Frau Arnold mit aller Macht Zugang verschaffen wollte. Das durfte auf keinen Fall passieren, ihre Gedanken gehörten ihr allein, also wendete Happy ihre ganze Kraft auf, um die Tür geschlossen zu halten.

Plopp.

Der Schulgong ertönte und Happy stellte mit Erstaunen fest, dass es bereits Zeit für die erste große Pause war. Saß sie wirklich schon seit fast zwei Stunden hier auf der Brücke? Dass ihre Hände blau waren und vor Kälte zitterten, sprach dafür.

Sie blickte über den spiegelglatten See, der die Wellenkreise ihres Steinchens schon wieder geschluckt hatte und sich kalt und klar vor ihr ausbreitete. Dort, wo im Sommer die Badeplattform verankert war, trieb eine einsame, schwarze Boje. Im Winter wurde die Plattform eingeholt und instand gesetzt, und wenn sie im Mai dann wieder auf den See gebracht wurde, war das für viele in Schadow der offizielle Beginn der Badesaison. Über dem *Diner* stieg eine Wolke auf. Wahrscheinlich hatten sie die Fritteuse angeworfen. Adrian liebte die Pommes im *Diner. Knusprig, aber nicht zu trocken.* Wie immer, wenn sie an ihn dachte, machte sich ein leichtes Ziehen in ihrem Bauch bemerkbar, das aber schnell wieder in dem schwarzen Loch verschwand, das seit dem Unfall alle Gefühle in ihr aufsaugte.

Plopp.

Adrian hatte sie nie gefragt, warum sie in jener Nacht nicht gekommen war. Er hatte so getan, als hätte es ihren Chat nie gegeben, als hätte Happy sich nie angekündigt. Das Thema schien wie aus seiner Erinnerung radiert, genau wie ihr Kuss ein paar Tage zuvor. Auch Happy hatte nichts gesagt. Sie war nicht in der Lage, über irgendetwas zu sprechen, das mit dem Unfall zu tun hatte. Sie konnte es einfach nicht. Sie *durfte* es nicht. Gleichzeitig fürchtete sie, dass Adrian sie doch irgendwann fragen würde, und dass dann alles aus ihr herausbrechen könnte. Sie hatte also gar keine andere Wahl gehabt, als sich von ihm zurückzuziehen. Abgesehen davon fühlte es sich auch nicht richtig an, wenn sie sich die Last von der Seele reden und von Adrian trösten lassen würde. Sie lebte und *er* war tot. Was gab es da zu trösten?

Happy hatte versucht, den Unfall so gut es ging auszublenden, aber das war praktisch unmöglich. Wochenlang gab es kein anderes Thema in Schadow. Das Holzkreuz, das sie an der Hauptstraße aufgestellt hatten, die Gedenkgottesdienste in der Schule und die Gespräche auf den Fluren, die *neverforget*-Hashtags überall, der mit Bildern und Blumen verzierte Spind, die Zeugenaufrufe, die die Schwester an jeden Laternenmast klebte, und, und, und. Es war und blieb eine gewaltige Anstrengung für Happy, das alles von sich fernzuhalten.

Erneut strich sie mit der Fingerspitze über die Kante des Steins. Dann holte sie aus und warf ihn in hohem Bogen in den See. Fort damit, dachte sie und wäre von ihrem eigenen Schwung beinahe von der Brücke gerutscht. Angestrengt atmete sie ein. Heute wollte der Klotz einfach nicht weggehen. Er hatte sich weder von der halbstündigen Fahrt auf dem Rad noch von der

Kälte beeindrucken lassen und drückte ihr unerbittlich die Luft ab.

Vielleicht sollte sie einfach von der Brücke springen und den Klotz vom Wasser davontragen lassen. Was würde passieren, wenn sie das täte? Vom Sprung würde sie sich nicht verletzen, aber dann? Wenn sich ihre Kleidung mit Wasser vollgesogen hatte und schwer wurde wie Blei, würde sie es dann noch schaffen, ans Ufer zu schwimmen? Oder würde ihr Kreislauf wegen der Kälte versagen? Sie würde untergehen und ertrinken, dann wäre alles vorbei und sie würde aufhören zu *sein*. Würde ihre Seele dann fliegen, wie Laura es ihr erzählt hatte? Würde sie ihre Großeltern im Himmel wiedersehen?

Sie entdeckte ein einzelnes Ruderboot mit zwei Männern auf dem See. Einer hatte sich hingestellt und winkte ihr zu. Happy war zu erstaunt, um zurückzuwinken. Wo kam das Boot plötzlich her? Kannte sie den Mann? Jetzt rief er etwas, das sie nicht verstand. Erst als er sich wieder hinsetzte, die beiden den Kurs wechselten und auf die Brücke zu ruderten, bemerkte Happy, dass sie aufgestanden war. Ihre Fußspitzen ragten über die Kante der Brücke und ihre Arme hatte sie ausgebreitet wie eine Seiltänzerin. Jetzt hörte sie den Mann wieder, und diesmal verstand sie ihn.

»Tu das nicht«, rief er.

Sonntagnachmittag

Psychosomatisch bedeutet nicht, dass du dir was einbildest, was nicht da ist. Es bedeutet, dass in deinem Kopf Gedanken freidrehen und du anfängst, dir die schlimmsten Sachen auszumalen, die passieren könnten, und dass du dich da so reinsteigerst, dass es *echte* körperliche Auswirkungen hat: Bauchschmerzen vor der Mathearbeit, zum Beispiel, Schweißausbrüche bei der Projektpräsentation, zittrige Hände vor dem ersten Date.

Ich kriege halt einen Nervenzusammenbruch, wenn ich dem See zu nahe komme. Manchmal könnte ich selber drüber lachen, weil es so absurd ist. Ich kann ja schwimmen. Ich habe auch keine Angst vor dem Wasser. Es ist die Angst vor der Angst, die mich lähmt. Die Angst, dass mich wieder eine Panikattacke erwischt und ich ertrinke.

Bei Tageslicht betrachtet ist der Steg neben dem Bootshaus breit genug, dass du locker zu zweit nebeneinandergehen kannst. Also eigentlich kein Grund, durchzudrehen und Schiss zu bekommen. *Eigentlich.* Es sei denn, du hast einen an der Klatsche wie ich. Bisher hatte ich die Angst eigentlich ganz gut unter Kontrolle. Oder besser gesagt, bisher habe ich immer eine gute Ausrede gefunden, um nicht ins Wasser zu müssen. Aber in einer Stadt wie Schadow kannst du dem See auf Dauer nicht entkommen.

»Alles okay bei dir?«, fragt Jessi und berührt mit ihrer Hand flüchtig mein Knie. »Du bist so still.«

»Jaja, alles okay.«

Wir haben einen Tisch am Panoramafenster im *Diner* ergattert. Heute früh hat es geregnet und der Himmel über dem See ist immer noch von einem grauen Wolkenschleier verdeckt, hinter dem die Sonne aussieht wie ein verlaufener Eidotter. Warm ist es trotzdem. Esra trägt Shorts und Flipflops, ihre Schwester ein hellgrünes, schulterfreies Kleid, das ziemlich eng sitzt und ein bisschen unbequem aussieht. Die beiden haben sich die Etage für Damenmode im H&M ganz klar aufgeteilt: Esra im Kleid? Höchstens beim Abschlussball denkbar. Jessi mit Jogginghose? Nicht in diesem Leben.

Im *Diner* ist Oldies-Sunday. Der Bildschirm über dem Tresen ist schwarz und aus der Jukebox tönt *Jailhouse Rock*. Deniz ist draußen auf dem Parkplatz und telefoniert mit David. Esra hat ihr Vokabelheft aufgeschlagen, die rechte Spalte mit einem Löschpapier abgedeckt und murmelt spanische Verben vor sich hin. Jessi plaudert mit Vanessa, die heute im *Diner* bedient. Ihr Parfum hängt süß und schwer in der Luft, sie zupft ständig am Saum ihres Kleids und rutscht dabei auf der knallrot gepolsterten Bank hin und her, auf der wir ein bisschen zu nah beieinandersitzen. Über Freitagabend haben wir nicht geredet. Nach der Sache gestern Nacht hätte ich auch keinen Kopf dafür. Eigentlich wollte ich heute gar nicht ins *Diner* kommen, aber Esra wäre bestimmt wieder sauer gewesen, wenn ich abgesagt hätte.

»Entspann dich mal, Sis«, sagt Jessi, als Vanessa zum nächsten Tisch gegangen ist, um die Bestellungen aufzunehmen, und stupst Esra mit der Spitze ihrer weißen High Heels an.

»*Déjame*, Sis«, antwortet Esra, ohne von ihrem Heft aufzusehen. Sie schlägt die Beine übereinander und lässt ihren Flipflop am großen Zeh baumeln. »Wir schreiben morgen den Test, *te acuerdas*?«

»Genau. Und ich weiß jetzt schon, welche Streberin wieder eine Eins kriegt und dann ganz erstaunt tut. Eine Eins? Ich? Das kann nicht sein, ich hab doch *überhaupt* nicht gelernt.«

Jessi versteckt sich grinsend hinter meinem Rücken. Esra hasst es, wenn man sie eine Streberin nennt. Das weiß ihre Schwester natürlich genau und macht es deswegen erst recht.

Die beiden sind nicht nur bei der Klamottenauswahl total unterschiedlich. Während sich Jessi mit mittelguten Noten zufriedengibt, muss Esra immer die Beste sein. Und das nicht nur in der Schule. Für den Short-Story-Wettbewerb hat sie einen fünfseitigen Text über eine Klimaaktivistin geschrieben, der später in voller Länge und mit einem lobenden Kommentar unserer Direktorin in der *Flaschenpost* abgedruckt wurde. Den ersten Preis hat sie damit aber nicht gewonnen. Die fünfhundert Euro gingen an eine ziemlich abgedrehte Kurzgeschichte über eine Kopfgeldjägerin in einer dystopischen Zukunft. Als sich rausgestellt hat, dass die Geschichte von Ava stammt, war Esra natürlich bedient. Ausgerechnet Ava. Die beiden haben eh schon so ein Ding mit ihren Noten am Laufen, und dann schnappt Ava ihr auch noch den ersten Platz bei der Short-Story-Challenge vor der Nase weg.

Deniz kommt zurück ins *Diner*.

»Der Bender ist im Krankenhaus«, sagt er und setzt sich neben Esra.

»Warum das denn?«, fragt Jessi erschrocken und nimmt einen Schluck von ihrer Apfelschorle. »Woher weißt du das?«

»Von David. Ich hab gerade mit ihm telefoniert. Der Bender hatte einen Schock, Davids Kollegen haben ihn überhaupt nicht beruhigen können.«

»Wundert mich nicht«, sagt Esra und guckt ihre Schwester mit zusammengekniffenen Augen an. »Der kriegt ja schon einen Herzinfarkt, wenn er jemand mit einem Handy im Schulgebäude erwischt.«

»Haben die was aus ihm rausgekriegt?«, frage ich.

Deniz zuckt mit den Schultern. »Was denn? Die Sache ist doch klar. Die Frau, die du aufgescheucht hast, ist in die Schule eingebrochen. Sie hat nicht damit gerechnet, dass noch jemand im Gebäude ist, es war ja schon spät und außerdem Samstagabend. Wahrscheinlich hat sie Panik gekriegt, als sie den Bender im Serverraum bemerkt hat. Sie hat die Tür zugeworfen und abgeschlossen und dann hat sie Avas Fach ausgeräumt.«

»Woher willst du denn wissen, dass es ihr nur um Avas Spind ging?«, sagt Jessi.

»Avas Fach war das einzige, das offen stand. Und das Schloss lag am Boden ...«

»Trotzdem«, sagt Jessi und verschränkt die Arme. »Du weißt doch gar nicht, ob noch andere Schlösser geknackt worden sind.«

»Darf ich mal weiterreden? Also, die Alte sperrt den Bender ein, macht sich an Avas Spind zu schaffen, und dann kommt schon die nächste Überraschung um die Ecke. Nämlich *wir*. Sie versteckt sich, und als der Bro hier sie mit der Taschenlampe anleuchtet, wirft sie ihn um und haut ab.«

»Sie hat mich nicht *umgeworfen*«, sage ich. »Sie hat mich weggestoßen. Ich habe einfach null damit gerechnet, dass da jemand ist ...«

»Ich frag mich, was der Bender um die Zeit in der Schule gemacht hat«, sagt Esra und schlägt ihr Vokabelheft zu.

»Wahrscheinlich hat er im Serverraum gehockt und Pornos geguckt.« Deniz lacht und macht eine Bewegung mit der Faust vor seinem Schoß.

»Boah, Deniz.« Esra verzieht das Gesicht. »Und ihr seid sicher, dass er euch nicht gesehen hat?«

»Er war *eingeschlossen*. Wenn er keinen Röntgenblick hat, dann kann er uns nicht gesehen haben.«

Drei Mädchen im Hockeyoutfit des Humboldt-Gymnasiums kommen ins *Diner*. Sie stellen ihre Schläger in die Ecke beim Chevy und setzen sich an den Tisch neben uns. Jessi schnaubt abfällig. »Wenn ich heute Dienst hätte, könnten die Humboldt-Bitches aber lange warten.« Sie zupft wieder ihr Kleid zurecht. »Egal. Also, ich glaube nicht, dass die Sache was mit Evil Ava zu tun hat. Wer würde denn wegen *der* in die Schule einbrechen?«

»Nenn sie doch nicht immer so«, sage ich und rutsche ein Stück zur Seite. »Vielleicht wurde sie entführt. Vielleicht wusste sie, dass sie in Gefahr ist, und hat zur Sicherheit etwas in ihrem Spind versteckt, das ihre Entführer verrät. Ihre Lebensversicherung sozusagen.« Ich schaue in die Runde, aber keiner sagt was. »Das haben die Entführer irgendwie rausbekommen und wollten den Hinweis beseitigen.«

»Vielleicht hat Ava jemanden erpresst?«, sagt Jessi. »Das würde doch zu ihr passen.«

»Ihr guckt viel zu viel True-Crime-Zeugs«, sagt Esra.

»Vergiss das Hai-Zeichen auf dem Klassenfoto nicht ...«, sage ich. »Sie war in Gefahr.«

»Und wie hat sie dann die Nachricht in den Klassenchat geschickt, wenn man sie entführt hat?«, fragt Esra kopfschüttelnd. »Am Freitag war sie doch schon drei Tage weg ...«

Ich verschränke die Arme und betrachte die Möwen, die über dem See ihre Kreise ziehen. Esra hat einen Punkt. Hätte Ava nur für einen kurzen Moment Zugang zu ihrem Handy gehabt, hätte sie doch bestimmt die Polizei angerufen oder ihrer Mutter geschrieben.

»Und was soll der Zettel?«, sagt Deniz. »Ich glaube nicht an eine Entführung, so ohne irgendwelche Forderungen.«

»Ich hab keine Lust mehr, über Evil Ava zu reden«, sagt Jessi gähnend und streckt die Arme aus. »Die Sonne kommt raus. Leute, das müssen wir genießen.«

Sie dreht ihr Gesicht zum Fenster und schmiegt ihren Kopf an meine Schulter. Mein Körper verkrampft sich.

Esra grinst mich an. »Deniz«, sagt sie. »Hast du gesehen, dass jemand ›I love you Deniz Ö.‹ auf das Ortsschild geschrieben hat?«

»What? Wirklich?«

»Komm mit, ich zeigs dir.«

»Ich komm auch mit«, sage ich und will mich aufrichten, aber Jessi macht keine Anstalten, ihren Kopf von meiner Schulter zu nehmen.

»Lass mal, Babe«, sagt Esra. »Ich muss mit Deniz eh noch was besprechen.«

»Was denn?«, fragt er verwundert.

»Sag ich dir gleich.« Esra macht eine ungeduldige Kopfbewegung Richtung Tür.

Deniz hebt entschuldigend die Hände und steht auf. Esra hakt sich bei ihm unter und schiebt ihn sanft an der Jukebox vorbei zum Ausgang. Ich spüre, wie sich eine unsichtbare Schlinge um meinen Magen legt. Jessi hat die Augen geschlossen, ihre Brüste heben und senken sich bei jedem Atemzug. Wie immer hat sie viel Make-up drauf, ihre blonden Locken riechen nach Vanille und Rosen. Hilfe suchend schaue ich Esra und Deniz nach.

»Denkst du auch noch an Freitagabend?«, sagt Jessi leise. Ohne eine Antwort abzuwarten, fährt sie fort. »Es war so schön, wie du mich gehalten hast. Wie wir durch Lennarts Zimmer getanzt sind …«

Ich kann mich nicht daran erinnern, mit ihr getanzt zu haben. Wir sind höchstens gewankt, weil wir beide viel zu viel *Spicy Özdal* intus hatten. Jessi hat die Augen immer noch zu und sie lächelt. Die Schlinge um meinen Magen zieht sich zu.

»... wie wir uns geküsst haben ...«

»Jessi ...«

Sie richtet sich auf und schaut mich mit glänzenden Augen an. »Ich mochte dich vom ersten Tag an, als du in unsere Klasse kamst, weißt du? Frag Esra, die kanns dir bestätigen.«

»Jessi, ich ...«

Sie fixiert mich mit ihrem Blick und rückt ganz nah an mich heran, sodass ich ihren warmen Atem auf meinem Gesicht spüre. »Du musst nichts sagen. Lass es einfach passieren. Alles ist gut.«

Ich weiche zurück. »Jessi, es tut mir leid. Ich kann das nicht.«

»Natürlich kannst du das. Du musst dich nur einlassen. Ich bin vorsichtig mit deinem Rücken. Vertrau mir.«

Jessi fährt mit ihrer Hand über meinen Oberschenkel zu meinem Schritt. Eine heiße Welle durchflutet meinen Körper. *Do it*, ruft eine Stimme in meinem Kopf. *Endlich Sex!*

»Das ... das geht nicht«, sage ich und rutsche an die Kante der Bank. »Ich ... Versteh mich nicht falsch. Du bist echt nett, ich mag dich gern, aber ... und jetzt die Sache mit Ava ... das ist alles zu viel gerade.«

»*Nett*«, sagt sie mit erstickter Stimme. »Ist das alles? Und was war am Freitag?«

»Das ... das war ... ich wollte das nicht.«

Jessis presst die Lippen aufeinander. »Küsst du etwa jede, die du *nett* findest? Ich glaub dir das nicht. Ich nehm dir das nicht ab. Da war mehr zwischen uns, das hab ich gespürt. Da ist schon lange so viel mehr zwischen uns.«

Ich sehe aus dem Fenster. Die Sonne ist jetzt vollends zwischen den Wolken hervorgebrochen und spiegelt sich golden auf der Wasseroberfläche. Vanessa guckt schnell weg, als unsere Blicke sich treffen.

»Jessi«, sage ich. »Ich mag dich wirklich. Aber halt nicht *so*. Du bist wie ein ... Kumpel für mich.«

»Wie ein *was*?« Ihr Blick wird kalt, das Verträumte verschwindet aus ihren Augen. »Ein *Kumpel*?«

»Jessi ... ich ...«

»Ein *Kumpel*«, wiederholt sie und lacht auf. »Also *das* hab ich wirklich noch nie gehört.« Ihre Miene versteinert. »Eigentlich hätte mir klar sein müssen, dass du nicht auf richtige Frauen stehst.«

»Was soll das denn heißen?«

»Bei deiner heiß geliebten Ava musst du ja zweimal hingucken und weißt immer noch nicht, ob es ein Junge oder ein Mädchen ist.«

»So ein Schwachsinn. Nur weil sie kurze Haare hat.«

Jessi steht auf und zieht sich das Kleid über den Brüsten zurecht. »Jaja, lass bloß nichts auf sie kommen.« Sie stemmt ihre Hände auf die Tischplatte und beugt sich noch einmal zu mir. »Es gibt genug Typen da draußen, die mich daten wollen. Irgendwann wirst du checken, was du verpasst hast. Viel Spaß noch mit Avas kindischer Schnitzeljagd. Ich gehe jetzt.«

»Jetzt sei doch nicht eingeschnappt, Jessi ...«

»*Eingeschnappt?!*« Jessis Stimme überschlägt sich, ihre Wangen sind knallrot. Die drei vom Humboldt gucken sowieso schon die ganze Zeit, aber jetzt ist das ganze *Diner* auf uns aufmerksam geworden. Vanessa guckt betreten zu Boden, als sie an unserem Tisch vorbeikommt. »Du meinst, ich soll mich nicht so anstellen?« Fassungslos wirft sie die

Arme in die Luft. »Weißt du, was? Andi hat recht. Du bist 'ne Lusche. Du bist einfach nur ein Nerd, der versucht cool zu sein. Du passt nicht zu uns.«

»Ich bin *was*?«

Doch Jessi dreht sich um und stürmt wütend zum Ausgang, vorbei an Deniz und Esra, die das Schauspiel von der Tür aus betrachtet haben.

»Well, *that* escalated quickly«, sagt Deniz und nickt anerkennend, als er und Esra an den Tisch kommen.

Esra schnappt sich ihren Rucksack und dreht sich zu den Humboldt-Mädchen. »Was gibts hier zu glotzen?«, fährt sie sie an und marschiert dann, ohne sich von uns zu verabschieden, nach draußen zu ihrer Schwester. Die drei gucken ihr mit offenem Mund hinterher.

Deniz nippt an seiner Cola. »Das mit dem Schlussmachen müssen wir wohl noch ein bisschen üben, Bro.«

»Ich hab nicht Schluss gemacht. Wir waren ja nicht zusammen. Ich hab Jessi gesagt, dass ich sie mag, aber mehr nicht. Was hätte ich denn sonst tun sollen?«

Deniz klopft mir mitleidig auf den Schenkel. »Du hättest die Finger von ihr lassen sollen. Ich hätte dir gleich sagen können, dass das bei Jessi Kopfkino auslöst.«

»Vielen Dank für den Tipp, du Experte. Mit deinem blöden *Spicy Özdal* hat alles angefangen ...«

»Fine, schieb mir ruhig die Schuld zu. David und ich hatten heute Morgen hervorragenden Versöhnungssex, mir kann nichts die gute Laune verderben.«

»Na wunderbar. Hat er dir verziehen?«

»Hat er. Aber ich bin auf Bewährung. Spätestens bei der Schulabschlussparty muss ich mich mit ihm zeigen. Sonst ist es over.«

Auf dem See röhrt der Dieselmotor der Fähre auf, die

gerade nach Schadow Nord ablegt und die Touristen zurück zu ihren Autos bringt, die keine Lust auf das sonntägliche Verkehrschaos in der Innenstadt hatten. Vanessa balanciert drei Teller mit Burgern und Pommes auf ihrem linken Unterarm, während sie in der rechten ein Tablett mit Gläsern hält. Die anderen Leute im *Diner* haben sich wieder ihren Tellern zugewendet und scheinen uns nicht mehr zu beachten. Mir schwirren immer noch Jessis Worte durch den Kopf. *Deine heiß geliebte Ava.* Wie kommt sie darauf? Ava und ich haben nach der Sache in der Sandgrube kaum noch miteinander geredet. Und auch vorher war die Stimmung zwischen uns nicht gerade top.

Linus und Jordan kommen rein und setzen sich an einen Tisch in der Nähe der Bar. Linus winkt mir zu. Ich winke zurück und lasse mich in das Polster der Bank sinken.

»Was denkst du?«, sagt Deniz.

»Dass ich ein Idiot bin.«

»Gut! Selbsterkenntnis ist der erste Schritt. Hast du echt nicht gecheckt, dass Jessi in dich verknallt ist? Ich meine, wie die dich immer anguckt. Das *musst* du doch gemerkt haben.«

»Hab ich nicht. Echt nicht. Warum hast du mir denn nichts gesagt?«

Er zuckt mit den Schultern. »Ich dachte, das ist offensichtlich. Außerdem musste ich schwören, nichts zu erzählen.«

Ich denke an Momente, bei denen es mir hätte auffallen müssen, an Dinge, die Jessi gesagt oder getan hat. Natürlich haben wir viel miteinander unternommen, waren am Strand, im *Diner*, in der K-fete oder im Kino, aber wir waren selten allein, fast immer waren die anderen dabei. Vor Freitagabend hat sie nie einen Move gemacht, und den hab ich dann auch nicht wirklich ernst genommen. Die ist total betrunken, habe ich gedacht, und ein bisschen durch wegen der Sache mit dem Drink und ihrer Allergie. Nur in der Sandgrube hatte ich mich ein bisschen gewundert, weil sie da plötzlich so anhänglich wurde, aber bevor mehr passieren konnte, war die Party auch schon vorbei gewesen.

»Jessi kriegt sich schon wieder ein«, sagt Deniz. »Mach dich nicht verrückt deswegen. Wie ist jetzt der Plan wegen Ava?«

»Ich weiß es nicht. Der Spind war eine Sackgasse.« Ich schaue auf mein Handy, aber es gibt noch immer keine neue Nachricht von ihr. »Ich verstehe das alles nicht. Wer hat Avas Spind ausgeräumt? Die Einbrecherin? Wenn ja, woher kannte sie die Zahlenkombination? Wer hat mir den Zettel in die Hose gesteckt? Was passiert am Montag?« Frustriert stecke ich mein Handy weg. »Uns läuft die Zeit davon und wir kommen keinen Schritt voran.«

»Vielleicht war das in der Schule auch nur ein Junkie, vielleicht wollte die nur die neuen Laptops aus dem Computerraum klauen. Vielleicht ist Ava morgen wieder da und alles ist gut.«

»Das glaubst du doch selber nicht.«

»Evil Ava traue ich alles zu.«

»Deniz, echt jetzt. Hör mal auf, sie dauernd so zu nennen.«

»Das war doch nur ein Spaß.«

»Ich weiß. Trotzdem. Sie ist nicht *evil*. Sie hat einfach eine Scheißzeit hinter sich. Die Trennung ihrer Eltern, Covid und das alles. Seither ist sie wie ein anderer Mensch.«

»Das hast du mir schon tausendmal erzählt, Bro«, sagt er und klopft mir erneut auf den Schenkel. »Weißt du, was? Ich rufe jetzt meinen Vater an und frage ihn, ob wir seine Karre haben können. Dann machen wir uns auf die Suche nach ihr. Hast du schon eine Idee, wo?«

Sein Vorschlag versöhnt mich sofort. Es ist längst überfällig, dass wir etwas unternehmen. »Ja! In der Sandgrube, zum Beispiel? In den Schrebergärten?«

»Okay«, sagt Deniz und holt sein Handy aus der Tasche. »Ich geh kurz raus. Bin gleich wieder da.«

Nachdenklich sehe ich ihm hinterher. Ich wünschte, ich könnte mit ihm in die Vergangenheit reisen und ihm die *alte* Ava vorstellen. Ich wette, er würde sie nicht wiedererkennen. Manchmal frage ich mich, ob ich sie selber noch wiedererkennen würde.

Linus kommt zu mir an den Tisch geschlurft und grinst mich an. Er hat sein *Masters of Walldor*-Shirt an, das er auch jeden Donnerstagabend trägt, wenn wir uns zum Zocken treffen. Er sagt zwar, das hätte nichts mit Aberglaube zu tun, aber ich weiß genau, dass er Schiss hat, er würde ohne das Shirt gegen mich verlieren.

»*Lord Kyron*«, sagt er und legt eine ungelenke Verbeugung hin. »Habt Ihr Lust, eine Runde Yalda zu spielen?«

UNTEN

Blut tropfte von Happys Kinn auf den Basketballcourt. Zitternd zog sie ein Taschentuch aus der Packung, die ihr Frau Brandt hinhielt, und presste es sich vor die Nase. War sie gebrochen? Happy spürte keinen Schmerz. Trotzdem liefen ihr Tränen über die Wangen, als wäre sie ein kleines Kind. Vielleicht stand sie unter Schock. Vielleicht kamen die Schmerzen noch.

Die anderen Mädchen saßen auf den Betonbänken am Spielfeldrand in der Sonne und unterhielten sich. Keine von ihnen kam, um ihr den Arm um die Schulter zu legen, sie zu trösten oder zu fragen, wie es ihr ging. Keine. Happy hätte verbluten können – es hätte sie nicht interessiert. Neben ihr wischte der Bender die Blutlache auf. Als er den Lappen über dem Putzeimer auswrang, tropfte hellrotes Wasser hinein.

»Oh mein Gott, wie eklig«, rief Jessi und würgte laut. Die anderen fingen an zu lachen.

Happy schossen erneut Tränen in die Augen, aber diesmal vor Wut. Der Bender rieb sich die Hände an seinem Overall trocken und humpelte wortlos mit dem Reinigungswagen im Schlepptau davon.

Frau Brandt drückte Happy ein weiteres Taschentuch in die Hand. »Alles okay?«

»Ich denke schon.«

»Gut, dann kannst du dich umziehen gehen.« Frau Brandt nickte ihr aufmunternd zu und wandte sich dann an die anderen. »Aufs Feld mit euch, zack, zack, Aufstellung. Jessi, du auch.«

Mit dem Taschentuch unter der Nase schlich Happy zur

Umkleide. Die Sanders-Zwillinge trabten an ihr vorbei auf den Platz. Esra würdigte sie keines Blickes. Jessi verzog ihren Mund zu einem hämischen Grinsen. Happy hätte ihr zu gern eine verpasst, aber sie riss sich zusammen. Sie durfte nicht ausrasten, nicht schon wieder, den Triumph würde sie ihr nicht gönnen. Es war alles Jessis Schuld. Sie hatte ihr den Basketball ins Gesicht gedonnert und sich nicht einmal dafür entschuldigt. War keine Absicht, hatte sie zu Frau Brandt gesagt, die Neue hat halt nicht aufgepasst. *Die Neue.* Als ob es verboten wäre, Happys Namen auszusprechen.

Happy fühlte sich unendlich müde. Am liebsten wäre sie nach Hause gegangen, um sich für den Rest des Tages unter ihrer Bettdecke zu verkriechen. Die letzten Wochen waren hart gewesen. Wieder Schule. Die neue Klasse. *Die Zwillinge.*

In der Umkleide warf sie die Taschentücher weg und begutachtete ihre Nase im Spiegel. Sie hatte aufgehört zu bluten, und geschwollen war sie auch nicht. Alles halb so wild, sagte sie sich, wusch sich das Gesicht und trocknete es ab. Dann zog sie vorsichtig ihr *Titus*-Shirt aus. Hoffentlich gingen die Blutflecken wieder raus. Auch wenn sie schon lange nicht mehr skatete, war es immer noch ihr Lieblingsshirt.

Happy hatte keine Lust, den Zwillingen gleich wieder zu begegnen, also verzichtete sie aufs Duschen und zog sich eilig um. Sie stopfte die Sportklamotten in ihren Rucksack, band sich die Haare zusammen und blickte auf die Uhr. Es blieb noch etwas Zeit, bis die Stunde zu Ende war. Erneut betrachtete sie sich im Spiegel. Sie war blass und hatte dunkle Ringe unter den Augen. Seit dem Unfall schlief sie schlecht. Sie schreckte mehrmals in der Nacht auf und lag dann manchmal ewig wach.

Es war ziemlich genau ein Jahr her, dass Steinis Tod ihr altes Leben beendet hatte. Und seitdem lief einfach alles falsch. Vielleicht war es nur ein Albtraum, aus dem sie bald erwachen würde, dachte sie und kniff sich in die Wange. Es tat weh und ihre Haut rötete sich, aber sonst passierte nichts. Sie stand immer noch in der Umkleide vor dem Spiegel, sie steckte immer noch in einer Klasse voller Idioten, Mo war immer noch abgetaucht, und Steini war immer noch tot.

Sie hatte bis zum heutigen Tag niemandem erzählt, dass sie den Unfall beobachtet hatte. Sie konnte es nicht. Jedes Mal, wenn sie kurz davor war, mit Laura darüber zu sprechen, versagte ihr die Stimme. Dann schloss sich eine Tür, und der Unfall verschwand dahinter, weggesperrt von einem Mechanismus, über den Happy keine Kontrolle hatte. Sie bekam nicht über die Lippen, was sie gesehen hatte, aber die Bilder ließen sie nicht los. Sie gingen ihr ständig durch den Kopf, konnten jederzeit wie aus dem Nichts auftauchen, egal, was sie tat oder wo sie war, beim Einkaufen, in der Schule, unter der Dusche, es brauchte keinen Trigger. Und dann die Schuldgefühle: Hätte sie Steini früher warnen müssen? Hätte sie lauter rufen müssen? War er schneller gegangen, weil er sie auf der anderen Straßenseite gesehen hatte? Oder langsamer vielleicht, um ihr nicht auf die Pelle zu rücken? Wäre er also noch am Leben, wenn er sie nicht gesehen hätte? Wenn sie nicht stehen geblieben wäre, um abzuwarten, wer vom Strandweg auf die Straße kam? Hätte der Wagen ihn dann vielleicht nur gestreift oder gar nicht erwischt? Sie konnte nicht aufhören, sich diese Fragen zu stellen, obwohl sie wusste, dass sie darauf keine Antworten bekommen würde.

Die Probleme in der Schule hatten begonnen, als der Klotz auftauchte und der Druck auf ihrer Brust sie zwang, regelmäßig zu schwänzen. In der schlimmsten Phase hatte Happy mehr Zeit auf der Brücke verbracht als im Klassenzimmer, und das mitten im Winter, bei Eiseskälte. Als es dann schlechte Noten hagelte und Laura die Narben auf ihrem Oberschenkel entdeckte, zog sie die Notbremse: Kurz vor den Osterferien war Happy in die Seeparkklinik in Uhl gekommen. Sie hatte sich lange Zeit davor gefürchtet, aber als Frau Arnold den Platz in der Klinik organisieren konnte, fiel ihr doch ein Stein vom Herzen. So wie vorher wäre es einfach nicht mehr weitergegangen.

Die Klinik war ein Glücksfall. Auch ohne ihr Geheimnis preiszugeben, kämpfte sich Happy Stück für Stück aus dem Loch, in das sie nach Steinis Tod gefallen war. Der Klotz war zwar immer noch da, aber sie hatte Skills entwickelt, um klarzukommen, wenn er wieder aus heiterem Himmel auf ihren Brustkorb drückte. Happy wusste, dass sie irgendwann über den Unfall reden musste, dass die Tür nicht bis an ihr Lebensende verschlossen bleiben konnte. Aber zunächst reichte es ihr, wieder ein halbwegs normales Leben führen zu können.

Die Tür zur Umkleide ging auf.

»... hat er mir auf die Brüste gestarrt.«

»Sis, ich hab doch gesagt, der Doc ist creepy.«

Happy zuckte zusammen. Es waren die Zwillinge. Hektisch sah sie sich um. Der Weg nach draußen war ihr versperrt, also flüchtete sie in eine der Toilettenkabinen und zog die Tür zu.

»Ihre Sachen sind weg«, sagte Esra.

»Zum Glück«, sagte Jessi schnaubend. »Die Drama-Queen hat sich vielleicht wieder angestellt, oh mein Gott.«

»Das war aber auch ein Volltreffer, Sis.«

»Es war keine Absicht. Echt nicht.«

Jessis Handy klingelte. »Mein *Boyfriend*«, sagte sie, und Happy konnte förmlich hören, wie sie die Augen verdrehte. »Hi love, ich ruf dich später zurück.« Jessi redete im selben Atemzug wieder mit ihrer Schwester, die Antwort am anderen Ende der Leitung konnte sie überhaupt nicht gehört haben. »Mann, ey, der nervt. Dauernd ruft er an. Fünfmal am Tag, mindestens.«

»Du musst es ihm sagen«, drängte Esra.

»Du bist gut, Sis. Der dreht durch, wenn ich mit ihm Schluss mache. Kennst ihn doch.«

»Na und? Willst du jetzt den Rest deines Lebens mit Göbel zusammen sein, nur weil du dich nicht traust, dich zu trennen?«

Die Zwillinge kamen in den Toilettenraum. Happy hielt den Atem an. Es gab drei Kabinen und sie hatte nicht abgeschlossen. Wie durch ein Wunder gingen die Zwillinge in die anderen beiden, Esra links, Jessi rechts von Happy.

»Das Thema ist doch sowieso durch, seit *er* in unserer Klasse ist«, sagte Esra. »Hast du ihn jetzt endlich gefragt?«

»Ach Sis.«

»Immer noch nicht? Wow, so schüchtern kenn ich dich gar nicht.«

»Ich bin nicht schüchtern«, sagte Jessi. »Ich warte nur auf den richtigen Zeitpunkt.«

»Du traust dich nicht.«

»Oh, shut up.«

»Ich kann ihn ja fragen, ob er mit dir ins Kino gehen will.«

»*Esra!*«

»War doch nur Spaß, Sis.«

Beinahe synchron wurde in beiden Kabinen Toilettenpapier abgerissen und die Klospülung betätigt. Die Türen öffneten sich. Happy hörte, wie die Zwillinge sich die Hände wuschen. Sie atmete auf. Die Spannung schwand aus ihrem Körper. Sie verlagerte ihr Gewicht von einem Bein auf das andere und streifte dabei mit ihrem Rucksack die Toilettenwand. Im selben Moment wurden die Wasserhähne abgedreht. Happy biss sich auf die Lippe. Hatten die beiden sie gehört? Es folgte ein Moment angespannter Stille. Dann wurde die Toilettentür aufgerissen und die Zwillinge starrten sie an.

»Die Bitch hat uns belauscht«, stieß Jessi hervor.

»Selber Bitch.« Happy zwängte sich zwischen den beiden durch.

Jessi verpasste ihr einen Stoß mit der Schulter. Ihr Gesicht war knallrot angelaufen. »Was hast du gehört?«

»Nichts«, sagte Happy und wollte weiter, aber Jessi hielt sie am Arm fest.

»Wehe, du erzählst irgendjemandem was, sonst ...«

»Sonst *was*?« Happy riss sich los.

»Sonst kommst du das nächste Mal nicht mit einer blutigen Nase davon.«

»Jetzt hab ich aber Schiss«, sagte Happy und ging zum Ausgang.

»Ja, hau bloß ab«, rief Jessi ihr hinterher. »Hoffentlich stecken sie dich bald wieder in die Klapse.«

Happy blieb stehen. Offiziell hatte sie Long Covid gehabt und war deswegen wochenlang nicht in der Schule gewesen, aber viele wussten, oder ahnten zumindest, dass das nicht stimmte. Happy wunderte das nicht, im Gegenteil. In einem Kaff wie Schadow ließ sich ein Ausflug in die Psychiatrie schwer verheimlichen. Sie hatte gehört, dass hinter ihrem Rücken gemunkelt wurde, aber bis jetzt hatte sich noch niemand getraut, sie darauf anzusprechen. Und schon gar nicht *so*.

Ihre Hände ballten sich zu Fäusten. Sie wollte gerade auf Jessi losgehen, als sich die Tür öffnete und die anderen Mädchen in die Umkleide kamen. Mit gesenktem Kopf schob sich Happy an ihnen vorbei nach draußen.

Sie hatte sich gleich am Anfang mit den Zwillingen angelegt. Es war der erste Schultag nach den Ferien gewesen. Mit klopfendem Herzen war sie an jenem Morgen zum SGS geeilt. Dieses Mal durfte sie nicht zu spät kommen, dieses Mal gab es keine Selina, die ihr einen Platz frei hielt. Dieses Mal war alles anders: eine neue Klasse, neue Leute, neue Lehrer. Nur eins war gleich geblieben: ihre Aufregung, Adrian wiederzusehen.

Happy erinnerte sich an den letzten Sommer, an die Zeit auf der Insel, an die Tage auf der Brücke, an den *Kuss*. Es kam ihr vor wie ein anderes Leben. Es *war* ein anderes Leben. Sie hatte nie an Schicksal geglaubt, aber dass Adrian wegen seiner Operation genau wie sie die Stufe wiederholen musste, das *konnte* kein Zufall sein. Das war Fügung, davon war Happy überzeugt, und genau in dem Moment, als sie auf dem Weg in ihre neue Klasse darüber nachdachte, fuhr Adrian mit dem Rad an ihr vorbei. Happy war wie vom Blitz getroffen. Sie hatten sich seit Wochen nicht gesehen. Es war, als hätte das Universum ihn geschickt, um zu beweisen, dass sie recht hatte: Zufälle gab es nicht.

»*Adrian!*«, hatte sie gerufen und sich zwischen zwei parkenden Autos hindurchgequetscht. Seit dem Unfall sah sie sich immer dreimal um, bevor sie eine Straße überquerte, doch in diesem Augenblick hatte sie nur Augen für Adrian. Der Motorroller bremste mit quietschenden Reifen und kam nur wenige Zentimeter vor ihr zum Stehen. Jemand schrie auf.

Happys Körper versteifte sich. Sie spürte einen gewaltigen Druck auf ihrer Brust und in ihren Ohren rauschte es so laut, dass sie keine anderen Geräusche mehr wahrnahm. Plötzlich war alles wieder da: Steini, der Unfall, das Auto, sein toter Körper auf dem Asphalt. Sie erinnerte sich nicht daran, sie *erlebte* die Situation, durchlitt die schrecklichen Sekunden des Unfalls noch einmal, roch den Gestank von verbranntem Gummi, hörte die Reifen durchdrehen, als der Wagen nach ein paar Sekunden weiterfuhr, ohne dass jemand ausgestiegen wäre, um sich um den Jungen zu kümmern, der sterbend auf der Straße lag.

Als sie wieder zu sich kam, stand ihr ein Mädchen mit einem Motorradhelm in der Hand gegenüber und brüllte sie an. »Hast du sie noch alle? Wir hätten uns beinahe hingelegt.« Hektisch fuhr sie sich durch die feuchten, blonden Locken.

Happy wusste nicht, wie ihr geschah, als plötzlich ein zweites Mädchen dazukam, das aussah wie eine hübschere Variante des ersten, und sie ebenfalls anfuhr: »Mach das nächste Mal die Augen auf, bevor du auf die Straße gehst.«

Happy war so perplex, dass sie überhaupt nicht verstand, warum die beiden sie anschrien. Der Schock steckte ihr immer noch in den Knochen, der Klotz lastete immer noch auf ihrer Brust und machte ihr das Atmen schwer, nur das Rauschen in ihren Ohren ließ etwas nach. Ein Auto hupte. Happy wandte sich ab und ging wie in Trance Richtung Schule.

»Hey«, rief ihr die Blonde hinterher. »Entschuldige dich mal.«

Es war einer dieser Momente, in denen sich etwas in Happy entlud, das sie nicht hatte kommen sehen. Wie im letzten Jahr, als sie die Zigaretten gestohlen hatte oder als sie nach Adrians Kuss davongelaufen war, eine Handlung im Affekt, eine Kurz- schlussreaktion.

»Ihr könnt mich mal«, fuhr Happy die Zwillinge an. Ohne die Reaktion der beiden abzuwarten, lief sie weiter, am Hauptein- gang der Schule vorbei, über den Pausenhof und zum Boots- haus. Dort lehnte sie sich gegen die Wand, schloss die Augen und machte ihre Atemübungen, *einatmen*, *ausatmen*, bis der Druck auf ihrer Brust allmählich schwächer wurde. Der See beruhigte sie. Das Wasser, das gegen die Pfähle des Stegs schwappte, der Geruch von Entengrütze. Sie dachte an die Sommertage am See, als Laura ihr schwimmen beigebracht hatte und Mo mit ihr und Carla zum ersten Mal zur Badeplattform gepaddelt war. *Ein- atmen, ausatmen.* Es war fünf nach acht, als sie sich wieder in der Lage fühlte, unter Menschen zu gehen.

Insgeheim hatte sie gehofft, dass Adrian ihr einen Platz frei halten würde, doch als sie in das Klassenzimmer kam, erlebte sie gleich eine doppelte Enttäuschung: Adrian hatte offensichtlich nicht an sie gedacht und saß ausgerechnet neben Deniz Özdal, einem überdrehten Typen, den sie aus der letzten Projektwoche kannte und wahnsinnig anstrengend fand. Was fast noch schlimmer war: die beiden Zicken, die sie mit ihrem Scooter fast über den Haufen gefahren hätten, starrten sie ungläubig aus der ersten Reihe an.

Zu ihrer eigenen Verwunderung musste Happy laut auflachen. Es war nur ein weiterer Beweis, dass es keine Zufälle gab.

Genau wie die Sache mit dem Basketball gerade eben kein Zufall gewesen war. Natürlich hatte Jessi sie mit voller Absicht im Gesicht getroffen, und wenn sie etwas anderes behauptete, dann war das gelogen. Happy stürmte über den Schulhof, die Hände immer noch zu Fäusten geballt, lief zum Ufer, knallte ihren Rucksack unter die Trauerweide und boxte gegen den Stamm. Der Schmerz beruhigte sie. Sie wischte die Splitter der Rinde von ihren Fingerknöcheln und ließ sich auf den Boden sinken. Was konnte sie dafür, dass die Zwillinge so blöd waren, sich ihre Geheimnisse auf der Schultoilette zu erzählen? Happy hatte das alles gar nicht hören wollen. Es interessierte sie nicht im Geringsten, dass Jessi mit ihrem bescheuerten Freund Schluss machen wollte, weil sie sich in einen anderen verknallt hatte, und wer »er« war, hatte Happy sowieso schon gewusst. Dafür brauchte es keine besondere Beobachtungsgabe und auch keinen Lauschangriff auf dem Klo.

Seufzend lehnte sie sich mit dem Rücken gegen den Baumstamm und packte ihr Notizbuch aus. Der Schulgong läutete die große Pause ein und nur wenige Sekunden später stürzte eine fünfte Klasse nach draußen. Happy kamen die Kleinen vor wie Rennpferde nach dem Startschuss. Es folgten die ersten Leute aus der Oberstufe. Linus zog einen Bollerwagen mit der neuen Ausgabe der *Flaschenpost* hinter sich her, die er für vier Euro das Stück vertickte.

Ein paar Jungs aus ihrer neuen Klasse setzten sich vor dem Bootshaus auf den Rasen, den der Bender gerade frisch gemäht hatte. Sie kannte nicht alle beim Namen, obwohl das Schuljahr schon drei Wochen alt war. Sie konnte sie sich einfach nicht merken, sie gingen ihr nicht in den Kopf, als würde der sich weigern zu akzeptieren, dass sie die Versetzung nicht geschafft hatte.

Okay, Lennart und Deniz kannte sie. Obwohl es ein wolkiger Tag war, trug Lennart mal wieder seine protzige Oakley-Sonnenbrille. Happy konnte ihn nicht ausstehen. Er erinnerte sie an Finn, war einer dieser Typen, auf die die Mädchen flogen und die deswegen glaubten, sie könnten jede haben. Außerdem war er oft fies zu Esra und machte sich über sie lustig, wenn sie mal wieder freidrehte wegen einer Klassenarbeit. Nicht, dass Happy Mitleid mit ihr gehabt hätte. So ging man einfach nicht mit seiner Freundin um, fand sie. Deniz dagegen war weniger arrogant, als sie ursprünglich gedacht hatte, aber er war eben auch Teil dieser Schicki-Clique um Lennart und die Zwillinge, die sich für die coolsten Kids von Schadow hielten, obwohl sie einfach nur megaoberflächlich waren.

Der Junge, der zwischen Deniz und Lennart saß, lächelte sie schüchtern an und winkte ihr zu. Sie kannte den Blick, sie kannte das Lächeln, die Art, wie seine Augen sich dabei zu Schlitzen verzogen und seine Nase sich kräuselte, und trotzdem war ihr der Junge fremd. In der langen Zeit, in der sie sich nicht gesehen hatten, war Adrian buchstäblich ein anderer Mensch geworden. Seit seiner OP hatte er eine andere Haltung, seine Schultern hingen nicht mehr, er ging nun aufrecht und mit breiter Brust, außerdem hatte er einen Schuss gemacht und war plötzlich über eins fünfundachtzig. Die Haare trug er jetzt kurz, zu einem Boxercut geschnitten, seine Antenne war verschwunden, und seine

Stimme war tiefer und fest geworden, nicht mehr so krächzend wie früher.

Die Welt steht kopf, dachte Happy und betastete ihre Nase, die sich nun doch etwas geschwollen anfühlte. Bei Adrians OP hatte Murphy's Law ein letztes Mal zugeschlagen, und was schiefgehen konnte, war schiefgegangen. Aber damit schien es nun vorbei zu sein. Jetzt gehörte er zu den Leuten, mit denen alle befreundet sein wollten, jetzt wurde er zu jeder Party eingeladen, und Jessi war mit Sicherheit nicht die Einzige, die in ihn verschossen war. Was war mit ihm passiert? Hatten ihm die durchgestandenen Operationen ein neues Selbstbewusstsein gegeben, eine andere *Haltung*, buchstäblich? Oder klickte er in ihrer neuen Klasse einfach besser mit den Leuten als in ihrer alten? So wie sie eben *nicht* mit ihnen klickte? Happy kam es manchmal vor, als hätten sie ihn in der Klinik aufgeschnitten und eine andere Person in die Adrianhülle gesteckt.

Sie winkte zurück. Er stand auf, klopfte sich das Gras vom Hintern und kam auf sie zu. Sie fand, dass seine Bewegungen ungelenk wirkten, als müsste er sich an seinen neuen Körper erst noch gewöhnen. Das Einzige, was sich nicht geändert hatte, waren die Schnürsenkel, die offen um seine Sneakers schlackerten, und Happy konnte nicht anders, als sich darüber zu freuen.

»Willst du dich nicht zu uns setzen?«, fragte er und machte eine Kopfbewegung zu der Gruppe auf dem Rasen, zu der sich jetzt auch Esra und Jessi gesellten.

»Danke, ich verzichte. Glaube nicht, dass deine neuen Freunde Wert auf meine Anwesenheit legen.«

»Komm schon«, sagte er. »So übel sind die nicht.«

Happy fragte sich, ob er sich etwas vormachte oder ob er es *wirklich* nicht checkte. Vor allem Jessi ließ sie bei jeder Gelegenheit spüren, dass sie sie nicht mochte. Wie konnte Adrian das nicht bemerken?

»Lass mal«, sagte sie und zog sich die Socken hoch. »Ich geh gleich rein, hab noch ein paar Sachen zu erledigen.«

Adrian nickte und schob mit seiner Schuhspitze eine leere Getränketüte zur Seite. Dann sah er sie mit besorgter Miene an. »Ist alles okay bei dir? Ich meine, wie ist es zu Hause?«

»Ach, alles gut. Mo wohnt jetzt bei seiner neuen Freundin in Münster. Seitdem meldet er sich kaum noch.« Happy zuckte mit den Schultern. »Sein Pech. Für Carla ist das blöd, aber ich bin da ganz entspannt.«

»Du siehst nicht besonders entspannt aus.«

»Danke für das Kompliment, Zombie. Meine Nase hat gerade mit einem Basketball Bekanntschaft gemacht, vielleicht liegt es daran.«

Adrian stutzte. »Gerade eben bei Sport? Was ist passiert?«

»Frag doch mal deine Ladys.«

»Welche *Ladys*?«

»Stimmt, Ladys ist das falsche Wort. Wie wärs mit *Bitches*?«

Adrian seufzte. »Komm doch einfach mal mit, wenn wir was machen. Wenn du sie besser kennenlernst, findest du sie bestimmt nicht mehr so schlimm. Ihr habt euch auf dem falschen Fuß erwischt ...«

»Jessi hätte mich beinahe überfahren.«

»Du hast nicht geguckt, sagt sie.«

Happy schlug ihr Notizbuch auf und blätterte zu einer freien Seite. »Süß, wie du sie in Schutz nimmst.«

»Ich nehm sie nicht in Schutz. Ich will nur nicht, dass ihr euch deswegen streitet ...«

»Ich hab mich bei ihnen entschuldigt, was soll ich denn noch machen?«

»Vielleicht solltest du es nicht nur sagen, sondern auch *meinen* ...«

Happy schlug das Notizbuch wieder zu und funkelte ihn an.

»Soll ich mich vor der hinknien und ihr den Ring küssen oder was? Ist es das, was du willst?«

Adrian schüttelte den Kopf. »Was ist denn los mit dir? Hab ich dir was getan?«

Ja, dachte Happy, du hängst lieber mit deinen neuen Freunden rum, die mich auf den Tod nicht ausstehen können, anstatt Zeit mit mir zu verbringen. Sie strich mit dem Daumen über den schwarzen Ledereinband ihres Notizbuchs und schwieg. Sie wusste, dass sie ungerecht war. Nach dem Unfall war es ihr unmöglich gewesen, Nähe zuzulassen, von niemandem, also hatte sie sich von Adrian zurückgezogen. Es war ihre eigene Schuld, dass er sich andere Leute gesucht hatte. Happy wusste, dass sie ungerecht war, und trotzdem konnte sie nicht anders, als wütend auf Adrian zu sein, weil er sich von ihr abgewendet hatte und nichts mehr ohne Lennart, Deniz und die Zwillinge machte, die immer und bei allem dabei sein mussten.

»Ist es noch wegen der Trennung von Laura und Mo?«

Happy verdrehte die Augen. »Du kapierst wirklich gar nichts, Adrian. Weißt du, was, geh doch wieder rüber zu deinen neuen Freunden. Du wirst bestimmt sehnsüchtig erwartet.«

»Wie du meinst«, sagte er tonlos. »Ich seh dich später.«

»Okay.«

Happy legte ihren Kopf in den Nacken und guckte durch die Blätter der Weide in den azurblauen Himmel. Die ganzen Sommerferien über hatte sie sich ausgemalt, wie Adrian und sie, die beiden Sitzenbleiber, sich gemeinsam in der neuen Klasse durchschlagen würden. Sechs Wochen an der Ostsee und es war kein Tag vergangen, an dem sie sich das nicht vorgestellt hatte: Happy und Adrian gegen den Rest der Welt.

Schon am ersten Schultag, nach der ersten Schulstunde hatte sie geahnt, dass es anders laufen würde. Adrian und sie hatten *wochenlang* keinen Kontakt gehabt, aber statt sich mit ihr zu unterhalten, plauderte er in der Fünfminutenpause lieber mit Deniz und den Zwillingen. Als sie sah, wie seine Augen leuchteten, wenn er Esra anschaute, sprang Happy auf und lief nach draußen. Sie war so enttäuscht, dass sie fast nichts von der zweiten Unterrichtsstunde mitbekam.

Zu Beginn der großen Pause sperrte sie sich im Klo ein und versuchte klarzukommen. *Was ist dein Scheißproblem*, fuhr sie sich an, *reiß dich mal zusammen*. Mit diesem Vorsatz ging sie auf den Pausenhof. Adrian saß zwischen den Zwillingen in der K-fete und schien sich wahnsinnig gut mit den beiden zu verstehen. Sie beobachtete ihn eine Weile, und weil er sich nicht ein Mal nach ihr umsah, schloss sich Happy frustriert wieder in derselben Toilette ein, die sie kurz zuvor verlassen hatte.

Zu Beginn der dritten Stunde warf er ihr dann endlich einen Blick zu. Na also, dachte sie und lächelte ihn an. Aber er erwiderte ihr Lächeln nicht, seine Augen blieben kalt und er schaute weg. Happy fühlte sich, als hätte ihr jemand ein Messer ins Herz gerammt.

Eine bekannte Stimme holte sie zurück in die Gegenwart. »*Flaschenpost*, Mylady?«

Vor ihr stand Linus und grinste sie an.

»Steht was über Yalda drin?«, fragte Happy und hob die Augenbrauen.

»Ich fürchte nicht.«

»Dann habe ich kein Interesse.«

»Haha. Wie ist die neue Klasse?« Linus blickte über seine Schulter zu Adrian. »Lord Kyron scheint ja gut angekommen zu sein. Hängt jetzt immer mit den Sandschlangen rum.«

»Mit *wem*?«

»Den Sandschlangen. So haben wir die Sanders-Zwillinge früher genannt.«

»Interesting.« Happy lächelte. Adrian hatte ihr nichts von dem Spitznamen erzählt. »Was gibt es Neues aus der Zwölften?«

Linus dachte nach. »Das Kurssystem nervt. Immer musst du irgendwo hinlatschen. Früher wars entspannter. Sonst gibts nicht viel. Sind ja ein paar Leute gegangen. Maxi aufs Humboldt, Selina nach Hamburg, ihr beide, weißt du ja alles …« Er hielt inne und deutete auf Happys Notizbuch. »Machst du bei der Short-Story-Challenge mit? Der Gewinner kriegt fünfhundert Euro und die Geschichte wird in der *Allgemeinen* abgedruckt. Ich hab ein paar Ideen, aber ich kann leider nicht schreiben.«

»Weiß nicht. Was ist das Thema?«

»*Die Welt nach der Klimakatastrophe.*«

»Klingt sehr lebensbejahend.«

»Kennst doch den Doc. Also ich stelle mir eine postapokalyptische Zukunft vor, in der sich eine junge Frau, so Lara-Croft-mäßig, in einer übervölkerten MegaCity als Kopfgeldjägerin durchschlägt … ach egal. Willst du jetzt eine Zeitung?« Er holte eine *Flaschenpost* aus dem Bollerwagen und hielt sie ihr entgegen. »Diesmal mit einem *Best-of* der Lehrersprüche aus dem letzten Jahr.«

Happys Herzschlag setzte aus. Auf dem Cover war ein Foto von Steini abgebildet. Es war beim letzten Sommerfest aufgenommen worden; er hatte einen Sonnenhut auf, hielt einen Cocktail in der Hand und lachte in die Kamera. *#neverforgetsteini – der erste Jahrestag* stand darunter.

»Kostet vier Euro. Sorry, wir mussten mit dem Preis hoch … hey, alles okay bei dir?«

Happy atmete langsam ein und aus, zählte dabei bis zehn und nickte. Der Klotz presste sein ganzes Gewicht auf ihre Brust.

»Jaja, alles okay«, antwortete sie kurzatmig. »Hab gerade kein Geld dabei.«

»Ich verkaufe morgen auch noch«, sagte Linus.

Happy sagte nichts, nickte nur. Linus starrte sie einen Moment lang an, dann räusperte er sich. »Okay, ich mach mal weiter. Muss noch ein paar Zeitungen an den Mann bringen. Und an die Frau natürlich.« Er verzog das Gesicht zu einem Grinsen, hob den Griff des Bollerwagens auf und zog ihn hinter sich her. »Bis dann.«

»Bis dann.«

Als Linus weg war, schlug sie erneut ihr Notizbuch auf und begann sich Stichworte zu notieren. Das war eine ihrer wichtigsten Übungen geworden, um Gedanken aus dem Kopf zu kriegen: aufschreiben, auf Papier bringen, auf Papier *bannen*. Sie musste inzwischen zwanzig bis dreißig Versionen des Unfalls verfasst haben. Dadurch schaffte sie es, sich nicht mehr ständig von den Gedanken daran treiben zu lassen. Dadurch bestimmte *sie*, wann sie sich damit beschäftigte, und nicht der Dämon in ihrem Kopf, der sie ständig dazu zwingen wollte. Der Schulgong ertönte und läutete das Ende der Pause ein. Die anderen standen auf, schulterten ihre Rucksäcke und machten sich auf den Weg zum Schulgebäude. Jessi war die Letzte. Kurz bevor sie reinging, drehte sie sich noch einmal um, funkelte Happy an und machte eine Reißverschlussgeste vor dem Mund.

Kurz bevor sie reinging, drehte sie sich noch einmal um, funkelte Happy an und machte eine Reißverschlussgeste vor dem Mund, notierte Happy.

Montagmorgen

Noch zwanzig Minuten, bis die erste Stunde losgeht. Schockiert betrachte ich Avas Foto auf der Vermisstenanzeige am Schwarzen Brett im Foyer. Jemand hat mit Kugelschreiber zwei Hörner auf ihren kurz geschorenen Kopf gemalt und *Evil!* drübergeschrieben. Es gibt echt Idioten an unserer Schule. Ich sehe mich nach dem Bender um, kann ihn aber nirgends entdecken. Bei jeder Kleinigkeit rastet der aus, aber wenn jemand geschmacklose Witze über ein Mädchen macht, das seit sechs Tagen verschwunden ist und dem sonst was zugestoßen sein könnte, passiert nichts. Vielleicht ist er noch krankgeschrieben nach der Sache am Samstagabend, wer weiß. Ich reiße die Anzeige vom Brett, knülle sie zusammen und werfe sie in den Mülleimer.

Du hast bis Montag Zeit, sie zu finden. Das Problem ist, dass ich keine Ahnung habe, wo ich noch suchen soll. Gestern nach dem *Diner* sind wir im Auto von Deniz' Vater erst zur Eisenbahnbrücke gefahren, dann zur Sandgrube und dann zu den Schrebergärten. Ich hatte gehofft, dass sie irgendwo campen würde, aber es war weit und breit kein Zelt zu sehen. Deniz ist sich sicher, dass Ava nicht mehr in der Stadt ist. *Deine heiß geliebte Ava.* Wie hat Jessi das gemeint? Hat man mir was angemerkt? Außer Linus weiß niemand, dass ich in sie verliebt war, nicht mal Deniz habe ich davon erzählt. Ich wollte das einfach hinter mir lassen. Ich wollte neu starten, neue Freunde finden, mich ablenken. Mir blieb ja nichts anderes übrig. Sollte ich ihr den Rest meines Lebens hinterhertrauern?

Die Ironie der Geschichte: Vor unserem Urlaub war ich wirklich kein großer Fan von Ava. Sie hat sich immer mords was drauf eingebildet, dass sie so gute Noten hatte und jeden Nachmittag mit älteren Jungs im Skatepark abhing. Also, sie war schon okay zu *normalen* Leuten wie Linus und mir, aber du hast ihr einfach angemerkt, dass sie uns echt nicht cool fand. Deswegen hatte ich auch kein gutes Gefühl, als es hieß, unsere Familien würden zusammen auf die Insel fahren.

Ich weiß nicht, ob es dann *den* Moment gab, an dem ich mich in sie verliebt habe. Es waren eher viele kleine, bei denen mir plötzlich die Luft wegblieb, weil sie irgendetwas sagte oder machte, was mich total flashte. Das waren oft ganz banale Sachen: wie sie beim Spülen des Campinggeschirrs die Musik aufdrehte und ihre Lieblingssongs mitsummte, wie ihre Augen glänzten, wenn sie einen neuen Comic zeichnete, wie sie am Strand ihre Füße in den feuchten Sand einsinken ließ und dabei aufs Meer blickte, oder wie sie sich auf die Lippen biss, wenn sie über etwas nachdachte.

Wenn ich mich auf einen Moment festlegen müsste, dann vielleicht auf den an der Bushaltestelle. Eigentlich war ich richtig sauer auf sie. Es waren Ferien, wir waren an einem traumhaften Strand, es war Sommer und das Wetter mega, alles war gut – und sie hatte nichts anderes im Sinn, als Zigaretten zu klauen? Und das, obwohl sie nicht mal rauchte?

Nach unserer Flucht stand sie kopfschüttelnd vor dem Wartehäuschen, verschwitzt, geknickt und zerknirscht, weil sie sich auch noch hatte erwischen lassen, und ich dachte nur, wie kann man so bescheuert sein? Wie kann man bloß auf so eine Idee kommen, wieso zieht sie mich da mit rein, wieso habe ich ihr überhaupt geholfen, und wieso, ja wieso, kann ich eigentlich nicht aufhören sie anzustarren? Es war, als wäre ein Hebel in meinem Gehirn umgelegt worden. Als wäre ein Scheinwerfer angegangen, Spotlight auf Ava, und plötzlich sah ich sie mit anderen Augen.

Deniz Ö: Bist du schon da, Bro?
Ich: Gerade angekommen.
Deniz Ö: Komm in die K-fete. Ich hab News.
Ich: Was denn??
Deniz Ö: Siehste gleich.

Ich gehe nach draußen auf den Schulhof. Auf dem See dreht ein Kajak eine frühe Runde. Die Eisenbahnbrücke glitzert türkis in der Morgensonne. Nach dem Urlaub auf der Insel haben Ava und ich uns fast täglich in den Sommerferien dort getroffen und die Zeit an uns vorbeiziehen lassen wie die Segelboote auf dem See. Jeden Abend habe ich im Bett gelegen und mich auf den nächsten Tag gefreut. Dabei verging keine Minute, in der ich mich nicht gefragt habe, was Ava von mir denkt. Mag sie mich? Ist sie genauso verliebt wie ich? Warum sollte sie sonst so viel Zeit mit mir verbringen? *Weil ihre Freundinnen im Urlaub sind, du Lauch,* antwortete eine Stimme in meinem Kopf. *Sobald die wieder da sind, bist du abgemeldet, dude.*

Tatsache war, dass wir in den Ferien fast jede freie Minute miteinander verbrachten. Tatsache war aber auch, dass Ava nichts, wirklich gar nichts unternahm oder sagte, was darauf hindeuten könnte, dass sie mehr von mir wollte als Freundschaft. Als die Schule dann wieder anfing, ging die Zeit zu Ende, in der wir uns ständig sehen konnten, und das war für mich nur schwer zu ertragen. Ich musste unbedingt herausfinden, was sie für mich empfand, und als wir nach dem Kino unten am Hafen waren, glaubte ich es zu wissen. Ich habe sie geküsst – und das war irgendwie der Anfang vom Ende.

Wehmütig öffne ich die Tür zur Cafeteria, in der es wie immer um diese Zeit ziemlich voll ist. Alle wollen an die Vitrinen mit den Snacks und Getränken. An der Kasse stehen die Leute Schlange, fast alle Stühle sind besetzt. In der Küche ist das Radio voll aufgedreht, der Koch lässt immer die gleiche Playlist mit Partysongs laufen, während er Brötchen schmiert. Deniz sitzt an einem Tisch am Fenster vor seinem Laptop und winkt mir aufgeregt zu. Er trägt eine rote Fahrradkappe und hat sich die Nägel frisch und in verschiedenen Farben lackiert. An seinem Hals schimmert die dünngliedrige Goldkette, die ihm David geschenkt hat.

»Na endlich«, sagt er, als ich mich zu ihm setze. »Schau dir das mal an.«

Er dreht seinen Laptop zu mir. Auf dem Screen ist ein Foto des Zeugenaufrufs, den Steinis Schwester überall in der Stadt verteilt und regelmäßig unter *#neverforgetsteini* und *#zeugengesucht* postet.

»Und?«, sagt er erwartungsvoll.

»Was und?«

»Bro, checkst du's nicht?«

»Was check ich nicht? Dass Steini tot ist und seine Schwester nicht wahrhaben will, dass der Fahrer damit davongekommen ist? Doch, das checke ich.«

Deniz atmet tief ein. Dann zoomt er den Text größer. »Okay, Bruder. Schau dir mal das *a* in *Fahrerflucht* an. Schau es dir genau an. Na? Siehst du es?«

Es fällt mir wie Schuppen von den Augen. »Das kann nicht sein.«

»Doch, kann es.«

Ich wühle in meinem Rucksack nach dem Zettel und lege ihn neben den Laptop.

Deniz verschränkt stolz die Arme vor der Brust. »Eindeutig die gleiche Schrift«, sagt er und schiebt den Schirm seiner Kappe nach oben. »Steinis Schwester war auf der Party. Es passt alles.«

Ich erinnere mich daran, wie sie mich in Lennarts Küche angeguckt hat. »Aber was hat die mit Ava zu tun? Sie kennen sich doch gar nicht.«

»Bist du sicher?«, fragt Deniz.

»Als Ava und ich noch geredet haben, hatten die keinen Kontakt. Danach? Vielleicht.«

»Na also.« Deniz streicht sich über das Kinn. »Meinst du, sie könnte Avas Spind ausgeräumt haben?«

»Gute Frage.« Ich versuche mir die Frau mit der Skimaske ins Gedächtnis zu rufen. »Ich glaube nicht. Steinis Schwester ist größer und irgendwie ... ach, ich weiß es nicht. So oder so, wir müssen mit ihr reden. Dringend.«

Ich schaue mich um, aber Steinis Schwester ist nirgends zu sehen. Dafür kommt Jessi mit Esra und Lennart in die Cafeteria. Sie haben Kaffeebecher in der Hand und setzen sich an einen Tisch am Eingang. Ich spüre, wie mein Magen verkrampft.

»Ich glaube, ich muss da mal kurz hin«, sage ich zu Deniz.

Er sieht mich mitleidig an. »Good luck, Bro.«

Mit klopfendem Herzen bahne ich mir einen Weg durch das Getümmel vor den Vitrinen. Esra hat ihr Spanischbuch aufgeschlagen und die Hände auf die Ohren gepresst. Lautlos rattert sie Vokabeln runter. Lennart hat einen Witz gemacht, Jessi lacht aus vollem Hals. Sie trägt ein ärmelloses Kleid und Kreolen an den Ohren. Drei Nachrichten habe ich ihr gestern geschickt und einmal auch angerufen, aber sie hat nicht reagiert. Als sie mich bemerkt, versteinert ihr Gesicht und ihre Wangen laufen rot an. Ich erinnere mich an den Glanz in ihren Augen gestern im *Diner*, und der Gedanke macht mich traurig.

»Kann ich dich kurz sprechen, Jessi?«

Sie guckt zu Esra und Lennart. Ihre Schwester nickt, klappt ihr Buch zusammen und dann stehen alle drei wortlos auf. Jessi schaut demonstrativ weg, als sie an mir vorbeigeht. Lennart streift meine Schulter mit seiner. Die beiden warten, bis Esra das Tablett mit den leeren Kaffeetassen auf den Servierwagen gestellt hat, dann verlassen sie die K-fete.

»Ich habs geahnt«, sagt Deniz, der mit seiner Kaffeetasse in der Hand zu mir gekommen ist. »Wenn du dir's mit einer verscherzt, haben beide einen Hals auf dich.«

»Und Lennart?«, sage ich tonlos.

»Der? Seit der auf Bewährung ist, macht er doch alles, was Esra sagt.«

Pünktlich mit dem zweiten Schulgong erreichen Deniz und ich den Klassenraum. Ich hatte kurz zu hoffen gewagt, dass Ava zurück sein könnte, aber ihr Platz bleibt auch heute leer. Steinis Spind ist voll mit Fotos und Abschiedsgrüßen. In unserer Klasse gibt es nichts, das an Ava erinnert. Aber Steini ist tot und nicht verschwunden, das ist eine andere Nummer, und so soll es auch bleiben. Was weiß seine Schwester über Ava? In der Pause muss ich sie unbedingt zur Rede stellen.

Ich setze mich neben Deniz und packe mein Mathebuch aus. Esra, Jessi und Lennart tun weiterhin so, als wäre ich Luft. Wollen die das jetzt den ganzen Tag durchziehen? Bei dem Gedanken spüre ich einen unangenehmen Druck im Bauch.

»Wir haben Spanisch«, sagt Deniz und schiebt mir das Mathebuch zurück.

Die Tür geht auf und für den Bruchteil einer Sekunde will

mir mein Hirn weismachen, dass Ava in den Raum kommt. Ihre Haare lockig und schulterlang, so wie vor meinem Geburtstag, ihr Gesicht gebräunt und sie lächelt. Dann fällt die Tür ins Schloss und Ava löst sich auf wie eine Fata Morgana. Stattdessen stellt Frau Rodriguez ihre Tasche aufs Lehrerpult und klatscht in die Hände.

»Ahora vamos a escribir el examen.«

Durch die Klasse geht ein Raunen, als sie die Arbeitsbögen austeilt. Ich habe das ganze Wochenende nicht ein einziges Mal in meine Schulsachen geschaut und kriege keine Vokabel aufs Papier.

Als ich in der großen Pause auf den Schulhof komme, scheint mir die Sonne ins Gesicht. Es soll heute noch Regen geben, aber im Moment ist keine Wolke am Himmel. Ich halte nach Deniz Ausschau, kann ihn aber nirgends entdecken. In der zweiten Stunde hatten wir Physik und das hat er abgewählt. *Komm schon, Özdal, wo bist du?* Vielleicht ist er mit den Zwillingen am Bootshaus und versucht sie davon zu überzeugen, dass sie mit dem Quatsch aufhören. Ich meine, was soll das Ganze, ich hab doch nichts Schlimmes gemacht? Aber das ist alles im Moment zweitrangig. Ich muss jetzt Steinis Schwester finden. Und zwar schnell.

Ich suche den gesamten Schulhof ab, laufe vom Basketballcourt bis zur Turnhalle und zur K-fete. Um das Bootshaus mache ich einen großen Bogen, aber ich sehe auch von Weitem, dass da nur Leute aus unserer Klasse sitzen. Ich klettere auf die Halfpipe und versuche, mir von dort oben einen Überblick zu verschaffen. An den Tischtennisplatten haben sich Kinder aus der Unterstufe zum Rundlauf versammelt. Vor der K-fete stehen die Leute Schlange. Manche halten sich Hefte oder Mappen über den Kopf, um sich vor der Sonne zu schützen. Linus und Jordan sitzen auf der Wiese und spielen Karten. Steinis Schwester ist nirgends zu sehen.

»Brauchst du ein Brett?«, fragt mich Ken, der sich gerade seine Handschoner anzieht.

Ich schüttele den Kopf und steige wieder von der Halfpipe runter. Manchmal gehen die Leute aus dem Abijahrgang in der Pause an den Hafen oder setzen sich an den Badestrand. Ich schaue auf die Uhr. Viertel vor zehn – zu spät, um dort nach ihr zu suchen.

Lennart und Göbel kommen vom Bootshaus den Schulhof herauf. Ich habe keine Lust, ihnen über den Weg zu laufen, und flüchte in die Umkleide der Turnhalle. Dort schließe ich mich in der Toilette ein und überlege, was ich als Nächstes machen soll. Wenn Steinis Schwester am Strand oder am Hafen war, passe ich sie am besten am Hauptportal ab, bevor die dritte Stunde anfängt.

Wieder ist da dieser Druck in meinem Bauch. So muss sich Ava in den letzten Wochen gefühlt haben, als sie von allen ignoriert wurde. Was hat sie in der Zeit während der Pausen gemacht? Am Anfang saß sie oft allein bei der Weide am Ufer und hat gelesen. Irgendwann war sie dann nicht mehr da. Vielleicht war ihr da unten zu viel los und sie hat sich einen ruhigeren Ort gesucht. Vielleicht hat sie sich auch auf der Toilette eingeschlossen und die Sekunden gezählt, bis die Pause endlich vorüber war. Der Gedanke macht mich unendlich traurig.

Jemand betritt die Umkleide. Ich höre Schritte, die sich nähern und schließlich vor den Kabinen haltmachen. Es klopft an meine Tür.

»Besetzt!«

Wieder klopft es. Was ist das denn für ein Spaten?

»Hallo? Es gibt noch drei andere Toiletten hier.«

Keine Reaktion. Dann ein erneutes Klopfen. Genervt mache ich die Tür auf. Göbel steht vor mir.

»Alter, was ...«

Weiter komme ich nicht. Er packt mich am Kragen, zieht mich aus der Kabine und schlägt mir mit der flachen Hand ins Gesicht. Die Wucht des Schlags lässt mich nach hinten taumeln, der Schmerz fährt mir in alle Glieder. Ich krümme mich zusammen und hebe meine Arme schützend vor den Kopf. Göbel kommt mir hinterher und stößt mich weg.

»Hast du Jessi angefasst?«, brüllt er.

Sein Körper erscheint mir noch bulliger und muskulöser als sonst. Sein Gesicht ist wutverzerrt und die Ader auf seiner Stirn tritt deutlich hervor.

»Ich hab dich was gefragt!« Drohend hebt Göbel seine Hand.

»Hab ich nicht, verdammt noch mal«, sage ich und will einen Schritt zurückweichen, aber hinter mir ist schon die Wand.

Göbel packt meinen Arm, dreht ihn mir auf den Rücken und zwingt mich auf die Knie. Ich schreie auf vor Schmerz.

»Wenn du ihr noch mal zu nahe kommst, mach ich dich fertig«, zischt er. »Kapiert?«

Göbel verdreht meinen Arm noch weiter. Ich nicke und beiße die Zähne aufeinander.

»Kapiert?«, wiederholt er.

»*Ja, Mann.*«

Er lässt mich los und wartet, bis ich mich aufgerichtet habe. Ist doch gut jetzt, denke ich, aber Göbel hat noch nicht genug. Wieder stößt er mich weg, mit beiden Händen diesmal und mit voller Kraft, sodass ich mit dem Rücken gegen die Wand knalle. Wie ein k. o. geschlagener Boxer sinke ich zu Boden. Jetzt ist es passiert. Jetzt ist was kaputtgegangen. Ist die Platte gebrochen? Sind die Schrauben verrutscht, bin ich gelähmt? Tränen schießen mir in die Augen. Meine Finger zittern, während ich versuche, die Stelle an meinem Rücken zu betasten. Als ich merke, dass ich mich noch bewegen kann, lässt die Panik nach. Ein kehliges Glucksen dringt an mein Ohr. Göbel lacht.

Er lacht mich aus.

Mit einem stummen Schrei auf den Lippen springe ich auf und schleudere ihm mit aller Kraft die Toilettentür entgegen. Göbel ist zu überrascht, um auszuweichen. Es kracht und splittert, er jault auf wie ein Hund, torkelt rückwärts und geht dann in die Knie. Stöhnend hält er sich die Hand vor das blutende Gesicht. Dann, ganz langsam und mit weit aufgerissenen Augen, zieht er sich einen Schneidezahn aus dem Mund. Während er noch ungläubig auf den Zahn in seiner Hand starrt, renne ich an ihm vorbei durch die Umkleide zum Ausgang. Ich reiße die Tür auf und stürze nach draußen, wo ich beinahe mit Lennart zusammenstoße.

»*Du?*«, sagt er erstaunt.

Lennart hat Göbel erwartet und nicht mit mir gerechnet. Er hat aufgepasst, dass keiner in die Umkleide geht, bis der mit mir fertig ist. Diese Erkenntnis schmerzt fast noch mehr als mein Rücken.

»Warum?«, frage ich nur. »Ich hab dir doch nichts gemacht.«

Er zuckt mit den Schultern. »Tut mir leid, Mann. Du hättest es dir nicht mit Jessi verkacken sollen.«

»Aber was hat das denn mit dir zu tun? Ich dachte, wir wären Freunde.«

»Was soll ich sagen«, seufzt Lennart. »Entweder bist du drin oder du bist draußen. Die Zwillinge und Göbel haben keinen Bock mehr auf dich. Also bist du draußen.«

Fassungslos sehe ich ihn an. Seine Augen sind kalt und klar, zeigen kein Bedauern. Diesmal remple ich ihn an, als ich an ihm vorbeigehe. Die Schulglocke hat längst geläutet, der Pausenhof leert sich, gleich geht der Unterricht weiter. Aber ohne mich. Ich habe mich lange genug mit den anderen aufgehalten.

Ich muss Ava finden. Es bleibt mir nicht mehr viel Zeit.

BERMUDADREIECK

Es war ein warmer, fast sommerlicher Samstagnachmittag Ende April. Die Blätter der Kastanienbäume glänzten hellgrün in der Sonne, der See roch frisch und nach Badewetter. Irgendwo quietschte rhythmisch ein Trampolin, ein Mädchen zählte die Sprünge, *48, 49, 50, Mama, jetzt du*. Auf der Hauptstraße erklang die Melodie des Eiswagens, der gleich auf der Strandpromenade haltmachen würde. Happy sah auf die Uhr. Sie wartete draußen, weil sie nicht wollte, dass Laura Adrian in ein Gespräch verwickelte, wenn er sie abholte. Sie hatte sowieso schon schlechte Laune und keine Lust auf die peinlichen Fragen ihrer Mutter. *Wie gefällt es dir in der neuen Klasse, Adrian? Hast du Freunde gefunden?* Wenn Happy ehrlich zu sich war, hatte sie in erster Linie keine Lust auf die Antworten, die Adrian ihr darauf geben würde.

Angespannt blickte sie zur Hauptstraße. Die Eiswagenmelodie war verklungen. Ein Auto hielt an der Kreuzung, fuhr dann aber geradeaus weiter. Happy ärgerte sich, dass Adrian unbedingt in der Sandgrube feiern musste. Da könnten sie so lang bleiben, wie sie wollen, hatte er gesagt. Das stimmte, am Strand stand spätestens um elf die Polizei auf der Matte und zog der Party den Stecker. Trotzdem – es gab ja noch andere Orte in Schadow, die für seine Geburtstagsparty infrage gekommen wären, die *Rampe*, die Haifisch-Bar und sogar das *Diner* konnte man mieten. Der Vorteil: Man brauchte kein Auto und konnte jederzeit nach Hause. So aber würde Happy in der Sandgrube feststecken, bis sich jemand erbarmte und sie mit zurücknahm.

Das Klackern von Speichenperlen riss sie aus ihren Gedanken. Der Nachbarsjunge fuhr auf seinem Kinderrad an ihr vorbei und starrte sie mit aufgerissenen Augen an. Happy widerstand der Versuchung, ihm die Zunge rauszustrecken. *Papa, was hat die mit ihren Haaren gemacht,* hörte sie ihn plärren, nachdem er in die Einfahrt gegenüber abgebogen war. Der Vater nuschelte etwas, das sie nicht verstand, und stellte Mr Spock ein Schälchen Wasser vor die Nase. Der Kater leckte gelangweilt daran und huschte dann in den Garten. Laura würde ihm später etwas Milch geben. Seit Mo weg war, machte ihr niemand mehr Vorwürfe deswegen.

Wieder sah Happy auf die Uhr. Gleich zehn nach. Die Autofahrt würde der Horror werden, das wusste sie. Warum hatte sie Adrians Angebot bloß angenommen? Laura hätte sie bestimmt gefahren. Aber mit Laura hatte sie im Moment auch ihre Probleme. Seit Happy in der Klinik gewesen war, meinte ihre Mutter, sich ständig in ihr Leben einmischen zu müssen. Deswegen wartete Happy draußen vor der Tür und deswegen wollte sie nicht von ihr zur Party gebracht werden. Am Ende hätte sich Laura noch ein Bier geschnappt und sich dazugesetzt. Mit den anderen zu fahren war also das kleinere Übel.

Während sie noch darüber nachdachte, bog das weiße Golf-Cabrio der Sanders-Zwillinge um die Ecke. Jessi saß am Steuer, Esra auf dem Beifahrersitz und auf der Rückbank quetschten sich Adrian, Lennart und Deniz zusammen, um für Happy Platz zu machen. Sie spürte förmlich, wie sich die Stimmung im Auto veränderte, als sie einstieg.

»Wenn die Polizei uns anhält, zahlst du die Strafe«, sagte Jessi zur Begrüßung.

Adrian umarmte Happy halbherzig. »Ich glaube, ich brauche noch ein bisschen, um mich an deine Frisur zu gewöhnen«, sagte er und grinste schief.

»*Frisur*«, sagte Esra und machte mit den Fingern Gänsefüßchen in der Luft. Lennart heulte auf vor Lachen. Sein Atem roch nach Alkohol.

»Du hast eine Wette verloren, oder?«, fragte Jessi und fuhr los. »Ich meine, das kannst du ja nicht *freiwillig* gemacht haben.«

»Über Geschmack lässt sich nicht streiten«, sagte Deniz, bevor Happy etwas erwidern konnte. »Gib mal Gas, Jess. Die anderen sind schon da und warten auf *The Wizard of Öz*.«

Adrian und Lennart lachten und klatschten sich ab. Happy hatte nicht den blassesten Schimmer, worüber sie redeten, und es machte sich auch niemand die Mühe, sie einzuweihen. Das war immer so mit den Zwillingen und ihren Leuten, ständig warfen sie sich irgendwelche Insider um die Ohren, die Happy nicht verstand.

Jessi ließ ihre Fensterscheibe runter und drehte das Radio auf. *Des-pa-cito*, sang sie und wippte mit den Schultern, Deniz und Esra stimmten mit ein. Lennart öffnete zischend eine Bierflasche und schnippte den Kronkorken in den Fußraum.

Happy hasste den Song. Sie fühlte sich fremd, fehl am Platz. Nicht wie das fünfte Rad am Wagen – sie war überhaupt kein Rad, sie war einfach nullkommanull kompatibel mit Adrians neuen Freunden. Sie gehörte nicht dazu und sie wollte nicht dazugehören. Warum kapierte Adrian das nicht? Warum zwang er sie, mit ihnen Zeit zu verbringen? In den letzten Wochen hatten er und sie sowieso kaum noch Kontakt gehabt. So wenig, dass Happy sogar ein bisschen überrascht war, als sie die Einladung zu seiner Geburtstagsparty bekommen hatte.

Sie sah aus dem Fenster und dachte an *ihren Sommer* vor zwei Jahren, an die Zeit auf der Insel und die Tage auf der Brücke. Draußen zogen die Hochhäuser von Schadow Nord an ihnen vorbei. Die drei Türme ließen das *Seeparadies* ein bisschen weniger paradiesisch wirken, und Happy mochte sie genau aus diesem Grund. Das war doch alles Fake, alles falsch und verlogen. Wie konnte die Stadt nach Steinis Unfalltod überhaupt noch mit dem Slogan für sich werben? Seinen Eltern musste das wie blanker Hohn vorkommen.

»Yeah I'm feeling alright«, sang Jessi laut und falsch und klopfte rhythmisch gegen das Lenkrad. »So I just let it go, let it gooo ...«

Happy seufzte leise. Natürlich war die Einladung kein Zwang, natürlich hätte sie Adrian absagen können. Sie war auch kurz davor gewesen, hatte sich letztendlich aber dagegen entschieden. Wäre sie nicht gekommen, dann wäre ihre Freundschaft wohl endgültig am Ende, und sie war sich nicht sicher, ob sie dafür schon bereit war.

Als sie die Waldstraße erreichten, verdeckten die dicht stehenden Bäume das Sonnenlicht, und Happys Spiegelbild zeigte sich in der Scheibe. Sie musste sich selbst noch an den Anblick des Mädchens mit den kurz geschorenen Haaren gewöhnen. Trotzdem ärgerte sie sich über die blöden Sprüche der anderen. Sie fand das bescheuert und ungerecht. Wenn Jungs sich die Haare abschnitten, war das entweder cool oder interessierte keinen. Warum das bei Mädchen anders sein sollte, wollte sie nicht einsehen.

Sie hatte schon länger darüber nachgedacht, etwas an ihrem Aussehen zu ändern. In den letzten Monaten war sie ein anderer Mensch geworden, die alte, unbekümmerte Happy gab es nicht mehr, und sie fand es komisch, sie immer noch tagtäglich im Spiegel zu sehen. Zufällig hatte sie Mos alten Langhaarschneider im Badezimmerschrank entdeckt und sich dann spontan entschlossen, ihr altes Ich hinter sich zu lassen. Jetzt oder nie, hatte sie gedacht, den Drei-Millimeter-Aufsatz aufgesteckt und losgelegt.

Hätte Mo noch zu Hause gewohnt, hätte er einen Mega-Aufstand gemacht. Er hätte sie angemotzt, warum sie sich so verschandeln würde, und wenn er betrunken gewesen wäre, hätte er etwas gegen die Wand geschmissen oder Laura Vorwürfe gemacht, *alles nur deine Schuld, dass das Kind so geworden ist.* Aber Mo wohnte nicht mehr zu Hause, sondern bei seiner neuen Flamme in Münster. Inzwischen schrieb er Happy sogar hin und wieder eine Nachricht, die er immer mit »Hab dich lieb« abschloss, was sie ihm nach all den Monaten, in denen er sich kaum gemeldet hatte, nicht so richtig abnahm.

Laura hatte nicht mit der Wimper gezuckt, als Happy mit der Fast-Glatze aus dem Badezimmer gekommen war. Sie hatte sogar angeboten, ihr den Nacken auszurasieren. Erst als ihre Mutter hinter ihr stand, hatte Happy im Spiegel gesehen, wie sie sich beiläufig eine Träne aus dem Augenwinkel wischte.

Lennart klopfte ihr über Adrian hinweg auf die Schulter. »Hallo? Jemand zu Hause? Ich rede mit dir.«

»Was? Sorry, hab gerade nicht zugehört«, sagte Happy.

»Was du mit den fünfhundert Euro anfängst«, sagte Lennart. »Für die Short-Story-Challenge.«

Happy spürte, wie Esra im Beifahrersitz verkrampfte. »Weiß nicht«, sagte sie knapp. »Vielleicht fahre ich mit meiner kleinen Schwester irgendwo hin.«

»Deine Geschichte war echt gut«, fuhr Lennart unbeirrt fort. »Dass die Heldin später entdeckt, dass die Atmosphäre außerhalb von Shadow City gar nicht vergiftet ist ... guter Twist.«

Happy verstand nicht, was Lennart von ihr wollte. Er wusste doch, dass Esra mit ihrem Text nur Zweite geworden war und dass sie Happy den Erfolg nicht gönnte.

»Was man nicht alles erreichen kann, wenn man der Jury schöne Augen macht«, sagte Esra kalt.

»Wie bitte?«, sagte Happy.

»Komm schon. Jeder weiß, dass der Doc dich mag ...«

»So ein Schwachsinn.« Happy lachte auf. »Die Texte waren doch alle anonymisiert.«

Esra stieß abfällig Luft aus. »Als ob du ihm nicht gesagt haben könntest, welcher von dir ist ...«

»Das glaubst du doch wohl selber nicht.«

»Wir sind da«, sagte Adrian und steckte seinen Kopf zwischen den Vordersitzen hindurch. »Willkommen im *Bermudadreieck*.«

Jamals Volvo stand bereits auf dem Parkplatz der Grillhütte. Göbel und Ken hievten einen Bierkasten aus dem Kofferraum und trugen ihn zu der Feuerschale, die sie in der Sandgrube aufgestellt hatten. Vanessa kam mit einem Stapel dünner Zweige aus dem Wald, Mascha breitete eine Picknickdecke aus. Warum sie die Sandgrube »Bermudadreieck« nannten, wusste Happy nicht genau. Anscheinend hatte sich Göbel hier bei einer Party einmal so betrunken, dass er im Wald verschollen und erst am nächsten Morgen wiederaufgetaucht war. Oder war das Lennart gewesen? Happy konnte sich nicht erinnern und es war ihr auch egal. Sie war froh, dass sie endlich angekommen waren, und wünschte sich gleichzeitig, dass sie bald wieder fahren würden. Aber damit war in den nächsten Stunden nicht zu rechnen, das war ihr klar.

Als sie ausstiegen, erklangen die ersten Takte von »Happy Birthday« aus Jamals Boombox. Adrian strahlte über das ganze Gesicht. Während ihm die anderen gratulierten, setzte Happy sich auf die Picknickdecke und zog ihr Handy aus der Tasche. Keine Nachrichten. Von wem auch? Seit Selina in Hamburg wohnte, meldete sie sich immer seltener, und mit Maxi hatte sie ewig nicht gesprochen. Sie machte ein Selfie vor der Feuerschale und schickte es ihrer Schwester.

»Willst du?« Deniz setzte sich neben sie und hielt ihr ein rötlich schimmerndes Getränk hin. »Vodka mit Grapefruit und einem Schuss Vanille. Meine neuste Kreation. Ich nenne sie *Vodka Ö*.«

»Nein, danke«, sagte Happy und zog sich die Kapuze ihres *Thrasher*-Hoodies über. Jetzt, wo die Sonne allmählich hinter den Baumwipfeln verschwand, kühlte es ab. Göbel hatte Stöcke gesammelt und warf sie mit Schwung in die Feuerschale. Funken sprühten nach allen Seiten.

»Pass doch auf«, beschwerte sich Jessi und wischte eine glimmende Tannennadel von ihren Nylons, die sie unter einem ultraknappen Jeansrock trug.

»Baby, du bist so heiß, dass sich die Funken *an dir* verbrennen«, sagte Göbel grinsend.

Jessi verdrehte die Augen. »Du bist dir aber auch für keinen Spruch zu schade.«

Dass Adrian Göbel eingeladen hatte, konnte Happy wirklich nicht verstehen. Sie wusste, dass er ihn nicht leiden konnte, und dass er *halt irgendwie dazugehörte*, wie Adrian es formulierte, war für Happy kein Grund. Wahrscheinlich hatte er es den Zwillingen recht machen wollen, und der Gedanke ärgerte Happy. Sie sah sich um. Es waren nur Leute aus ihrer neuen Klasse da, niemand von früher, nicht mal Linus. Klar, Linus war ein bisschen peinlich mit seinem *Lord Kyron* und dem ganzen Yalda-Gequatsche, aber dass Adrian ihn nicht eingeladen hatte, fand Happy trotzdem krass. Er hat sein altes Leben komplett hinter sich gelassen, dachte sie, genau wie ich. Mit dem kleinen Unterschied, dass er sein altes Leben hinter sich lassen *wollte*.

»Du weißt gar nicht, was du verpasst«, sagte Deniz neben ihr und nahm einen Schluck aus seiner Flasche. »Trinkst du gar keinen Alkohol?«

»Manchmal«, sagt Happy knapp. »Aber das tut mir nicht gut.«

Eigentlich hatte sie keine Lust, über das Thema zu sprechen. Eigentlich hatte sie keine Lust, über *irgendetwas* zu sprechen, aber Deniz war der Einzige von Adrians neuen Freunden, den sie nicht vollends daneben fand, und irgendwie musste sie die nächsten Stunden ja hinter sich bringen.

»Wieso?«, fragte Deniz. »Was passiert dann?«

»Dann fange ich an zu reden«, sagte Happy.

»Das wäre natürlich schrecklich.«

»Ja. Das braucht keiner.«

»Da hast du recht.«

Sie sahen sich an. Happys Mundwinkel zuckten.

Deniz richtete sich auf. »Du hast gelacht!«

»Hab ich gar nicht.«

»Hast du wohl.«

»Das kann nicht sein. Das hab ich mir abgewöhnt.«

Sie nahm ihm die Flasche ab und trank einen Schluck. Einen Moment lang behielt sie die Flüssigkeit im Mund und ließ sie sich dann langsam die Kehle runterlaufen. Seit dem Unfall hatte sie keinen Tropfen Alkohol getrunken. Das Gefühl, die Kontrolle über sich zu verlieren, machte ihr Angst. Und sie hatte es immer gehasst, wenn Mo zu viel trank, weil er dann zu einem unangenehmen Typen wurde, der nichts mehr mit ihrem Vater gemein hatte. Heute Abend würde sie eine Ausnahme machen, beschloss sie, anders würde sie es mit den *Sandschlangen* kaum aushalten. Sie nippte noch einmal und gab Deniz die Flasche zurück.

»Schmeckt beschissen«, sagte sie.

Deniz nickte anerkennend. »Keinen Geschmack, aber wenigstens ehrlich. Vielen Dank!«

»Gern geschehen.«

Deniz streckte sich auf der Decke aus. »Was ist eigentlich dein Problem? No offense, aber es kann ja keiner was dafür, dass du 'ne Ehrenrunde drehen musst.«

Happy stöhnte auf. »*Ehrenrunde*. Ich hasse das Wort. Das ist so albern und kindisch.«

»Siehst du. Genau das meine ich.«

Happy lachte. Sie fuhr sich mit der flachen Hand über den stoppeligen Kopf und stellte überrascht fest, dass es sich nicht mehr komisch anfühlte. Der bohrende Zweifel, das Gefühl, der Kahlschlag könnte ein Fehler gewesen sein, war verschwunden. Plötzlich war sie stolz darauf, den Schritt gewagt und es durchgezogen zu haben. Sie war stolz darauf, *anders* zu sein als die anderen Mädchen, und vor allem anders zu sein als die Zwillinge.

»Ich schnorr mir mal 'ne Zigarette«, sagte Deniz. »Rauchst du? Willst du auch eine?«

»Nein, danke«, sagte Happy. »Mit dem Thema bin ich durch.«

»Okay. Pass gut auf den Vodka auf. Den muss ich gleich noch dem Geburtstagskind einflößen.«

Deniz richtete sich auf, ging zu Jamal und legte ihm den Arm auf die Schulter. Happy sah zu Adrian, der mit Lennart und Jessi an der Feuerschale stand. Als ob er ihren Blick gespürt hätte, drehte er sich zu ihr um. Er sagte etwas zu Lennart, dann kam er auf sie zu.

Happy legte die Handkante an ihre Stirn und spreizte den Finger ab.

»Alles okay, Happy?«, sagte Adrian irritiert. »Was machst du da?«

»Adrian ...« Sie seufzte. »Wie oft noch? Happy times are over.«

»Oh, sorry«, sagte er und setzte sich neben sie. »Habs vergessen. Also, was machst du da, *Ava*?«

»Erinnerst du dich nicht? Das Taucherzeichen für den Hai?«

»Ich hab keine Ahnung, wovon du sprichst.«

»Die Tauchschule auf dem Campingplatz, weißt du nicht mehr? Am Eingang war ein Schild mit den ganzen Handzeichen. *Auftauchen, Stopp, Ich bin okay* und so weiter.«

»Ja, stimmt. Und die hast du dir alle gemerkt?«

»Ein paar«, sagte Happy. »Vor allem das mit dem Hai. Ich bin ja sonst nicht besonders ängstlich, aber vor den Viechern hab ich *echt* Respekt. Wollte sichergehen, dass ich das Zeichen sofort kapiere, wenn ich mal tauche.«

»Verstehe. Und eben hast du einen Hai gesehen? Hier in der Grube?«

»Eher eine Sandschlange.« Happy zwinkerte ihm zu. »Nein, ich wollte dich warnen.«

»Wovor?«

»Es droht Gefahr«, flüsterte Happy. »Deniz will dich mit einem selbst gebrauten Cocktail vergiften.«

»Das hat er schon öfter versucht.« Adrian lachte. »Hast du vor, einen Tauchkurs zu machen? Oder wie kommst du darauf?«

»Irgendwann bestimmt. Aber geplant hab ich es nicht.«

Happy nahm einen Schluck aus der Flasche. In ihr breitete sich ein Wohlgefühl aus, das sie lange nicht mehr gespürt hatte. Lag es am Alkohol? Oder daran, dass sie sich mit Adrian unterhielt? Sie betrachtete ihn aus den Augenwinkeln. Er hatte sich so verändert in den letzten beiden Jahren, aber sein Gesichtsausdruck, seine Augenpartie, die langen Wimpern und die dichten Brauen, die Art, wie er lachte, das Kräuseln seiner Nase, das alles war gleich geblieben, das war immer noch der Adrian, in den sie sich damals verliebt hatte.

»Wie geht es dir?«, fragte sie und räusperte sich. »Was macht dein Rücken?«

Adrian warf ihr einen Blick zu, den sie nicht deuten konnte. Er schien überrascht zu sein, dabei war es doch eine ganz normale Frage gewesen.

»Danke, gut«, sagte er zurückhaltend.

»Und wie ist es mit dem Schwimmen? Nach der Reha hast du erzählt, dass das ein Problem für dich ist.«

Adrian lehnte sich zurück und blickte in den sternklaren Nachthimmel. Es roch nach verbrannten Tannennadeln und Gras. Göbel und Lennart saßen auf dem Dach des Volvos und kifften, die Zwillinge, Jamal und Ken tanzten. Deniz stand etwas abseits und telefonierte. Happy zog ihre Knie an die Brust und ärgerte sich, dass sie Adrian auf das Thema angesprochen hatte. Das war ihm bestimmt unangenehm. Sie hatten so lang nicht mehr richtig miteinander geredet, und dann wollte sie gleich wieder die persönlichsten Dinge von ihm wissen. Vielleicht waren sie noch nicht auf diesem Level. Happy presste die Lippen aufeinander. Vielleicht würden sie da auch nie wieder hinkommen.

»Ist nicht besser geworden«, sagte Adrian nach einer Weile. »Ich kann maximal bis zur Hüfte in den See, danach wirds kritisch. Ich weiß, das klingt komisch, aber dann denke ich nur noch daran, was in der Reha passiert ist. Das war echt krass, weißt du? Ich konnte mich plötzlich nicht mehr bewegen. Nichts ging mehr, von jetzt auf gleich, wie erstarrt. Wenn sie mich nicht aus dem Becken gezogen hätten, wäre ich ertrunken. Ich hätte nichts dagegen tun können. Das war echt ... das war ... scary.«

Happy kämpfte gegen den Drang, ihn anzufassen, ihre Hand tröstend auf sein Knie zu legen. »Das klingt überhaupt nicht komisch«, sagte sie. »Ist doch klar, dass dich das verfolgt. Das war wie eine Nahtoderfahrung. Das *war* eine Nahtoderfahrung.«

»Ist so. Ich hab wirklich gedacht, bye-bye, Leben, das wars. Seitdem war ich nicht mehr schwimmen, nicht im Freibad und auch nicht im See. Zum Glück ist der kein großes Thema hier in Schadow.«

Happy lachte. Sie stützte ihr Kinn auf die Knie und dachte nach. Jamal hatte die Musik lauter gedreht, *alle malen schwarz, ich seh die Zukunft pink*, Schatten tanzten ausgelassen im Feuerschein.

»Weißt du, was eine Konfrontationstherapie ist?«, sagte sie. »Wenn du eine Spinnenphobie hast, zum Beispiel, kriegst du eine Tarantel oder so auf die Hand gesetzt. Du musst es ein paar Minuten aushalten und hinsehen, wie das Viech langsam über deinen Arm klettert. Wenn du das schaffst, dann checkt dein Gehirn, dass du keine Angst haben musst, und du bist geheilt.«

»Und wenn sie beißt?«

»Tut sie nicht. Und selbst wenn. Der Biss einer Tarantel ist harmlos.«

»Na, wenn du meinst«, sagte Adrian wenig überzeugt.

»Vielleicht musst du mal in den See springen. Echt jetzt. An einer Stelle nah am Ufer, wo das Wasser nicht tief ist. Nimm deine Eltern oder Deniz mit, die können dich rausfischen, wenn wirklich was passieren sollte.«

»Danke für den Tipp, Frau Doktor.«

Happy blickte zu Boden. »Tut mir leid«, sagte sie leise. »Das sollte nicht so von oben herab klingen. Natürlich weißt du am besten, was gut für dich ist.«

»Schon okay. Und du hast ja recht. Die Sache ist halt die ... hast du schon mal so richtig Angst vor etwas gehabt? So sehr, dass du anfängst zu zittern, dein Herz rast und dir kalter Schweiß auf die Stirn tritt? Dass dein Magen sich fast umdreht und jede Faser deines Körpers dir sagt, dass du auf der Stelle das Weite suchen sollst?« Adrian sah sie an.

Happy wusste genau, was er meinte, sie kannte das Gefühl besser, als er ahnen konnte. Kurz nach dem Unfall hatte sie die Angst vor dem Klotz immer wieder in die Panik getrieben. Ja, sie wusste, was es hieß, wenn der eigene Körper ihr befahl zu fliehen. Das Problem war, dass es vor dem Klotz kein Entkommen gab. Der Klotz war immer schon da, egal, wo sie hingeflüchtet war. Der Klotz war immer schneller als sie.

»Aber ich komm schon klar«, sagte Adrian und setzte ein bemühtes Lächeln auf. »Bestimmt verwächst sich das mit der Zeit. Alles ist doch irgendwann vorbei. Wie geht es dir denn?« Er hielt einen Moment inne, bevor er fortfuhr. »Ich meine, wie geht es dir *wirklich*?«

Die Frage durchzuckte Happy wie ein Blitz. In Sekundenschnelle lief der Unfall vor ihrem geistigen Auge ab, sie dachte an das letzte Jahr, an den Klotz und an Mo und an Jessi und Esra.

»Gut, gut«, sagte sie und wusste genau, dass sie zu lange gezögert hatte, um glaubwürdig zu klingen. »Alles wie immer.«

»Okaay ...«, sagte Adrian. »Wie gehts Mo? Habt ihr wieder Kontakt?«

Happy nahm einen weiteren Schluck Vodka. Wenn sie noch etwas betrunkener wäre, würde sie ihm vielleicht alles erzählen. Wollte sie das? Ja und nein. Es würde sich so gut anfühlen, aber sie durfte mit niemandem darüber sprechen, es stand zu viel auf dem Spiel.

Happy schüttelte den Kopf. »Kaum. Er schreibt manchmal. Gesehen hab ich ihn seit Ewigkeiten nicht. Wie gefällt dir deine Party?«

»Du lenkst ab.«

»Ich will jetzt nicht über ihn sprechen«, sagte sie.

Adrians Augen weiteten sich. »Tut mir leid.«

Ein plötzlicher Windzug ließ die Flammen auflodern und blies Sand auf die Decke. Happy schob ihn zu einem Häufchen zusammen. »Alles okay. Also, gefällt dir deine Party?«

»Ich denke schon«, sagte Adrian und fuhr sich mit der Hand über den Nacken.

»Was ist das denn für eine Antwort? Entweder sie gefällt dir oder sie gefällt dir nicht.«

»Göbel hat sein Shirt noch an, das ist schon mal ein gutes Zeichen. Ehrlich gesagt hab ich keinen großen Vergleich. Ich hab meinen Geburtstag noch nicht oft gefeiert.« Er presste sich ein Lachen ab. »Und mit *nicht oft* meine ich: *nie*.«

Happy grinste. »Ach, dieses *nicht oft*.«

»Genau dieses. Ich hatte immer Freunde, aber nie viele. Zu dritt mit Linus und Jordan feiern? Das wäre eine traurige Party geworden.«

»Lieber wenige gute Freunde als viele schlechte«, sagte Happy und sah in die Runde. Deniz hatte aufgehört zu telefonieren und ließ sich von Jamal eine Zigarette drehen. Göbel tanzte mit kreisenden Hüften Jessi an, die sich kreischend hinter ihre Schwester flüchtete, Lennart lag immer noch auf dem Dach des Volvos und starrte in den Sternenhimmel.

»Ich weiß, dass du sie nicht magst«, sagte Adrian, der ihrem Blick gefolgt war. »Und ich finde es echt cool, dass du trotzdem mitgekommen bist.«

Happy winkte ab. »Ach, ist doch klar.«

Sie bekam ein schlechtes Gewissen. Adrian hatte zum ersten Mal in seinem Leben einen richtigen Freundeskreis – und wie reagierte Happy? Sie gönnte es ihm nicht. Warum konnte sie sich nicht freuen, dass es ihm wieder gut ging nach seinen OPs und der schweren Zeit im Krankenhaus? Auch wenn sie die Zwillinge scheiße fand – wenn Adrian ihr wirklich etwas bedeutete, dann *musste* sie sich doch für ihn freuen.

Deniz schaute zu ihnen rüber und prostete ihnen zu. Happy hob die Vodkaflasche und er machte eine auffordernde Kopfbewegung zur Seite, Richtung Adrian.

»Also Deniz ist gar nicht mal so übel«, sagte sie. »Ein Freak, aber nicht übel.«

»Das kann man wohl sagen.«

Adrians Augen lächelten sie an. Happy hatte den Anblick so vermisst. Sie hatte die Gespräche mit ihm vermisst, sie hatte seinen Humor vermisst und sie hatte seine Nähe vermisst, das Gefühl, ihm ganz nah zu sein. Happy musste wegsehen, um sich nicht wieder in seinen Augen zu verlieren wie damals am Hafen. Zu der Zeit war Adrian ein schüchterner Junge mit einer wilden Frisur und Flaum über der Oberlippe gewesen, und trotzdem hatte sie ihren Blick nicht von ihm lösen können. Wie sollte sie sich ihm da *jetzt* entziehen? Happy spürte, dass es wieder passierte, genau in diesem Moment. Ihre Blicke klebten aneinander wie an jenem Abend, als sie sich geküsst hatten. Sie war wehrlos, unfähig sich zu bewegen oder zu sprechen, sie konnte ihn einfach nur ansehen. Wie lange hatten sie nichts mehr gesagt? Waren es Sekunden? Waren es Minuten?

»Par-taaay! Komm schon, Babe. Du musst tanzen!«

Die Zwillinge stürzten sich auf Adrian, packten ihn jeweils an einer Hand, Esra links, Jessi rechts, und zogen ihn hoch.

»Wartet kurz«, sagte Adrian, aber die beiden ließen nicht locker, bis sie ihn zur Feuerschale gezerrt hatten.

Happy sprang auf und blickte sich verlegen um. Niemand achtete auf sie. Sie setzte sich wieder und nahm einen Schluck aus Deniz' Flasche. Dann holte sie ihr Handy aus der Tasche und tat so, als würde sie ihre Nachrichten lesen, während sie Adrian heimlich dabei beobachtete, wie er mit den anderen tanzte.

Es war dunkel geworden. Eine Fledermaus flatterte im Zickzack über ihre Köpfe, weit oben am Himmel blinkte ein Flugzeug. Jamal hatte die Playlist übernommen und ließ einen langsamen Song von The Shoutouts laufen. Lennart warf einen dicken Ast in die Feuerschale. Funken sprühten in die Nacht. Happy spürte, wie die Wärme sich ausbreitete und ihre Wangen erhitzte.

»Wie die Mädchen«, sagte Lennart, hockte sich neben Happy und reckte den Kopf in die Richtung, in die Adrian und Deniz in den Wald verschwunden waren.

»Wieso?«, fragte Happy und rückte ein Stück weg,

»Ihr geht doch auch immer zu zweit aufs Klo.« Lennart grinste.

»Deniz ist halt einer von uns«, sagte Esra und ließ sich neben ihm auf die Decke sinken.

»Was meinst du?«

»Duh«, sagte Esra. »Weil er auch auf Jungs steht?«

»Deniz?«, sagte Lennart.

Esra zog die Augenbrauen hoch. »Oh Baby. Bist du wirklich so naiv?« Sie streichelte ihm zärtlich über den Kopf. »Und Toni ist übrigens non-binär. Falls du das auch noch nicht gecheckt hast.«

Lennart schob ihre Hand weg. »Lass das.«

»Jetzt sei doch nicht gleich beleidigt.« Esra hob das Kinn. »Sags ihm, Sis.«

Jessi, die mit einem Becher Sekt am Feuer gestanden hatte, setzte sich zu ihnen. »Deniz ist so was von schwul. Das ist safe.«

»Bullshit.« Lennart stand auf, um Feuerholz nachzulegen. »Nur weil er nicht auf dich steht, heißt das noch lange nicht, dass er schwul ist.«

»Wer steht auf wen, Baby?« Göbel ließ sich neben Jessi in den Sand fallen und legte seine Hand auf ihren Oberschenkel.

»Niemand«, sagte Jessi und zog ihr Bein weg. »Niemand steht auf niemanden.«

»Da hab ich aber anderes gehört«, sagte Lennart.

»Ich checks nicht«, sagte Göbel.

»Da gibts auch nichts zu checken«, sagte Jessi und warf Lennart einen vernichtenden Blick zu.

Happy schaute sich um. Jamal, Ken und die anderen drängten sich mit ihren Handys um die Boombox und stritten sich um den nächsten Song. Happys Blick wanderte weiter, zum Dunkel des Waldes. Sie konnte nicht viel erkennen, nur die Umrisse von Jamals Volvo und die Silhouette der Baumkronen. Wo blieben Adrian und Deniz? Allein mit Göbel, Lennart und den Zwillingen fühlte sie sich mehr als unwohl.

Als sie sich wieder zu ihnen drehte, funkelte Esra sie an. Happy wusste, was jetzt kam. Sie kannte dieses Blitzen in ihren Augen. Esra war in Angriffslaune.

»Jetzt sag mal ehrlich. Wie hast du dir den ersten Platz *verdient*?«

Jessi goss sich Sekt in ihren Becher. »Wahrscheinlich hat sie dem Doc einen geblasen, Sis.«

»Wahrscheinlich nicht nur das. Komm schon, Ava. Was hast du gemacht? Spucks aus.«

Happy reagierte nicht. Am Anfang war es vor allem Jessi gewesen, die ihr das Leben zur Hölle gemacht hatte. Die ihr ständig ins Wort fiel, die sie nicht ansah, wenn sie sich auf dem Flur begegneten, die aufstöhnte, wenn Happy sich als Einzige im Unterricht meldete, weil sie eine Frage beantworten konnte, deren Antwort nicht mal Esra kannte. Inzwischen hatte ihre Schwester jedoch aufgeholt, was die Gemeinheiten anging. Dass ausgerechnet *die Neue* ihr Konkurrenz als Klassenbeste machte, passte Esra überhaupt nicht.

Happy war schon immer gut in der Schule gewesen. Nach Steinis Tod war sie in ein Loch gefallen und hatte es nicht hingekriegt, ihre Gedanken aufs Papier zu bringen, nur deswegen hatte sie die Versetzung nicht geschafft. Inzwischen schrieb sie sogar bessere Noten als vorher. Das Lernen tat ihr gut. Wenn sie sich voll und ganz auf den Unterrichtsstoff konzentrierte, war für Steini und die Bilder der Unfallnacht kein Platz mehr in ihrem Kopf. Happy hatte im zweiten Halbjahr fast nur Einsen bekommen, und dass sie jetzt auch noch den Short-Story-Wettbewerb gewonnen hatte, musste Esra den Rest gegeben haben.

»Ich hätte dem Doc mehr Geschmack zugetraut«, legte Esra nach.

»Auf jeden Fall«, sagte Jessi. »Und die Frisur machts auch nicht besser. Echt jetzt, das sieht so scheiße aus. Hast du das selber gemacht oder auch noch Geld dafür gezahlt?«

Happy trank einen Schluck Vodka. »Wenigstens kann *ich* mir die Haare wieder wachsen lassen und sehe dann nicht mehr scheiße aus.«

Lennart lachte auf und fing sich einen giftigen Blick von Esra ein.

»Das glaubst du wirklich, oder?«, sagte Jessi. »Hast du immer noch Halluzinationen? Vielleicht musst du mal wieder in die Anstalt.«

Happy spürte, wie die Wut in ihrem Bauch anschwoll. Ruhig bleiben, ermahnte sie sich. Es war Adrians Geburtstagsparty, und die wollte sie ihm nicht verderben.

»Die hat bestimmt vergessen ihre Pillen zu nehmen«, sagte Esra.

»Auf jeden Fall braucht sie 'ne höhere Dosis«, sagte Jessi.

Happy wollte gerade aufspringen, als sich eine Hand auf ihre Schulter legte. »Alles gut bei euch?«, sagte Adrian und setzte sich neben sie.

»Ja, klar«, sagte sie knapp und versuchte ihre Wut herunterzuschlucken.

Die Nacht lag dunkel und schwer über der Sandgrube. Es dauerte immer länger, bis jemand trockene Stöcke aus dem Wald anschleppte, und das Feuer in der Schale wurde kleiner. Happy blickte in den Himmel und sah die Sterne kreisen. Vielleicht hätte sie ein Sternbild erkannt, wenn sie nicht so betrunken gewesen wäre. Sie fühlte sich wie auf einem riesigen Karussell, das sich zu schnell drehte. Die Zeiger ihrer Uhr zitterten, und wenn Happy sie richtig entzifferte, war es schon weit nach Mitternacht.

»... und dann gibt es noch den Großen Roten Fleck, einen Sturm, der seit zweihundert Jahren auf dem Jupiter tobt.«

Lennart guckte sie erwartungsvoll an. Happy wusste nicht, was sie darauf antworten sollte. Sie hatte ihm kaum zugehört. Lennart stupste sie an. »Ich mein, ist das nicht krass? Zweihundert beschissene Jahre?«

Lennart war einer dieser Typen, die ohne Punkt und Komma redeten, immer auf Sendung waren und einem die Welt erklären mussten. Zuhören? Fehlanzeige. Happy sah sich nach Adrian um. Jessi und er lehnten an der Motorhaube ihres Cabrios. Jessi lachte und fasste ihn ständig irgendwo an, am Arm, am Oberschenkel, und einmal streichelte sie Adrian sogar übers Haar. Happy wurde schlecht. Mit wackeligen Beinen stand sie auf, wagte ein paar Schritte in die Dunkelheit und sog kühle Nachtluft durch die Nase ein. Sie war den Alkohol nicht mehr gewohnt. Nach über einem Jahr hätte wahrscheinlich ein Glas Eierlikör gereicht, um sie abzuschießen. Und jetzt hatte sie eine halbe Flasche Vodka intus.

Jessi lachte auf. Wie viel hatte die eigentlich getrunken? Konnte sie überhaupt noch fahren? Hinter Happy heulte ein Motor auf. Erschrocken machte sie einen Sprung zur Seite. Göbel saß in Jamals Volvo und kurbelte die Scheibe runter. »Wer hat Bock auf ein Rennen?«, brüllte er, schaltete in den Leerlauf, gab Gas und jagte die Drehzahl unter lautem Röhren nach oben.

»Digger, lass es«, rief Jamal genervt. »Gib mir den Schlüssel.«

Göbel ignorierte ihn. Er ließ den Motor erneut aufheulen und schrie dabei wie ein Cowboy beim Rodeo. Happy spürte, wie sich die Panik anschlich, als sich der Wagen in Bewegung setzte. Göbel beschleunigte und fuhr im Zickzack durch die Grube, blieb an einer Stelle beinahe stecken, schaffte es aber wieder raus. Deniz und Jamal liefen auf den Wagen zu, Göbel wich ihnen aus und rammte die Feuerschale, sodass sie umkippte. Ken und Vanessa mussten zur Seite springen, um nicht von den glühenden Schei- ten getroffen zu werden. Erst jetzt bremste Göbel.

»Es reicht«, brüllte Deniz und zog ihn wutentbrannt aus dem Auto.

»Finger weg«, lallte Göbel.

Der Motor ging aus und Stille setzte ein. Doch die kam zu spät für Happy. Sie stand schon auf der Hauptstraße und hatte das Echo ihres eigenen Schreis in den Ohren. Steini verstummte und lächelte sie schief an. *Wir kennen uns*, schien sein Blick zu sagen, *du bist Happy aus der Elften, oder?* Eine Sekunde später traf ihn das

Auto mit voller Wucht. Eine Sekunde später war alles vorbei. Ein Leben beendet. Eins beendet, ein anderes aus der Bahn geworfen.

»Ava? Alles okay?«

Lennart war wie aus dem Nichts aufgetaucht. Happy war nicht in der Lage zu antworten. Sie musste gerannt sein, die Feuerstelle war plötzlich nur noch ein oranger Fleck in der Ferne und sie keuchte atemlos. Tränen liefen ihr über die Wangen.

»Shhhh ... es ist alles gut.«

Lennart nahm sie in den Arm und drückte sie sanft an seine warme Brust. Normalerweise würde sie zurückweichen, aber in diesem Moment war sie dankbar für die Zuwendung. Schluchzend presste sie ihr Gesicht in den Stoff seines Shirts. Immer musste sie die Starke spielen, damit sie sich nicht angreifbar machte für die Zwillinge. Einmal die Fassade fallen lassen, einmal schwach sein dürfen und sich trösten lassen, nur für einen Augenblick ...

»Sorry, wenn die beiden manchmal gemein zu dir sind«, flüsterte Lennart und streichelte ihr über den Rücken. »Hör nicht auf die. Mir gefällt deine Frisur.«

Happy holte tief Luft. Von wegen *manchmal*. Es verging kein Tag, ohne dass die Zwillinge ihr irgendeine Gemeinheit an den Kopf warfen. Happy schmiegte sich an Lennarts Brust. Sie hörte sein Herz klopfen. Oder war das ihr eigenes?

»Du bist halt oft sehr ... *abweisend*.«

Happy spürte seine Hände ihren Rücken herunterwandern und ihren Hintern streicheln. Bevor sie reagieren konnte, nahm Lennart ihr Gesicht in die Hände und drückte ihr einen Kuss auf den Mund. Happy wusste nicht, wie ihr geschah. Sie griff seine Handgelenke und wollte ihn von sich wegschieben, als der Strahl einer Taschenlampe sie traf.

»*Lennart?*«, rief Esra.

Eine weitere Taschenlampe ging an. Lennart stieß Happy von

sich. »Bist du verrückt geworden?«, schrie er und wischte sich mit dem Ärmel seines Longsleeves über den Mund.

Happy war wie erstarrt. Was passierte hier? Immer mehr Taschenlampen leuchteten auf, flackerten und funkelten im Dunkeln.

»Was ist los?«, rief Jessi, die mit Adrian dazugekommen war.

»Die ist mir nachgelaufen und hat mich angesprungen.« Lennart spuckte aus. »Hat mir ihre Zunge in den Hals gesteckt ... jetzt leucht mir doch nicht so ins Gesicht.«

Noch mehr Schritte näherten sich. Vanessa fuchtelte mit ihrer MacLite, Jamal hatte einen Stock als Fackel in der Hand.

»Wo seid ihr denn alle hin?«, rief Göbel von irgendwoher.

»So eine Bitch ...«, zischte Esra. »Wo ist sie?«

Die Lichtkegel von vier Taschenlampen wanderten über die Grube. Der Stamm einer umgestürzten Fichte lag vor ihnen wie ein Hindernis beim Springreiten. An manchen Stellen wölbten sich dichte Grasbüschel aus dem Sand, eine junge Kiefer versuchte in der Grubenmitte Wurzeln zu schlagen. Am Waldrand huschte ein Tier ins Unterholz, vielleicht ein Fuchs, oder ein Waschbär, der sich auf der Suche nach Nahrung neugierig an die Menschen herangetraut hatte.

Von Happy war nichts zu sehen.

Montagmittag

»Frau Steinhauser ist mit ihrem Stammkurs auf Studienfahrt.« Frau Leibold, die Schulsekretärin, sieht mich über ihre Nickelbrille hinweg an. »Geht es Ihnen gut?«

»Ja, alles okay«, sage ich und greife mir unwillkürlich zwischen die Schulterblätter. Ich schaue zur Tür. Göbel kann jeden Moment mit blutigem Gesicht und seinem Zahn in der Hand reinkommen. »Haben Sie ihre Handynummer? Ich muss sie dringend erreichen, es ist wichtig.«

Frau Leibold nimmt ihre Brille ab und legt die Stirn in Falten. »Selbst wenn ich sie hätte, dürfte ich sie Ihnen nicht geben. Datenschutz.«

»Können Sie nicht mal eine Ausnahme machen? Es ist wirklich wichtig.«

Sie schüttelt den Kopf. »Es tut mir leid. Regeln sind Regeln ... Moment mal, warten Sie. Warum ...«

Die Tür fällt hinter mir ins Schloss und schneidet Frau Leibolds Stimme ab. Ich habe keine Zeit für Diskussionen. Wenn ich Göbel in die Arme laufe, bricht er mir alle Knochen. Dann muss ich Ava eben ohne Steinis Schwester finden.

Als ich draußen vor dem Haupteingang die Treppen runterspringe, fährt mir ein stechender Schmerz in den Rücken. Mit angehaltenem Atem bleibe ich stehen. Sitzt die Platte noch richtig? Ist doch was kaputtgegangen, als ich gegen die Wand geprallt bin? Fühlt sich meine Wirbelsäule anders an als sonst? Langsam gehe ich weiter, Schritt für Schritt. Der Schmerz lässt nach. Dafür steigt eine kochende Wut in mir auf. Göbel wusste genau, was er tut. Er hat in Kauf genommen, dass ich ins Krankenhaus muss und im Rollstuhl lande. Selber schuld, dass ihm jetzt ein Schneidezahn fehlt.

In der Ferne ist eine Sirene zu hören. Ich schreibe Deniz eine Nachricht, dann schließe ich mein Rad auf. Als ich vom Schulhof auf die Straße fahre, frage ich mich, ob dies mein letzter Tag im SGS war. Wenn Göbel ins Krankenhaus muss, werfen sie mich mit Sicherheit raus. Ich schiebe den Gedanken beiseite. Daran kann ich eh nichts mehr ändern. Jetzt muss ich mich auf die Suche nach Ava machen. Mir fällt nur noch eine Person ein, die mir dabei vielleicht helfen kann.

Das Leben ist wie eine Achterbahnfahrt, mal bist du unten und mal bist du oben. Ich war ziemlich lange oben, mir ging es lange Zeit gut. War ja klar, dass es irgendwann wieder abwärtsgehen muss. Eigentlich bin ich das gewohnt, ich hatte schon viele Abstürze aus heiterem Himmel: Als ich mich gerade von der OP erholt hatte und die Nachricht kam, dass ich noch mal unters Messer muss, zum Beispiel, oder als ich in der Reha dachte, ich hätte das Schlimmste hinter mir, und dann beinahe im Schwimmbad ertrunken wäre. Als klar war, dass ich die Versetzung nicht schaffen würde und die Elfte wiederholen muss. Oder als Ava sich eines Nachts mit mir treffen wollte, aber nie kam.

Wir müssen reden. Als sie mir das damals geschrieben hat, dachte ich, mein Herz bleibt stehen. Tausend Gedanken sind mir durch den Kopf geschossen: Über *was* müssen wir reden, und warum mitten in der Nacht? Ging es um den Kuss? Nach dem Kinoabend hatte ich eigentlich jede Hoffnung aufgegeben, dass es mit uns noch was werden könnte. Dabei hatte ich zuerst das Gefühl gehabt, sie würde den Kuss erwidern, und das waren ohne Übertreibung die glücklichsten Sekunden in meinem Leben. Aber dann hatte sie sich plötzlich zurückgezogen und war einfach abgehauen. Sie hatte mich am Hafen stehen lassen wie ein ausgesetztes Haustier, ohne ein Wort, ohne einen Blick zurück. Ich war am Boden zerstört. Deutlicher hätte sie mir kaum zeigen können, dass sie nichts von mir will.

Vielleicht können wir wenigstens Freunde bleiben, das ist besser als nichts, habe ich mir damals gesagt, mir aber jeden Gedanken darüber hinaus verboten. Eine Zeit lang hat das auch gut geklappt. Aber wie das halt so ist mit dem Verdrängen – manchmal braucht es nur eine Textnachricht, braucht es nur drei Worte, und die Hoffnung ist wieder da. *Wir müssen reden.*

Linus war ein bisschen sauer gewesen, weil ich ihn mit der Verteidigung von Walldor alleinließ, aber an Yalda war nach Avas Nachricht nicht mehr zu denken. Ich habe meinen Laptop zugeklappt und bin in meinem Zimmer auf und ab gelaufen wie ein Tiger in einem zu kleinen Gehege. Ich habe das Warten kaum aushalten können. Eigentlich hätte es nicht allzu lange dauern dürfen, bis sie da war. Schließlich wohnen wir nicht weit voneinander entfernt.

Aber sie kam nicht. Sie kam einfach nicht. Ich habe ihr geschrieben – keine Antwort. Ich habe gewartet und gewartet und noch mal geschrieben – ohne Reaktion. Vielleicht war sie eingeschlafen. Vielleicht war das Ganze auch nur ein Spaß, den sie sich mit Selina ausgedacht hatte, *als ob ich mit dem was anfangen würde, hahaha.* Ich habe die ganze Nacht wach gelegen und alle zwei Minuten aufs Handy geguckt. Nichts. Sie hatte mich schlicht und einfach versetzt.

Am nächsten Morgen hat sie mir dann eine Nachricht geschickt. *Sorry, habs nicht mehr geschafft.* Das war alles. Am selben Tag kamen dann irgendwann die News von Steinis

Unfall. Ganz ehrlich: Ich war noch so fertig von Avas Aktion, dass mich Steinis Tod in diesem Moment kaum berührt hat.

Mein Handy klingelt. Ich rutsche vom Sattel und schaue nach. Es ist Deniz. Er spricht leise, ist kaum zu verstehen.

»Bro, was hast du gemacht? Hier ist die Hölle los ...«

»Was ist? Red mal lauter.«

»Ich kann nicht, ich bin in der Toilette«, zischt er. »Draußen schleicht der Bender rum. Alter, Göbel ist mit dem Krankenwagen abgeholt worden.«

»Oh, Scheiße.«

»Was ist denn passiert?«

»Er wollte sich mit mir prügeln. Ich hab mich gewehrt. Erzähl ich dir alles später. Viel wichtiger: Steinis Schwester ist auf Studienfahrt. Aber die Leibold wollte ihre Nummer nicht rausgeben.«

»Warte kurz.« In der Leitung wird es für einen Moment still. Dann ist Deniz wieder zu hören. »*Ich* hab ihre Nummer.«

»Was? Woher?«

»Von Toni. Die hatten doch was auf der Party miteinander. Ich schick dir die Nummer ... Shit, da kommt jemand. Bis später!«

Ein paar Sekunden danach habe ich den Kontakt von Emilia Steinhauser. Ich rufe sofort an, erreiche sie aber nicht. Ich versuche es noch mal, und als sie wieder nicht rangeht, schreibe ich ihr: *Was weißt du über Ava?* Dann steige ich auf mein Rad, lasse mich die letzten Meter bis zum Haus der Mardanis rollen und schließe es dort an einen Laternenmast. Eine Katze huscht unter einem parkenden Auto hervor, trabt über die Straße und verschwindet in der Einfahrt gegenüber. Ich drücke die Klingel, trete einen Schritt zurück und sehe nach oben zu Avas Zimmer. Für einen Moment stelle ich mir vor, sie kommt auf den Balkon und winkt mir zu. Stattdessen öffnet ihre Mutter die Tür.

»Adrian?«, sagt sie erschrocken. »Gibts was Neues?«

Ava sieht ihr sehr ähnlich, beide haben hellgrüne Augen und schwarze Locken – also theoretisch, Avas Haare haben ja dran glauben müssen. Nur die Nase mit dem kleinen Hubbel, die hat sie von ihrem Vater.

»Leider nicht«, sage ich.

Avas Mutter nickt enttäuscht. »Hast du keine Schule heute?«

Meine Narben fangen an zu brennen. Verlegen schaue ich zu Boden.

»Okay«, sagt sie nach einem Moment. »Komm rein.«

Sie führt mich in die Küche, wo Carla am Tisch neben einem Mülleimer voller Taschentücher sitzt und ein Marmeladenbrot isst.

»Hi, Adrian«, sagt sie mit vollem Mund und zieht die Nase hoch.

»Sommergrippe«, seufzt Frau Mardani. »Willst du was trinken? Setz dich erst mal. Ich mach uns einen Tee.« Sie füllt den Wasserkocher bis zum Maximum, setzt ihn auf den Sockel und drückt den Schalter nach unten. Dann sperrt sie den Bildschirm ihres Laptops, der neben einem aufgeschlagenen Block auf der Anrichte steht, und mustert mich von Kopf bis Fuß.

»Du bist gewachsen«, sagt sie und schneidet eine Grimasse. »Oje, ich höre mich schon an wie meine Großtante.«

»Du hörst dich nicht nur so an, du *bist* wie Tante Helena«, sagt Carla spöttisch.

Frau Mardani ignoriert sie. »Die kurzen Haare stehen dir gut, Adrian. Ganz im Gegensatz zu meiner Tochter, muss ich sagen.« Sie beißt sich auf die Unterlippe, eine Geste, die Ava von ihr übernommen hat. »Ich hab schon geahnt, dass sie so was vorhat. Ein Tattoo, ein Piercing, irgendwas. Trotzdem waren die Haare ein Schock ...«

»Sie hat ausgesehen wie ein Junkie«, sagt Carla durch die Nase. »Laura hat geheult, als sie aus dem Bad kam.«

»Hab ich nicht«, protestiert Frau Mardani.

»Hast du wohl.«

»Du musst dringend ins Bett, Kind. Du hast schon Fieberträume.« Frau Mardani wendet sich wieder mir zu. »Hast du irgendeine Idee, wo Happy stecken könnte? Irgendwelche neuen Erkenntnisse?«

Ich schüttele den Kopf. Ava hatte nach der Trennung ständig Stress mit ihrer Mutter, und ich bin mir nicht sicher, ob sie gewollt hätte, dass ich mit ihr spreche. Aber wenn ich Ava heute noch finden soll, bleibt mir keine Wahl. Ich stecke in einer Sackgasse.

Der Wasserkocher fängt an zu brodeln. Carla zieht ein Taschentuch aus der Packung und schnaubt sich wie ein Elefant die Nase.

»Ich leg mich wieder hin, Laura«, sagt sie.

»Mach das, mein Schatz.« Frau Mardani blickt ihrer Tochter hinterher, die in eine Decke gehüllt und mit einer Tasse Tee in der Hand aus der Küche schleicht. »Happy hat im gleichen Alter angefangen, mich *Laura* zu nennen. Mit zwölf hat sie darauf bestanden, Mo und mich mit Vornamen anzusprechen. Mit zwölf! Wie viele Kinder kommen in dem Alter auf so eine Idee?«

»Aber Sie sagen immer noch *Happy* zu ihr?«

»Seit die Haare ab sind, soll ich das nicht mehr. Aber es fällt mir schwer. Wir haben sie immer so genannt. Und früher hat es auch gut gepasst.« Frau Mardani lächelt gedankenverloren. »Lang ists her. Die letzten zwei Jahre waren schwierig für sie. Sehr schwierig. Ich hatte gehofft, dass es besser wird, wenn sie in die neue Klasse kommt, aber dann ist es nur noch schlimmer geworden. Seit Selina in Hamburg wohnt, hat sie gar keine Freundinnen mehr getroffen.« Sie hält kurz inne, bevor sie weiterspricht. »Und dich auch nicht.« Wieder macht sie eine Pause, holt Luft. »Ich hatte gehofft, der Neuanfang in der Schule würde ihr leichter fallen, wenn du dabei bist.«

Ihr letzter Satz schmerzt heftiger als Göbels Ohrfeige.

»Ich ... ich habe das auch gehofft. Aber irgendwie hat es nicht geklappt.«

Frau Mardani nickt. »Das sollte kein Vorwurf sein. Happy ist ganz allein für ihr Glück verantwortlich. Ich weiß, wie stur sie manchmal sein kann. Das ... das hat sie wohl von mir. Magst du Früchte- oder Kräutertee?«

»Früchte, bitte.«

Sie stellt eine Tasse vor mich auf den Tisch, lässt einen Teebeutel hineingleiten und gießt heißes Wasser darüber. Dann setzt sie sich mir gegenüber, schlägt ihre Beine übereinander und sieht mich mit einem gezwungenen Lächeln an. »Warum bist du hier, Adrian?«

Ich atme tief durch. »Kann ich mal in ihr Zimmer?«

Frau Mardani nickt. »Ich hab schon alles abgesucht. Glaub mir, ich wollte nicht wieder so dastehen wie beim letzten Mal, als ich ihre Nachricht am Kühlschrank übersehen hab. Aber vielleicht hast du ja mehr Glück.«

Nachdem wir die Brücke für uns entdeckt hatten, war ich nicht mehr in Avas Zimmer. Es fühlt sich seltsam an, nach der langen Zeit wieder hier zu sein – vor allem ohne sie. Als ich ihr damals nach dem Urlaub das Buch vorbeigebracht habe, sah es hier total chaotisch aus. Überall lagen Klamotten rum, die aus ihrer halb ausgepackten Reisetasche quollen. Ihr Bücherregal platzte aus allen Nähten, der Schreibtisch war komplett überladen mit Heften und Büchern und Fotos und Stiften. Sie hat mich trotzdem reingelassen, mir *Per Anhalter durch die Galaxis* in die Hand gedrückt und ist dann ins Bad verschwunden. Ich war natürlich viel zu aufgeregt, um mich auf das Buch zu konzentrieren. Wie sollte das auch gehen, während sich Ava nebenan auszog und duschte?

Heute ist ihr Zimmer einigermaßen aufgeräumt. Auf dem Boden liegt eine auf links gedrehte Jeans, das wars auch schon. Ich setze mich an den Schreibtisch, wo Avas Schulunterlagen ordentlich am Rand gestapelt sind, und blättere durch ihren Collegeblock.

»War sie irgendwie komisch in den Tagen, bevor sie verschwunden ist?«

Nachdenklich kneift Frau Mardani die Augen zusammen. »In letzter Zeit war nichts Besonderes. Es ging ihr nicht gut, so viel steht fest, aber ich dachte, das Schlimmste wäre überstanden.« Sie steht auf und schaut aus dem Fenster. »Wir hatten eine längere Diskussion über Screentime, weil sie jeden Tag stundenlang vor dem Laptop gesessen hat, aber das wars auch schon.«

»Hat sie gezockt? Oder gechattet?«

»Sie wollte es mir nicht sagen. Ich glaube, sie hat wieder an einer Geschichte geschrieben. Sicher bin ich mir aber nicht. Das hätte sie mir ja nicht verheimlichen müssen, schreiben darf sie, so viel sie möchte. Aber gut, sie hat auch früher nie über ihre Texte reden wollen.« Frau Mardani lacht und schüttelt gleichzeitig den Kopf. »Dass sie den Kurzgeschichtenwettbewerb gewonnen hat, habe ich aus der Zeitung erfahren. Ich wusste nicht mal, dass sie mitgemacht hat. Ich fand ihre Geschichte toll und spannend, wenn auch ziem-

lich düster, und wollte natürlich mit ihr darüber sprechen ...
dein Handy klingelt.«

Mein Vater ruft an. Bestimmt hat sich die Schule bei ihm
gemeldet, weil ich einem Mitschüler die Zähne ausgeschlagen habe. Ich will gar nicht dran denken, was mich zu Hause
erwartet, und stelle den Anruf auf stumm.

»Alles in Ordnung?«, fragt Frau Mardani.

»Ja«, sage ich knapp. »Haben Sie mal versucht, sich bei
ihrem Laptop einzuloggen?«, frage ich.

Frau Mardani schüttelt den Kopf. »Sie hat ihn mitgenommen.«

»Sie hat ihn mitgenommen?«

»Ja.«

Wieder klingelt mein Handy. Der nächste Anruf, diesmal
von meiner Mutter. Ich schalte das Handy aus und stecke es
in meinen Rucksack. Meine Eltern werden einen Mega-Aufstand machen. Bestimmt bin ich vom Unterricht suspendiert.

Ich stehe auf und betrachte Avas Bücherregal. *Die Frage
nach dem Sinn, dem Leben, dem Universum und dem ganzen Rest.*
Als ich *Per Anhalter durch die Galaxis* herausnehme, fällt ein
Foto auf den Boden. Ich bücke mich und hebe es auf. Es zeigt
die drei Hochhäuser von Schadow Nord, aufgenommen von
der anderen Uferseite.

»Was ist das?«, fragt Frau Mardani.

Ich zögere. Ava will, dass *ich* sie finde. Ihr Handzeichen
auf dem Klassenfoto, der Zettel, die Nachricht in den Klassenchat: *Der Mutant hat den Schlüssel* – all das war an mich
gerichtet, nicht an ihre Mutter oder sonst wen.

»Nur ein Foto«, sage ich. »Darf ich es mitnehmen?«

Avas Mutter sieht mich skeptisch an. »Wie du willst. Aber
sag mir, wenn es etwas Neues gibt, okay?«

Dichte Wolken schieben sich vor die Sonne und tauchen Schadow in ein fahlgraues Licht. Ich fahre die Kastanienallee entlang, vorbei am Rathaus, wo ein Müllmann eine Abfalltonne donnernd über das Kopfsteinpflaster zieht und damit die Tauben aufschreckt, die unter dem Dachgiebel nisten. Ich glaube, ich weiß, an welcher Stelle das Foto aufgenommen wurde. Ich bin mir ziemlich sicher. Dass ich nicht schon früher darauf gekommen bin, mir ihr Zimmer anzusehen. *Zwei Wege, ein Ziel.* Ava kennt den Bender. Sie war schlau genug zu wissen, dass die Sache mit der 21 auf dem Spind leicht schiefgehen konnte. Also hat sie zur Sicherheit eine zweite Spur gelegt.

Ich komme auf die Hauptstraße. Vor Steinis Kreuz liegt ein frischer Strauß Tulpen neben dem Grablicht, das in den vergangenen zwei Jahren nie aus war, jedenfalls nie, wenn ich daran vorbeigekommen bin. Ich schalte in den schwersten Gang und fahre im Stehen die Anhöhe zum *American Diner* hinauf. Oben angekommen, schließe ich mein Rad auf dem Parkplatz ab, schlage mich in die Büsche und folge dem Trampelpfad, der steil zum See hin abfällt. Nach wenigen Metern erreiche ich die Unterführung, vor der die Schadower illegal ihren Sperrmüll entsorgen. Heute steht hier nicht viel rum, nur eine brüchig aussehende Couch, aus der gelber Schaumstoff quillt, drei schwarze Müllsäcke, eine Kabeltrommel ohne Kabel, ein Autoreifen und ein Tretroller ohne Vorderrad.

An der Böschung blicke ich über den See auf die drei Türme von Schadow Nord. Ich setze meinen Rucksack ab und hole das Foto heraus. Kein Zweifel, sie hat es genau hier gemacht. Ich sehe mich um. Die Müllsäcke stinken nach Verwesung und werden von fetten Fliegen umkreist. Auf dem Weg runter zum See hängt eine Rolle Klopapier in den Büschen. Hier hat sich Ava bestimmt nicht versteckt. Es ist viel zu nah an der Stadt, das *Diner* ist nur einen Steinwurf entfernt. Entweder bin ich falsch oder sie hat irgendwo einen weiteren Hinweis versteckt.

Ich schiebe die Müllsäcke mit dem Fuß beiseite, aber da ist nur feuchte Erde. Ich nehme die Polster von der Couch – wieder nichts. Frustriert schalte ich mein Handy an und schaue nach, ob Emilia sich gemeldet hat. Ich habe fünf entgangene Anrufe – eine unbekannte Nummer, viermal meine Eltern –, außerdem *fünfunddreißig* Nachrichten im Klassenchat. Die Schule ist vorbei, es sind alle wieder an ihren Handys.

Ich überfliege die Nachrichten nur: *Der Mutant ist durchgedreht ... Der fliegt, das ist safe ... Göbel ist im Krankenhaus.* Und so weiter. Linus hat mir direkt geschrieben: *Sir Kyron hat den Göbel im Nahkampf besiegt?? Respekt. Fünfzig Punkte für Haus Baglor!*

Linus kann Göbel und Lennart auf den Tod nicht ausstehen. Ich weiß, dass er ihretwegen nicht zu meiner Geburtstagsparty gekommen ist und dass die »Kopfschmerzen« nur eine Ausrede waren. Bei Göbel konnte ich das schon im April nachvollziehen. Dass Lennart ein Idiot ist, habe ich erst heute gecheckt.

»Hier versteckst du dich also.«

Jessi kommt den Trampelpfad zur Unterführung herunter, die Arme in die Seite gestemmt, eine tiefe Furche auf der Stirn. Sie trägt die weiß-blaue *Diner*-Uniform mit der roten Schürze, aus deren Tasche die Schiffchenmütze lugt. Eine blonde Strähne hat sich aus ihrem Haargummi gelöst und hängt ihr tief ins Gesicht.

»Jessi! Wie hast du mich gefunden?«

»Gefunden?« Sie lacht verächtlich. »Gar nicht. Ich hab dein Fahrrad auf dem Parkplatz gesehen.«

»Okay.«

»Okay?« Jessi kommt einen Schritt auf mich zu. »Nichts ist okay, Adrian. Andreas ist im Krankenhaus.«

»Ich weiß. Das wollte ich nicht.«

»Du hast ihm aus Versehen die Zähne eingeschlagen?«

»Er hat angefangen.«

»Er hat angefangen ...« Jessi starrt mich verständnislos an. »Oh mein Gott, das ist so was von Kindergarten.«

»Er hat mich geschlagen. Ich hab mich gewehrt. Es tut mir leid.«

Jessi schüttelt den Kopf. »Ist dir eigentlich klar, was du gemacht hast? Sie haben Andi mit dem Rettungswagen abgeholt. Die ganze Schule weiß Bescheid ...«

Sie schlägt die Hände vor dem Gesicht zusammen und bleibt für einen Moment regungslos stehen. Als sie die Arme sinken lässt, ist die Wut aus ihren Augen verschwunden. Sie sieht jetzt traurig und ein bisschen verzweifelt aus. Mit großem Abstand setzt sie sich neben mich auf das Sofa. »Es ist meine Schuld«, sagt sie leise. »Ich hätte ihm nicht von Freitagabend erzählen sollen.«

»Jessi, das tut mit alles total leid. Ich wollte dir nicht wehtun. Wirklich.«

Eine Fliege umkreist unsere Köpfe. Ich schlage nach ihr und versuche sie zu vertreiben. Jessi scheint sie nicht wahrzunehmen.

»Hast du aber«, sagt sie bitter. »Ich habe gedacht, wir würden gut zusammenpassen.« Traurig zupft sie die Schaumstofffüllung aus der Couch. »Ich ... ich hab noch nie so empfunden. Das war für mich was ganz Besonderes. Ich weiß, dass die meisten Leute mich für oberflächlich halten ...«

»Jessi ...«

»Wenn sie überhaupt eine Meinung zu mir haben. Für

viele bin ich ja nur Esras hässliche Schwester.« Sie reißt jetzt einen großen Klumpen Schaumstoff ab und wiegt ihn in ihren Händen. »Die perfekte Esra. Schreibt nur gute Noten, engagiert sich in der SV und sieht auch noch wunderschön aus. Ich will mich nicht beschweren, aber fair ist das nicht. Wir lernen zusammen Vokabeln, sie kriegt eine Eins, ich kriege eine Drei. Das ist bei allem so. Sie kriegt Gold bei den Bundesjugendspielen, ich kriege den Trostpreis. Sie kriegt Lennart, ich krieg *Göbel*. Verdammt, ich dachte, ich wäre jetzt auch mal dran.«

Ich will ihr tröstend über den Arm streichen, aber sie zieht ihn weg.

»Das Schlimme ist«, fährt sie fort, »dass Esra mir nicht mal *das* gegönnt hätte. Sie musste mir ständig zeigen, dass sie nur mit dem Finger zu schnipsen braucht, um dich zu kriegen ...«

»Das stimmt doch gar nicht ...«

»... dieses ständige *Babe* und der ganze Scheiß? Das macht sie doch nur, um mir eins reinzuwürgen. Um mir klarzumachen, dass sie die Tollste und Schönste ist, dass sie jeden haben kann, und zwar ausnahmslos jeden. Auch den Typen, den ihre Schwester gut findet.« Jessi lacht traurig. »Aber ich glaube, da täuscht sie sich. Ich weiß, dass dein Herz an Ava hängt. Das habe ich jetzt begriffen.« Sie schüttelt den Kopf und steht auf, vergräbt die Hände in den Taschen ihrer Schürze. »Esra ist, wie sie ist. Ich komm schon damit zurecht. Nach der Schule machen wir beide unser eigenes Ding, bis dahin sollen die Leute von mir denken, was sie wollen.«

Die Fliege schwirrt wieder um uns herum. Jessi geht ein paar Schritte auf und ab.

»Aber weißt du, was? Ich hab mehr drauf, als die meisten denken«, sagt sie und zieht ein verwaschenes Stück Papier aus der Tasche. »Ich habe gedacht, es wäre besser für alle, wenn du Ava nicht findest, wenn sie abhaut und für immer verschwindet. Dann könntest du sie endlich vergessen und dich für was Neues öffnen. Vielleicht ja für mich. Ich habe gedacht, ich kann das Schicksal beeinflussen. Aber das kann niemand.« Sie drückt mir das Papier in die Hand. »Das ist für dich. Viel Erfolg damit.«

»Was ist das?«

»Wir sehen uns, *Babe*«, sagt sie spöttisch und geht zurück in Richtung *Diner*. Nach ein paar Metern dreht sie sich noch einmal um. »Ich weiß nicht, was du jetzt vorhast, aber du solltest dich in Acht nehmen, wenn du Andreas das nächste Mal über den Weg läufst.«

Dann wendet sie sich wieder ab und folgt dem Weg zum Parkplatz. Ich starre auf das Stück Papier in meiner Hand. Es sieht aus wie eine Fahrkarte, die man in seiner Hose vergessen und mitgewaschen hat. Vorsichtig streiche ich es glatt. Es ist ein altes Kinoticket. Ich halte es mir näher vor die Augen. *Pulp Fiction*. Das Datum ist kaum zu entziffern. Irgendwann im August vor zwei Jahren ... War das etwa der Tag, an dem ich mit Ava im Kino war? Der Tag, an dem ich sie geküsst habe? Ich betrachte das Ticket noch einmal ganz genau. Ja, doch, es *ist* eins der Tickets, die sie damals für uns gekauft hat. Wie kommt Jessi da ran? Und warum gibt sie es mir jetzt?

Als ich es zusammenfalte, zerbröselt das Papier am Rand. Es muss nass geworden sein ... und dann wird mir alles klar. Ich springe auf und renne den Trampelpfad hoch. Auf dem Parkplatz ramme ich beinahe einen BMW, der gerade ausparkt, und erreiche Jessi, als sie die Tür zum *Diner* öffnet.

»*Du?*«, sage ich.

Sie verzieht keine Miene, zuckt nur mit den Schultern,

ohne den Türgriff loszulassen. »Ich muss rein. Der Alte dreht sonst durch. Wir sind heute Nachmittag nur zu zweit.«

»Was ... wie hast du ... woher wusstest du Avas Zahlen-Code?«

Jessi lacht auf. »Ach Adrian, du hast echt ein Brett vor dem Kopf.« Sie lässt die Tür ins Schloss fallen und sieht mich mitleidig an. »Esras Zahlenkombi ist Lennarts Geburtstag. Der Geburtstag des Typen, den sie liebt. Was guckst du mich so an? Hast du es immer noch nicht gecheckt? Du *hast* nicht den Schlüssel, du *bist* der Schüssel. Es war *dein* Geburtsdatum.«

Mit einem bitteren Lächeln lässt sie mich stehen und verschwindet im *Diner*.

GHOSTS

Happy zog sich die Kapuze ihres Hoodies tief in die Stirn. Mit gesenktem Kopf betrat sie die Schule und sah kein einziges Mal auf, während sie mit schnellen Schritten die Aula durchquerte. Sie musste sich beeilen, durfte aber nicht rennen, sonst würde sie zu viel Aufmerksamkeit auf sich ziehen.

Es war Freitagnachmittag, die siebte Stunde lief noch. Die Schule wirkte leer und verlassen, aber Happy wusste, dass der Eindruck täuschte. Sobald der Schulgong ertönte, würden Hunderte Schülerinnen und Schüler die Gänge fluten, und bis dahin musste sie ihren Job erledigt haben. Auch jetzt bestand natürlich die Gefahr, dass ihr irgendwer über den Weg lief, der sie erkannte. Vor allem vor dem Bender musste sie sich in Acht nehmen. Der merkte sofort, wenn sich jemand komisch verhielt, der hatte einen siebten Sinn für so was. Happy sah die Schlagzeilen schon vor sich: *Nach drei Tagen – Vermisstes Mädchen (18) wiederaufgetaucht. Notorische Ausreißerin Ava M. auf frischer Tat ertappt, wie sie Schuleigentum beschädigt.*

Sie hatte es schon vor ein paar Wochen auf bild.de geschafft, als sie zu Selina nach Hamburg trampen wollte. Happy stöhnte innerlich, als sie daran dachte. Es war eine überstürzte Aktion gewesen, spontan und ohne Plan. Kein Wunder, dass sie krachend gescheitert und nicht weiter als bis zur Autobahnraststätte Allertal-West gekommen war. Dieses Mal war alles anders. Dieses Mal hatte sie sich jeden einzelnen Schritt ganz genau überlegt.

Im Treppenhaus beugte sich Happy über das Geländer und schaute nach oben. Als sie sicher war, dass ihr niemand entgegenkam, stieg sie die Stufen hoch. Sie war spät dran. Eigentlich hatte sie schon nach der Sechsten in der Schule sein wollen, aber der Zug aus Münster hatte Verspätung gehabt. Mo hatte angeboten sie zu fahren, aber das hatte Happy nicht gewollt. Wenn er sich an ihre Verabredung hielt, hatte er an diesem Wochenende genug mit sich selber zu tun.

Es blieben ihr noch zehn Minuten. Sie schlich an den Mediensälen vorbei zu ihrem Spind und legte den Umschlag hinein, auf dem Adrians Name stand. Dann schloss sie ab, versicherte sich, dass niemand in der Nähe war, und schrieb mit einem Edding die zwei Ziffern auf die Tür. Eigentlich hatte sie diese Aktion schon für Dienstag geplant, vor ihrer Fahrt zu Mo, sich aber kurzfristig dagegen entschieden. Die Gefahr, dass der Bender bis zum nächsten Morgen alles weggewischt haben könnte, war zu groß. Jetzt war der bessere Zeitpunkt. Sie wusste, dass Adrian freitagnachmittags mit den Zwillingen im *Diner* abhing und danach wieder in die Schule fuhr, um seine Sachen für die SV-Sitzung aus dem Spind zu holen.

Die Tür zum Oberstufenbereich öffnete sich und sie hörte Stimmen, die sie nur zu gut kannte.

»... muss noch was vorbereiten für heute Abend«, sagte Lennart.

»Dann verpasst du aber unseren Sieg«, entgegnete Göbel.

»Ich werds verkraften.«

Happy blickte sich fieberhaft um. Sie lief zum nächstgelegenen Klassenraum, lauschte kurz, drückte die Klinke – und hatte Glück. Er war nicht abgeschlossen. Sie schlüpfte hinein und zog die Tür bis auf einen Spalt hinter sich zu. Das Herz schlug ihr bis zum Hals, während sie die beiden Jungs aus ihrer Klasse heimlich beobachtete. Lennart trug wie immer sein Poser-Outfit mit den teuren Schuhen und dem Poloshirt von *Boss*, Göbel hatte Sportklamotten an und einen Basketball unter dem Arm.

»Deniz bringt wieder was Selbstgemixtes mit«, sagte Lennart. »Vielleicht kriegst du sie damit rum.«

»Ich brauche keinen Alk, um Jessi *rumzukriegen*. Und schon gar nicht das Gesöff von dem Freak.«

»Da wäre ich mir nicht so sicher«, sagte Lennart.

Es folgte eine kurze Pause.

»Du meinst, wegen dem Mutant?«, sagte Göbel dann. »Wenn der sie auch nur anguckt, haue ich ihm eine rein.«

»Ich meine gar nichts.«

Nervös blickte Happy auf die Uhr über dem Whiteboard. Gleich war die siebte Stunde vorbei. Wenn die beiden nicht sofort verschwanden, würde sie hier festsitzen. Dann konnte sie nur noch hoffen, dass niemand in den Klassenraum wollte.

»Sauf nicht so viel. Da steht Jessi nicht drauf«, sagte Lennart und schien an seinem Vorhängeschloss zu hantieren.

»Sauf *du* nicht so viel.« Göbel lachte auf. »Nicht dass Esra dich wieder mit einer anderen erwischt.«

Happy biss sich auf die Lippe vor Zorn. Mit welcher Dreistigkeit Lennart in der Sandgrube gelogen hatte, machte sie immer noch wütend. Und alle glaubten ihm, dass es sich so abgespielt hatte. Warum sollte es auch anders gewesen sein? Als ob Lennart, der mit dem schönsten Mädchen der Stufe zusammen war, sich ausgerechnet über *Happy* hermachen würde? Lächerlich. Was Happy dazu sagte, interessierte keinen. Alle hatten sich sofort ihre Meinung gebildet: Sie war die Schlampe, er war Opfer, sexuelle Belästigung, *me too* mal andersrum.

»Hi Lenny, hast du Esra gesehen?«

Toni und Vanessa waren dazugekommen. Die auch noch, dachte Happy, schloss vorsichtig die Tür und ließ sich auf den Boden sinken. Nach Adrians Party hatte sie sich auf die fiesesten Racheaktionen der Zwillinge eingestellt, aber zu ihrer Verwunderung war erst mal nichts passiert. Irgendwann begriff sie, dass das *Nichts* System hatte. Die anderen ignorierten sie, als wäre sie nicht existent. Sie reagierten nicht, wenn sie etwas sagte, rempelten sie an, wenn sie im Weg stand. Sie behandelten sie, als wäre sie ein Geist. Am Anfang dachte Happy, sie wäre damit glimpflich davongekommen, aber nach einer Weile merkte sie, wie sehr ihr das alles zusetzte.

Wahrscheinlich hätte es ihr weniger ausgemacht, wenn Adrian zu ihr gehalten hätte. Aber auch er war auf Distanz gegangen. Manchmal fragte sie sich, ob ihm die Sache einfach einen willkommenen Anlass lieferte, um endgültig mit ihr zu brechen. Sie war doch eh nur eine Altlast aus seinem früheren Leben. Eine Altlast, die auch noch ständig seine neuen Freunde kritisierte. Am liebsten hätte sie sich Adrian geschnappt und zur Rede gestellt: *Junge, denkst du ernsthaft, ich würde freiwillig mit Lennart knutschen? Oder hast du einfach nur keinen Bock mehr auf mich?* Sie wusste nicht, welche Antwort sie mehr verletzen würde, also hatte sie ihn nie gefragt.

Der Schulgong riss Happy aus ihren Gedanken. Draußen verschwammen die Stimmen von Göbel und Lennart im Lärm auffliegender Türen und vorbeiziehender Gesprächsfetzen. Jetzt war es so weit. Jetzt hieß es ausharren und beten, dass niemand reinkam. Normalerweise standen die Klassensäle der Oberstufe nach der Schule für AGs oder Nachhilfestunden zur Verfügung. Freitagnachmittag gab es allerdings weniger Angebote. Vielleicht hatte Happy Glück.

Die Sonne warf einen Lichtkegel auf das Whiteboard. Happy ging zum Fenster und sah nach draußen auf den Schulhof. Göbel war schon unten und spielte mit Ken Basketball. Toni schlenderte mit Vanessa zur Turnhalle, wo Deniz auf sie wartete. Plötzlich begann Happy wieder zu zweifeln. Plötzlich kam ihr der ganze Plan komplett hirnverbrannt vor, und nicht zum ersten Mal überlegte sie, alles hinzuschmeißen und aufzugeben. Noch war nichts passiert, noch konnte sie einfach nach Hause gehen und weitermachen wie vorher.

Gleichzeitig wusste sie, dass alles einen Sinn ergab: Sie musste ihr Leben ändern, und zwar radikaler als mit einem Haarschnitt. Sie musste weg aus Schadow, wenigstens für eine Weile. Sie brauchte Abstand, um zu sich zu finden, um darüber nachzudenken, wie alles weitergehen sollte. Sie brauchte Abstand, um den Unfall hinter sich zu lassen – und vor allem Adrian.

Aber bevor sie gehen konnte, musste sie reinen Tisch machen. Sie musste die massive Tür in ihrem Kopf aufbrechen, hinter die sie den Unfall verbannt hatte, sie musste endlich darüber reden. Nur so würde sie wieder klarkommen können, das wusste sie.

Also war sie zu Mo gefahren und hatte mit ihm das Gespräch geführt, das sie seit zwei Jahren hätte führen sollen. Das sie seit zwei Jahren gefürchtet hatte wie nichts auf der Welt. *Ich war da, Mo. Ich habe alles gesehen. Ich habe dich gesehen.*

Und dann war da noch Adrian. Sie wollte Schadow nicht verlassen, ohne ihm zu sagen, was sie für ihn empfand und warum sie in der Nacht von Steinis Tod nicht zu ihm gekommen war. Sie wollte es nicht, aber sie würde es tun, falls nötig. Nach allem, was im letzten Jahr passiert war, wusste sie nicht, ob sie ihm noch vertrauen konnte. Also würde sie ihm eine Chance geben, sich ihre Seite der Geschichte anzuhören, und wenn er sie wirklich hören wollte, wenn Happy ihm noch etwas bedeutete, dann würde er sich die Mühe machen und ihr kleines Rätsel entschlüsseln. Wenn nicht, dann war es höchste Zeit, ihn endlich zu vergessen.

»Sie dürfen das nicht!«

Happy lugte nach draußen. Der Bender stand vor ihrem Spind und motzte Adrian an. Mit klopfendem Herzen schloss sie die Tür wieder. Der erste Schritt war getan: Adrian war zum richtigen Zeitpunkt gekommen und er hatte gesehen, was er sehen sollte.

Als sie keine Stimmen mehr hörte, schlich sie sich auf den Flur.

Adrian war weg. Der Bender schrubbte mit einem Lappen den Edding von ihrem Spind und war zu beschäftigt, um sie zu bemerken. Happy zog sich die Kapuze in die Stirn und eilte nach unten.

Als sie im Foyer am Schwarzen Brett vorbeikam, blieb sie stehen. Ihr Foto auf der Vermisstenanzeige starrte sie vorwurfsvoll an. *Was zur Hölle machst du da?*, schien es ihr zuzurufen. Happy sah sich um, holte den Edding hervor, malte ihrem Ebenbild zwei Hörner auf den Kopf und schrieb *Evil!* drüber. Dann ging sie nach draußen.

Eine kleine Gruppe von Schülern aus der Unterstufe bewegte sich wie in Zeitlupe zum Ausgang, ansonsten war der Pausenhof jetzt wie leer gefegt. Aus der Turnhalle drang lauter Jubel. Happy rannte zu den Bäumen neben dem Bootshaus und atmete durch. Wieder wurde in der Halle gejubelt und geklatscht. Das Spiel gegen das Humboldt, richtig. Eigentlich hatte sie vorgehabt, die Nachricht erst später zu verschicken, zurück in ihrem Versteck. Aber jetzt, während des Spiels, war ein viel besserer Zeitpunkt.

Zum ersten Mal seit drei Tagen schaltete Happy ihr Handy wieder an. Mehrere Mitteilungen blinkten auf. Die meisten waren von Laura – und keine von Adrian. Wieder so eine Enttäuschung. Happy tippte den Satz ein, über den sie sich nächtelang Gedanken gemacht hatte. Doch dann löschte sie spontan »Adrian hat den Schlüssel« und ersetzte es durch »Der Mutant hat den Schlüssel«. Den Seitenhieb hatte er sich verdient. Sie verschickte die WhatsApp und schaltete ihr Handy sofort wieder aus, damit sie nicht geortet werden konnte. Ab jetzt lief die Zeit. Happy musste los und ihren Text zu Ende bringen, bevor Adrian den Hinweis entschlüsselte.

»Du bist Ava, oder?«

Steinis Schwester Emilia saß im Schatten einer Birke am Ufer und starrte Happy neugierig an. Sie trug ein schwarz-weiß geringeltes Top, einen kurzen Rock, Netzstrumpfhosen und Doc Martens. In der Hand hielt sie ein abgegriffenes Taschenbuch, aus der eine Reihe bunter Klebezettel hervorragte.

Happy war wie erstarrt. Hatte Emilia sie die ganze Zeit beobachtet? Zwei Jahre lang war sie Steinis Schwester aus dem Weg gegangen, was in einer Kleinstadt wie Schadow und einem Gymnasium wie dem SGS alles andere als einfach war. Jedes Mal, wenn sie ihr begegnete, packte Happy das schlechte Gewissen, weil sie verschwieg, was sie über den Unfall wusste. In diesen Momenten fühlte sie sich, als hätte sie selber am Steuer des Wagens gesessen, der Emilias Bruder ins Jenseits befördert hatte.

»Also bist du's«, sagte Emilia und klappte ihr Buch zu. »Alle denken, du wärst in Portugal.«

Happy blickte über ihre Schulter zur Turnhalle. Insgeheim hatte sie gehofft, dass Adrian auf den Hof stürzen und das Schulgelände nach ihr absuchen würde, nachdem er ihre Nachricht gelesen hatte. Der Gedanke war natürlich absurd. Adrian konnte ja nicht ahnen, dass sie hier war.

»Ich bin übrigens Emilia«, sagte Steinis Schwester, stand auf und kam auf Happy zu. »Weißt du wahrscheinlich schon.« Sie rollte mit den Augen. »Seit mein Bruder tot ist, bin ich ja 'ne Art Celebrity in Schadow. So wie du jetzt.«

Happy überlegte fieberhaft, was sie tun sollte. Einfach weglaufen? Emilia würde allen erzählen, dass sie Happy gesehen hatte. Machte das einen Unterschied? Würden sie dann eine große Suchaktion in Schadow starten und sie in ihrem Versteck aufspüren?

»Okay, ich merke schon, du bist nicht so in Gesprächslaune«, sagte Emilia. »Muss ich jetzt zur Polizei und melden, dass du dich noch hier rumtreibst?«

»Bitte nicht«, sagte Happy mit trockenem Mund. »Noch nicht.«

Emilia nickte langsam. »Komm mal mit«, sagte sie dann und führte Happy tiefer in das Waldstück am Ufer. Im See zogen die

Mädchen der Schwimm-AG ihre Bahnen, sonst war niemand in der Nähe. Es war warm, Happy begann unter ihrem Hoodie zu schwitzen, traute sich aber nicht, die Kapuze abzustreifen. Emilia steckte ihr Buch – *Die hellen Tage* – in ihre Umhängetasche.

»Also«, sagte sie. »Was ist los mit dir? Was spielst du für ein Spiel?«

Happy blickte auf den See und die Plattform, die gerade von einem Schwimmer geentert wurde. »Ich brauche noch Zeit bis Montag. Dann kannst du von mir aus allen erzählen, dass du mich gesehen hast.«

Emilia runzelte die Stirn. »Was ist am Montag?«

»Am Montag haue ich ab aus Schadow.«

»Okay«, sagte Emilia, hob einen dünnen Zweig vom Boden auf und knickte ihn in der Mitte. »Warum Montag?«

Happy schwieg. Emilia hatte recht, sie waren beide ungewollt zu Berühmtheiten ihrer Schule geworden. Spätestens seit Happys verunglückter Hamburg-Aktion, seit die Suchtrupps sich auf dem Marktplatz versammelt hatten und ihr Name als Hashtag trendete, wusste das ganze SGS, wer sie war. Hinzu kam, dass inzwischen überall in Schadow Flugblätter mit ihrem Foto hingen. Ohne Kapuze und Sonnenbrille konnte sie sich nicht aus ihrem Versteck wagen. Auch Emilia hatte nach dem Tod ihres Bruders plötzlich die Blicke der Leute auf sich gezogen. Noch heute war sie für viele nur »Steinis Schwester«, und Happy konnte sich gut vorstellen, dass sie darunter litt. Sie waren die Mädchen, die jeder kannte, sie saßen im gleichen Boot. Aber das hieß noch lange nicht, dass Happy ihr vertrauen konnte.

»Du musst es mir nicht sagen.« Emilia schaute sie mit einem durchdringenden Blick an. »Aber du *kannst* es mir sagen. Vielleicht belastet es dich dann weniger.«

Happy spürte, wie ihr kalter Schweiß auf die Stirn trat. *Sie weiß es*, schoss es ihr durch den Kopf. *Sie weiß, dass ich alles gesehen habe.* Happy schüttelte den Gedanken ab. Emilia konnte es nicht wissen, das war unmöglich, niemand konnte es wissen, niemand hatte sie gesehen. Nicht einmal Mo.

Emilia zog eine Karte aus ihrer Tasche und hielt sie Happy hin. »Ich bin ehrenamtlich bei der Beratungsstelle für Jugendliche in Uhl. Wenn du jetzt keine Lust hast zu reden, kannst du auch einfach anrufen. Ich bin immer montags und mittwochs nachmittags da.«

Happy nahm ihr die Karte ab. »*Du* arbeitest da …?«

Emilia grinste. »Vielleicht kann ich dir den ein oder anderen Tipp geben. Glaub mir, ich weiß, wie es sich anfühlt, am Boden zu sein. Also, sag schon. Was ist los mit dir?«

»Es ist kompliziert.«

»Das ganze Leben ist kompliziert.«

Happy sog Luft durch die Nase ein. Sie hatte ihren Plan hundertmal durchdacht, in Teilen verworfen und neu zusammengesetzt, sie hatte sich Notizen gemacht, einen Zeitplan aufgestellt, Abfahrtszeiten von Bussen und Zügen recherchiert, aber sie hatte mit niemandem darüber *gesprochen*. Sie fürchtete, dass es plötzlich albern und dämlich klingen könnte, wenn sie erzählte, was sie vorhatte. Happy blickte auf den See und die Brücke am Horizont. Vielleicht war jetzt die letzte Chance, auszusteigen und zurückzugehen, ohne dass sie sich komplett lächerlich machte. Nein, die WhatsApp war verschickt, der Schaden war angerichtet, aus der Nummer kam sie nicht mehr raus.

»Geht es um die Liebe?«, fragte Emilia.

Happy sah auf. »Wie kommst du darauf?«

»Weil es in den meisten Fällen so ist.«

Happy lachte. Dann sah sie wieder zur Brücke. »Ich will wissen, ob ich einer bestimmten Person noch etwas bedeute«, sagte sie. »Wenn er mich findet, dann weiß ich es.«

»Wie kommst du darauf?«

»Ich habe ihm eine Nachricht hinterlassen. Mehrere Nachrichten. Wenn er sie entschlüsseln *will*, dann schafft er es auch. Wenn nicht, bin ich weg.«

»Wo willst du dann hin?«

»In den Süden. Ich hab schon ein Ticket.«

»Und wenn er dich findet?«

Happy zuckte mit den Schultern.

Emilia lächelte sie an. »Wer ist es?«

»Du bist ganz schön neugierig, kann das sein?«

»Bin ich. Vor allem, wenn es um Lovestorys geht.«

»Das ist keine Lovestory.«

»Was denn sonst?«

»Ich ... ich weiß auch nicht. Wir mochten uns mal. Sehr.«

»Und was ist dann passiert?«

Happy schluckte. Dann kam uns das Leben dazwischen, dachte sie. Nein, der Tod. *Der Tod deines Bruders.* Vielleicht wären Adrian und sie heute zusammen, wenn Happy den Unfall nicht beobachtet, wenn sie ein paar Minuten früher oder später die Hauptstraße überquert und nicht gesehen hätte, was sie gesehen hatte. Happy verspürte den Drang, Emilia das zu sagen, aber es ging nicht. Noch nicht. Sie musste das Wochenende abwarten, bevor sie mit jemandem darüber sprach, das war der Deal.

Mo war in Tränen ausgebrochen, als sie ihn konfrontiert hatte. Er war schockiert gewesen, dass sie die Last dieses Geheimnisses fast zwei Jahre lang mit sich herumgetragen hatte. Dass sie verheimlicht hatte, was sie wusste, um ihn zu schützen. Er hatte versprochen, das Versteckspiel zu beenden. Am Wochenende würde er mit seiner Freundin reden und am Montag zur Polizei gehen. Happy glaubte ihm. Auch Mo hatte sich verändert. Er wäre jetzt trocken, hatte er beteuert, er hätte seit dem Unfall keinen Schluck Alkohol mehr getrunken. Schön für ihn, dachte Happy. Aber Steini half das auch nicht mehr.

»Es hat einfach nicht sein sollen«, sagte sie.

»Vielleicht ist es noch nicht zu spät. Also, wer ist es?«

»Adrian«, sagte Happy nach kurzem Zögern. Sie hatte das Gefühl, es Emilia schuldig zu sein, die Wahrheit zu sagen – wenigstens *diese* Wahrheit. »Adrian Holter.«

»Ist das der mit der Rückengeschichte?«

»Ja.«

»Okay. Bisschen nerdig, aber sonst ganz süß. Weiß er Bescheid?«

»Worüber denn?«

»Na, dass er bis Montag Zeit hat.«

»Nein. Wenn er mich finden will, dann findet er mich bis dahin. Hör mal, bitte sag niemandem, dass du mich gesehen hast. Okay?«

»Was heißt *in den Süden*«, fragte Emilia, statt ihr eine Antwort zu geben.

»Weißt du doch schon«, sagte Happy. »Portugal. Also? Behältst du es für dich?«

Emilia presste die Lippen aufeinander und warf den zerbrochenen Zweig in hohem Bogen in den See.

»Ich sag nichts.«

Happy blickte sich vorsichtig um, bevor sie den Pausenhof durch das Eingangsportal verließ. Es reichte, dass Emilia sie gesehen hatte, weitere Zeugen konnte sie nicht gebrauchen. Sie mied die belebte Uferpromenade, nahm lieber den Umweg am REWE vorbei, den sie im Laufschritt und mit gesenktem Kopf passierte. Was, wenn sie Laura begegnete? Happy versuchte, den Gedanken abzuschütteln. Sie hatte sich entschieden, dass sie einen Neustart brauchte. Es war keine Entscheidung gegen ihre Mutter oder ihre Schwester, es war eine Entscheidung für sich selber, und Happy war jetzt fest entschlossen, sie durchzuziehen.

An der Kreuzung Hauptstraße und Kastanienallee musste Happy warten. Sie drehte sich von der Straße weg und vergrub ihre Hände in den Hosentaschen. Es war Feierabendverkehr und die Hauptstraße stark befahren. Drei Jungs auf Tretrollern rasten an ihr vorbei, ohne sie eines Blickes zu würdigen. Angespannt trat sie von einem Bein aufs andere. Was, wenn Adrian ihren Hinweis sofort entschlüsselte? Wenn er sofort zu ihrem Spind ging und das Ticket fand? Wenn er das Rad nahm und nicht wie sie durch irgendwelche Nebenstraßen schlich, würde er am Ende noch vor ihr im *Scala* sein.

Es wurde grün. Happy überquerte eilig die Straße. Wie kam sie überhaupt darauf, dass Adrian sich auf ihr Spielchen einlassen würde? Vielleicht war er froh, sie los zu sein. Es würde sich zeigen. Noch drei Tage. Am Montagabend würde sie pünktlich um 18:00 die letzte Fähre in Schadow besteigen und nach Uhl fahren. Dort fuhr um 18:45 der Zug nach Frankfurt, und dann abends, um 22:40, der Nachtbus nach Paris. Die Tickets hatte sie schon gekauft.

Wenn Adrian ihre Hinweise verstand – wenn er sie verstehen *wollte* –, dann würde er Happy finden. Ob er auch versuchen würde, sie aufzuhalten, wusste sie nicht. Aber immerhin kannte er dann ihre Seite der Geschichte: Happy hatte auf der Insel ihr Herz an ihn verloren. Sie hatte sich mit aller Macht dagegen gewehrt und es nicht wahrhaben wollen, und trotzdem hatte sie sich hoffnungslos in ihn verliebt. *Hoffnungslos verliebt.* Und das war sie immer noch, daran hatte sich bis heute nichts geändert, trotz des Unfalls und der neuen Klasse und der Zwillinge und allem. Nichts hatte sich daran geändert, und wenn sie nicht weit, weit wegging aus Schadow, würde sich wahrscheinlich niemals etwas daran ändern.

Montagabend

Der See ist überall in Schadow. Wenn du ihn nicht siehst, dann hörst du die Kinder im Strandbad planschen, dann hörst du Entengeschnatter oder den Motor der Fähre, dann riechst du abgestandenes Wasser. Selbst an den Orten in Schadow, an denen Häuser oder Bäume den Blick auf den See verstellen, wo es still ist und nichts in der Luft liegt, weißt du trotzdem, dass der See da ist. Du spürst ihn einfach. So wie du spürst, wenn du nicht allein in einem Raum bist. So ähnlich geht es mir mit Ava, als wir das *Scala* erreichen. Ich spüre, dass ich ihr näher komme und sie nicht mehr weit weg sein kann.

»Ich kriegs immer noch nicht auf die Kette, Bro. Ich meine, *Jessi*. Die dreht doch schon am Rad, wenn sie sich einen Fingernagel abbricht. Und dann bringt die so eine Aktion? Das hätte ich ihr echt nicht zugetraut.« Deniz steigt von seinem Mountainbike und schließt es vor dem Kino an einen Laternenmast. »Okay, dass du Göbel krankenhausreif prügelst, hätte auch keiner gedacht.«

Ich rutsche vom Sattel und schließe mein Rad an seins. »Jetzt sag das doch nicht so. Ich habe ihn nicht *krankenhausreif geprügelt*. Das war Notwehr.«

»Schon gut, Rocky.«

»*Deniz!*«

Göbel ist mit Verdacht auf Gehirnerschütterung und Nasenbeinbruch im Krankenhaus, außerdem habe ich ihm *beide* Schneidezähne ausgeschlagen. Anscheinend hat er sie

die ganze Zeit in der Faust gehalten und auch im Rettungswagen nicht hergeben wollen, als wären sie immer noch ein
Teil von ihm.

»Der Doc hat danach keinen Unterricht mehr gemacht«,
sagt Deniz, »und stattdessen über Gewaltprävention und
Anti-Aggressions-Training gesprochen. Die letzten beiden
Stunden hat er uns dann freigegeben, damit sich alle von
dem Schock erholen können. Weißt du, wie sie dich jetzt
nennen?«

»Sags mir lieber nicht«, seufze ich und schaue an der
Fassade des Kinos hoch. Eine Lage übereinandergeklebter
Plakate hat sich von der Tür gelöst und liegt platt getreten auf
dem Asphalt. Auf dem Dach gurrt eine Taube, ist aber nicht
zu sehen.

»*Angry Adrian*. Klingt nicht schlecht, oder? *Evil Ava* und
Angry Adrian, das passt!«

Eine Frau mit zwei Kleinkindern auf einem Lastenrad
fährt an uns vorbei, gefolgt von einem Jungen in einem
Messi-Trikot, der mit einer Hand lenkt und mit der anderen
einen Fußball an seinen Körper presst.

»Jessi, Jessi, Jessi ...«, murmelt Deniz und begutachtet die
Eisenkette, mit der der Eingang verriegelt ist. »Ich komm
nicht drüber weg.«

»Ist aber so. Jessi ist in die Schule eingebrochen. Sie hat
den Bender eingeschlossen und den Spind geknackt. Sie hat
das Kinoticket darin gefunden und mitgehen lassen, damit
ich Ava nicht finde. Sie ist in den See gesprungen, weil sie
genau wusste, dass ich ihr nicht folgen werde.«

»Hat sie gesagt, wie sie in die Schule gekommen ist?«

»Nein. Ich denke, Esra hat ihr aufgeschlossen, bevor sie
uns den Schlüssel gebracht hat. Von ihr wusste sie mit Sicherheit auch, was wir vorhatten.«

»Crazy.« Deniz rüttelt an der Kette. »Einfach crazy. Okay, die kriegen wir nicht auf. Was jetzt?«

»Lass uns hintenrum gehen.«

Ein Laster brettert an uns vorbei. Wir warten, bis er um die Ecke gebogen ist, dann klettern wir über das hüfthohe Schiebetor vor der Lieferanteneinfahrt. Ich komme mir vor wie ein Schwerverbrecher. Immerhin stehe ich kurz vor meinem zweiten Einbruch innerhalb von drei Tagen. Gilt es überhaupt als Einbruch, wenn man in ein leer stehendes Gebäude einsteigt? Egal, es führt sowieso kein Weg dran vorbei. Ava muss hier sein. Was sollen die Tickets sonst bedeuten? Ich habe das zweite in einem Umschlag im Polster des Sperrmüllsofas gefunden. Gleicher Tag, gleiche Vorstellung, *zwei Wege, ein Ziel*.

Die Einfahrt ist von Unkraut überwuchert. Wespen kreisen über einem fauligen Apfel, an der Wand lehnt eine rostige Fahrradleiche ohne Sattel. Wir gehen um das Gebäude herum und kommen auf einen kopfsteingepflasterten Hof. Der Putz der schmutzig weißen Kinofassade hat an mehreren Stellen Risse. Sprayer haben sich hier mit ihren Tags verewigt, *Natok* und *Temps* und *ShizzR*, der Rest ist unleserlich. Unter dem Vordach des Hintereingangs sind mehrere Blumenkübel aufeinandergestapelt, an der Wand daneben lehnen zusammengeklappte Gartenstühle, die mit einem Stahlseil aneinandergekettet sind. Die Fenster sind von innen mit Sperrholzplatten verbarrikadiert. Deniz rüttelt an der Tür, aber sie lässt sich nicht öffnen. Seufzend setzt er sich davor und zupft einen Löwenzahn aus einer Fuge im Kopfsteinpflaster.

Mein Handy klingelt. »Emilia Steinhauser«, sage ich erschrocken.

Deniz blickt auf. »Na, geh ran!«

Ich stelle auf Lautsprecher. »Hallo? Hier ist Adrian.«

»Ach, du bist das«, sagt eine traurige Stimme. »Ich dachte, es wäre jemand von der Polizei. Hast du sie gefunden?«

»Ich ... noch nicht. Woher weißt du ...?«

»Wenn du Ava heute nicht findest, ist sie weg aus Schadow. Das ist alles, was ich weiß. Hör mal, ich hab gerade keine Zeit ...«

»Was heißt *weg*? Wo will sie hin?«

»Ich kann jetzt nicht reden. Der Typ, der meinen Bruder überfahren hat, hat sich bei der Polizei gemeldet.«

»*Was?*«

»Nach zwei Jahren. Sie haben gerade angerufen. Tut mir leid, ich kann dir jetzt nicht helfen. Alles Gute, Adrian.«

»Sie hat aufgelegt«, sage ich.

Deniz schaut mich mit offenem Mund an. »Krass. Ich hätte nie gedacht, dass da noch was passiert. Nach so langer Zeit.«

»Ich auch nicht.«

Von der Straße her ist die Melodie des Eiswagens zu hören. Ich fand sie schon immer irgendwie melancholisch und eigentlich unpassend für einen Sommertag, aber jetzt, mit dem Gedanken an Steinis Tod im Kopf, jagt sie mir einen kalten Schauer über den Rücken. Das Leben kann so schnell vorbei sein. Es braucht nicht mehr als eine Sekunde Unachtsamkeit und du bist weg von der Bildfläche. Oder eine spitze Rasierklinge. *Die hat sich bestimmt die Pulsadern aufgeschnitten*, plötzlich habe ich wieder Göbels Bemerkung im Ohr. Was, wenn heute *der Tag* für Ava ist? Wenn sie nicht nur Schadow hinter sich lassen will, sondern ihr ganzes Leben?

»Wir müssen da jetzt sofort rein«, sage ich und rüttele an der Tür.

»Vergiss es«, sagt Deniz und tippt eine Nachricht in sein Handy. »Die ist abgeschlossen, die kriegst du nicht auf.«

Ich gehe zum Fenster neben der Tür und klopfe gegen die Sperrholzplatte. Sie bewegt sich keinen Millimeter. Ich nehme Anlauf und werfe mich mit der Schulter dagegen.

»Tu dir nicht weh, Rocky.«

»Halt die Klappe und hilf mir lieber.«

Seufzend steht Deniz auf und steckt sein Handy weg. Frustriert gehe ich zum nächsten Fenster und schlage mit der Faust gegen das Pressholz. Die Platte kippt nach hinten und landet krachend im Gebäude.

Deniz springt zurück. »*Holy Shit.*«

Dunkler Staub steigt aus dem Fenster auf. Ich stecke meinen Kopf hinein. »Ava?«

Keine Reaktion. Ich sehe Deniz an.

»Du zuerst«, sagt er.

Nacheinander steigen wir in das Gebäude. Durch einen dunklen Flur, in dem es nach Schimmel riecht, gelangen wir in die Eingangshalle mit den ehemaligen Kinoschaltern. Hier ist es heller. Durch das Glasdach fällt ein fahler Lichtkegel, in dem winzige Staubteilchen schweben. Die Filmplakate an der Wand, die Hocker an der Bar, die Absperrkordeln zwischen den Kassen, alles ist weg. Nur die alte Popcornmaschine ist zurückgeblieben. Auf dem Tresen stehen zwei leere Weinflaschen, ansonsten ist die Bar leer geräumt.

»Ava? Bist du hier?«

Ich schiebe die Tür zum Kinosaal auf. Das Licht funktioniert nicht, und es gibt keine Fenster, der Saal ist stockdunkel. Wir schalten unsere Handylampen an, in deren Licht es kaum anders aussieht als früher: die roten Sessel, der rote Samtvorhang vor der Leinwand, die holzvertäfelten Wände, die beiden Logen rechts und links, die altmodischen Kronleuchter. Im Gegensatz zur Eingangshalle macht hier alles den Eindruck, als könnte jederzeit die nächste Vorstellung beginnen. Selbst der alte Filmprojektor steht noch im Vorführraum.

»Ava?«

Wieder keine Antwort. Wir suchen Reihe für Reihe ab, finden aber nichts, das darauf hindeutet, dass Ava hier war, keinen Müll, keine Essensreste, nichts.

Deniz leuchtet hinter den roten Samtvorhang.

»Ist da was?«

»Negativ«, sagt Deniz. »Sie ist nicht hier.«

»Das kann nicht sein. Sie wollte, dass ich herkomme, da bin ich mir absolut sicher.«

»Dann ist sie bestimmt schon weg. Glaubst du etwa, die hockt seit einer Woche hier im Dunkeln und wartet darauf, dass du sie findest? Das kann ich mir nicht vorstellen.«

Ich lasse mich auf einen Sitzplatz in der ersten Reihe sinken. Ava *muss* hier sein. Alles andere ergibt keinen Sinn. Ich versuche mich an den Abend zu erinnern, als wir uns *Pulp Fiction* angesehen haben. Linus hat krass genervt und wollte unbedingt den Platz mit mir tauschen. Irgendwann habe ich nachgegeben, weil ich nicht wollte, dass Ava denkt, es wäre mir megawichtig, neben ihr zu sitzen, auch wenn es mir natürlich megawichtig *war*. Ich schaue auf den Eintrittskarten nach, welche Plätzen wir hatten. Selina und Maxi waren ganz hinten, wir schräg davor, Reihe dreizehn.

»Was machst du?«, ruft Deniz von der Leinwand.

Ich leuchte die Plätze 12, 13 und 14 an. Im Vergleich zu den anderen ist Nummer 13 weniger staubig. Ich taste das Polster ab und fahre mit dem Finger durch die Ritze zwischen Sitzfläche und Rückenlehne. Nichts. Ich gehe in die Hocke und schaue unter den Sitz. Auf der Unterseite ist ein Umschlag mit Paketband angeklebt.

»Deniz! Schnell, ich hab was gefunden!«

Ich reiße das Band ab und ziehe ein daumengroßes, rechteckiges Ding aus dem Umschlag.

»Was ist das?« Deniz steigt über die Sitzreihen und kommt zu mir.

»Ein USB-Stick. Hast du deinen Laptop noch dabei?«

»Yup.«

Deniz nimmt den Rucksack von den Schultern, holt seinen Laptop raus, klappt ihn auf und steckt den USB-Stick in den Port. Es dauert einen Moment, bis der Rechner den Stick erkennt, dann erscheinen zwei Dateien, ein Word-Dokument mit dem Titel »Die Geschichte von Happy und Evil Ava« und eine unbetitelte Textdatei. Deniz klickt das Word-Dok an.

»Passwortgeschützt«, sagt Deniz. »Denk nach, Bro. Was soll ich eingeben?«

»Mach mal die Textdatei auf.«

Deniz öffnet die Datei, in der nur ein einziges Wort steht: *Animagus?*

Ich brauche nicht lang zu überlegen. »*Ameise*. Das Passwort ist *Ameise*. Gib das ein.«

»Mach ich ... okay, es stimmt. Nicht schlecht, Bro.«

Das Dokument öffnet sich. Es ist ein fast fünfzigseitiger Text. Ich überfliege die ersten Zeilen und mein Herz fängt an zu klopfen. Deniz beginnt, den Anfang laut vorzulesen:

Es begann mit einem Strahl gelbgrüner Kotze. Adrian war schon im Auto schlecht, und gleich nach der Ankunft auf dem Campingplatz hing er über der Kloschüssel und kübelte, was das Zeug hielt. Vielleicht war das Fischbrötchen verdorben, das er an der Raststätte gekauft hatte, vielleicht war es eine Magen-Darm-Geschichte, Happy hatte jedenfalls wenig Mitleid ...

Deniz legt seine Hand auf meine Schulter. »Alles gut bei dir? Du bist ja ganz bleich. Was ist das für ein Text?«

»Ich ... ich weiß es nicht. Es geht um uns, um Ava und mich, glaube ich ...«

»Willst du das in Ruhe zu Hause lesen?«

Es war wieder mal typisch. Wenn etwas passierte, erwischte es immer ihn, das war wie ein Naturgesetz, wie Murphy's Law mit Adrian in der Hauptrolle. Letzten Monat war er im Sportunterricht beim Fußball mit Elias zusammengeknallt. Elias hatte sich den Hinterkopf gerieben, war aufgestanden und hatte weitergespielt. Adrian musste vom Platz getragen werden und kam mit Verdacht auf Gehirnerschütterung ins Krankenhaus.

»Okay«, sagt Deniz und schiebt mir den Laptop zu. »Dann geh ich mal zum Supermarkt und hol uns was zu trinken. Du wirst ja wohl noch ein bisschen beschäftigt sein. Bis gleich.«

»Bis gleich«, sage ich, als er den Saal schon längst verlassen hat.

Vor ein paar Wochen hat Esra ein Video von mir gemacht. Ich habe gegen Deniz Tischtennis gespielt und wie immer haushoch verloren. Wenn er sich anstrengt, mache ich keinen Punkt, seine Aufschläge haben so viel Spin, dass meine Returns meistens irgendwo im Nirwana landen und nur mit viel, viel Glück auf der Platte. Als Esra mir das Video gezeigt hat, war ich echt schockiert. Wie bitte, der schlaksige Typ, das soll ich sein? In meinem Kopf sehe ich ganz anders aus, in meinem Kopf bewege ich mich anders und meine Stimme, uff, die klingt ja komisch.

Während ich »Die Geschichte von Happy und Evil Ava« lese, habe ich das gleiche Gefühl. Der Typ in ihrer Story – das kann unmöglich ich sein. Niemals habe ich mich so naiv und egoistisch verhalten, wie sie es darstellt, no way, never. Ich klappe den Laptop zu und starre die nackte Kinoleinwand an. Meine Hände sind wie taub. Ist das alles wirklich wahr? Ich kann es kaum glauben. Ava wollte zu mir kommen. Sie war schon auf dem Weg zu mir. Der Unfall hat ihr den Boden unter den Füßen weggezogen und ich habe nichts gemerkt. Ich habe mich nur um mich selbst gedreht und nicht gecheckt, was mit ihr los ist. Wie konnte ich nur so bescheuert sein?

Sie hatte sich mit aller Macht dagegen gewehrt und es nicht wahrhaben wollen, und trotzdem hatte sie sich hoffnungslos in ihn verliebt. Seit zwei Jahren versuche ich zu unterdrücken, was ich für sie empfinde. Jetzt kommt alles mit einer Wucht zurück, die meinen ganzen Körper erzittern lässt. Meine *falsche Hoffnung* war doch nicht falsch? Ich springe auf. Um 18:00 Uhr will sie auf der Fähre sein. Schaffe ich das? Es ist halb sechs. Wenn ich mich beeile, bin ich vielleicht noch rechtzeitig da. Ich packe den Laptop ein und rufe Deniz an, erreiche ihn aber nicht. Während ich aus dem Kinosaal stürze, hinterlasse ich ihm eine Nachricht. »Ich bin auf dem Weg zum Hafen, sie nimmt die Fähre ...«

Der Schlag trifft mich völlig unvorbereitet auf die Brust. Mir bleibt die Luft weg. Röchelnd krümme ich mich zusammen, mein Handy fällt mir aus der Hand. Göbel hebt es auf und knallt es auf den Ticketschalter. Ich höre, wie das Display splittert.

»Hättest nicht gedacht, dass wir uns so schnell wiedersehen, oder?«

Göbel grinst mich an. Die Zahnlücke sieht brutal aus: Dort, wo früher blendend weiße Zähne waren, klafft jetzt ein hässliches schwarzes Loch. Auf seiner Nase klebt ein dickes Heftpflaster, in seinen Augen glänzt blanker Hass. »Ich erfülle Jessi ja jeden Wunsch«, zischt er. »Aber dass ich dir nicht wehtue, konnte ich ihr nicht versprechen. Zum Glück hat sie mir schon vorher verraten, was du vorhast.«

Er kommt auf mich zu. Ich will meinen Kopf schützen und reiße die Arme hoch, aber das ist ein Fehler. Er verpasst mir einen Schlag in den Bauch. Für einen kurzen Moment wird mir schwarz vor Augen. Als ich wieder zu mir komme, liege ich am Boden. Göbel geht bedrohlich langsam um mich herum.

»Sie hat nicht geglaubt, dass ich aus dem Krankenhaus abhaue. Aber da kennt mich mein Baby schlecht. Wenn ich mir was vornehme, ziehe ich es auch durch.«

»Was willst du von mir?«, sage ich, als ich wieder Luft bekomme, und rutsche von ihm weg.

Göbels lädiertes Grinsen erlischt. »Was ich von dir will?« Er saugt Luft durch die Zahnlücke. »Guck mich mal an. Das kriegst du zurück.«

»Ich hab mich nur gewehrt ...«

»Ach ja? Notwehr also? Mal sehen, was passiert, wenn ich dir *aus Notwehr* auf den Rücken trete.«

Ich versuche aufzustehen, aber Göbel stößt mich wieder zu Boden. Mit Anlauf will er nach mir treten. Panisch drehe ich mich weg und schaffe es gerade noch auszuweichen. Göbel brüllt wie ein Tier. Er packt mich am Kragen, zieht mich hoch und drückt mich gegen die Wand. Nicht mein Rücken, schießt es mir durch den Kopf. *Nicht mein Rücken.*

Göbel presst seinen Unterarm gegen meinen Hals und kommt mit seinem Mund ganz nah an mein Ohr. Sein Atem riecht nach Blut. »Jetzt mach ich dich platt«, zischt er. Dann lässt er mich los und holt mit der Faust aus.

Der will mich umbringen, schießt es mir durch den Kopf.

Ich ducke mich weg, mache mich auf einen gewaltigen Schmerz gefasst.

Wieder brüllt er – aber diesmal vor Überraschung.

Deniz hat ihn am Arm gepackt und von mir weggerissen. Göbel stolpert nach hinten, prallt gegen die Popcornmaschine und fegt die leeren Flaschen vom Tresen, die klirrend auf den Fliesen zerspringen. Ich stöhne auf vor Erleichterung.

»Alles okay, Bro?«, sagt er, ohne den Blick von Göbel zu lassen.

Ich nicke. »Alles okay.«

Göbel starrt Deniz wutentbrannt an. »Verpiss dich, du Freak«, zischt er und geht einen Schritt auf ihn zu. Glassplitter knirschen unter seinen Schuhsohlen.

Deniz' bunt lackierte Fingernägel verschwinden in seinen Fäusten. »Freak, Mutant, du bist echt kreativ, weißt du das? Komm schon. Du hast doch schon lange drauf gewartet, dich mit mir zu prügeln.«

Er zieht seine Ellenbogen eng an den Körper, hebt eine Faust auf Wangenhöhe, die andere ans Kinn. Zum ersten Mal fällt mir auf, wie einschüchternd er wirken kann.

Auch Göbel scheint beeindruckt zu sein.

»Wenn du es unbedingt willst«, sagt er, und der Ton in seiner Stimme ist immer noch scharf, aber nicht mehr ganz so scharf wie eben. »Dann hau ich dir eben eine rein.«

»Geh«, sagt Deniz zu mir, ohne seine Deckung aufzugeben. »Fahr zu Ava. Ich werde mit dem allein fertig.«

»Vergiss es ...«, sage ich.

»Der Mutant bleibt hier«, brüllt Göbel.

»Dann versuch ihn doch aufzuhalten«, sagt Deniz und wendet sich mir zu. »Hau ab. Ich hab schon Verstärkung angefunkt. Mein Freund und Helfer ist auf dem Weg.«

»Sicher?«

»Sicher, Bro. *Geh!*«

Draußen fällt mir mein Schlüssel gleich zweimal aus der Hand, bis ich mein Rad endlich aufgeschlossen habe. Fluchend trete ich in die Pedale und sprinte Richtung Hauptstraße. Es ist kurz vor sechs. Niemals werde ich pünktlich bei der Fähre sein, das ist unmöglich, der Hafen ist zu weit weg. Göbel hat mein Handy gecrasht, ich kann niemanden anrufen. Wenn Frau Mardani zu Hause ist, könnte sie mich nach Uhl fahren. Aber wenn sie nicht da ist? Das ist zu riskant. Zu meinen Eltern kann ich auch nicht, die werden mich wegen der Sache mit Göbel ausquetschen wollen. Und für ein Taxi fehlt mir das Geld. Mir fällt nur noch eine Möglichkeit ein. Allein wenn ich daran denke, wird mir schlecht. Aber es hilft nichts, ich muss Ava abfangen, bevor sie in den Bus steigt und aus meinem Leben verschwindet.

Als ich an Steinis Kreuz vorbeikomme, stockt mir der Atem. Unfassbar, wie lange Ava ihr Geheimnis mit sich rumgetragen hat. Ich hätte doch merken müssen, dass in dieser Nacht etwas mit ihr passiert ist, das weit über die Frage hinausging, ob sie mir zusammen sein will oder nicht.

In Rekordzeit fahre ich den Hügel zum *American Diner* hoch, dann weiter den Radweg neben der Landstraße entlang. Die nächsten vier Kilometer lege ich so schnell zurück wie noch nie. Beinahe baue ich einen Unfall, weil vor mir plötzlich ein Kind ausschert und ich nur knapp ausweichen kann. Der Vater brüllt mir was hinterher, von wegen aufpassen und langsamer fahren, aber ich höre nicht hin. Ich bin voll und ganz auf den Weg konzentriert. Vor dem Uhler Kreisel biege ich rechts ab, lasse mein Rad ins Gebüsch fallen und laufe querfeldein durch den Wald. Ich laufe durch die Senke, in der ich früher mit Linus die Verteidigung von Walldor nachgespielt habe, überquere den Wanderweg und kämpfe mich eine dicht bewachsene Anhöhe hinauf. Dann erreiche ich die Brücke.

Der Zugang ist mit einem hohen Zaun abgesperrt, der oben und an den Seiten mit Stacheldraht versehen ist. »Betreten verboten« steht auf einem gelben Schild. Rechts ist der Stacheldraht schon so weit runtergetreten, dass man relativ leicht um den Zaun herumkommt. Als ich das erste Mal mit Ava hier war, hatte ich ein bisschen Schiss, das muss ich zugeben, aber ich habe mir nichts anmerken lassen und bin ihr gefolgt, nachdem sie mit einer Selbstverständlichkeit über den Zaun geklettert ist, als hätte sie das schon tausendmal gemacht.

Die Sonne blinzelt hinter einer Wolke hervor und spiegelt sich in den Fenstern der Plattenbauten von Schadow Nord. Die Brücke ist zwar breit und die Bodenplatten liegen so dicht beieinander, dass das Wasser nur leicht hindurchschimmert, aber allein das Wissen, dass es da ist, reicht aus, um meinen Körper in Alarmzustand zu versetzen. Schritt für Schritt arbeite ich mich auf die Mitte der Brücke vor. Zu beiden Seiten tut sich der See auf, groß, tief und bedrohlich, ein Monster, das mich schlucken wird, sobald ich eine falsche Bewegung mache. Ich kann kaum glauben, dass ich hier völlig entspannt an der Kante saß. Dass ich mit Ava geplaudert und die Aussicht auf Schadow und den See *genossen* habe.

Ich sehe die Fähre aus den Augenwinkeln auf die Brücke zukommen. Jetzt ist es so weit. Ich muss mich mit beiden Armen an einem Pfeiler des Stahlgerüsts festhalten, als ich an die Kante herantrete. Mir wird schwindelig. Ich fange an zu schwitzen. *Geh weg da*, ruft eine Stimme in meinem Kopf. Unter größter Anstrengung lasse ich den Pfeiler mit einem Arm los und winke. Noch kann ich niemanden auf der Fähre erkennen, sehe nur, dass Menschen an Bord sind. Mein Arm fängt an zu zittern. Unter mir schwappen Wellen gegen die Brückenpfeiler. Das Seemonster kriegt Appetit.

Dann entdecke ich sie. Sie trägt ihren *Thrasher*-Pulli, hat einen großen Reiserucksack auf dem Rücken und steht vorn am Bug.

»Ava!«, rufe ich, so laut ich kann, und winke mit dem freien Arm. »*Ava!*«

Hat sie mich gesehen? Sie muss mich gesehen haben. Ein paar Leute auf der Fähre gucken zu mir, ein kleines Mädchen auf dem Arm seiner Mutter winkt zurück. Ava rührt sich nicht, bleibt bewegungslos, als ob sie nicht glauben kann, dass ich es bin, dass ich sie doch noch gefunden habe.

»Ava!«

Jetzt lasse ich das Gerüst ganz los und rudere mit beiden Armen durch die Luft. Immer noch keine Reaktion. Inzwischen haben sich noch mehr Leute vorn am Bug versammelt und gucken zu mir, dem Verrückten, der auf der Brücke steht und winkt, als ginge es um sein Leben.

Reicht es Ava denn nicht, dass ich hier bin? Ist es nicht das, was sie wollte?

Ich habe monatelang gerätselt, was in ihrem Kopf vorgeht, und die Hoffnung, dass wir zusammenkommen könnten, dann irgendwann aufgegeben. Ich habe mich nur noch um meinen Rücken und meine Ängste gedreht, ich hatte nicht den Mumm, sie einfach zu fragen: *Was zur Hölle ist los mit dir, Ava Mardani? Wir hatten einen fantastischen Sommer zusammen, und jetzt ziehst du dich plötzlich zurück? Warum? Was ist passiert?*

Ich wünschte, ich könnte die Zeit zurückdrehen. Dann würde ich alles anders machen, dann würde ich zu ihr gehen und ihr sagen: *Ich hab mich in dich verliebt, Ava Mardani. Hals über Kopf, es tut mir leid, ich kanns nicht ändern.* Es hätte tausend Möglichkeiten gegeben, auf der Insel, am Strand, am Hafen, verdammt, ich hätte es ihr auch einfach *schreiben* können.

Dann wäre es ausgesprochen gewesen und die ganzen Missverständnisse wären vielleicht nicht passiert.

Ich wünschte, ich hätte es getan. *Wenn ich ihm etwas bedeute, dann findet er mich*, hat sie geschrieben. Ich habe dich gefunden, Ava. Du siehst, dass ich es ernst meine. Warum sollte ich sonst hier oben stehen? Oder brauchst du *noch* einen Beweis?

»*Ava!*«

Die Fähre dreht ab, wird an der Brücke vorbei Richtung Uhl fahren. Gleich werde ich Ava aus den Augen verlieren, und sie mich. Habe ich sie überzeugt, nicht in den Bus zu steigen? Reicht es ihr, dass ich meine Angst überwunden und mich auf die verdammte Brücke getraut habe? Die Fähre zieht an mir vorüber und sie hat immer noch keine Reaktion gezeigt. Was willst du denn noch von mir, Ava?

Jetzt hebt sie die Hand. Sie hat mich gesehen. Natürlich hat sie mich gesehen, alle auf der Fähre haben mich gesehen. Ist das ein Lachen in ihrem Gesicht? Die Fähre dreht und Ava läuft vom Bug zur Seite. Sie wirft ihren Rucksack ab und steigt auf die oberste Sprosse der Reling. Mit beiden Armen winkt sie mir zu.

»*Adrian!*«

Will sie von Bord springen? Mit zitternden Knien stelle ich mich vorn auf die Kante und gucke nach unten. Die Fähre hat das Wasser aufgewühlt, wild klatschen die Wellen gegen den Brückenpfeiler, der See kommt mir vor wie ein hungriges Tier vor der Fütterung. Wenn ich eine Panikattacke kriege, bin ich im Arsch. Dann schaffe ich es nicht zum Ufer, und auch nicht zur Badeplattform, dann können sie mich als Wasserleiche aus dem See ziehen.

Bei Yalda kriegst du ein neues Leben, wenn du von der Brücke springst. In Schadow vielleicht auch.

Okay, Ava Mardani. Das ist für dich.
Ich höre auf zu winken.
Ich höre auf, nach unten zu starren.
Ich höre auf, zu denken.
Und dann springe ich.

FREUNDSCHAFT ÜBER GRENZEN HINWEG

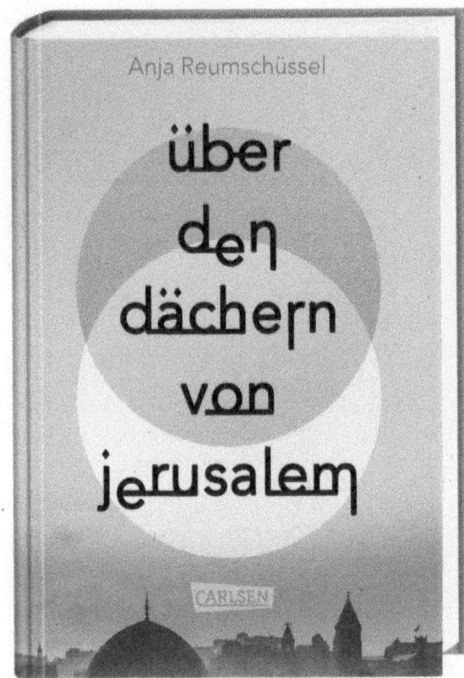

Anja Reumschüssel
ÜBER DEN DÄCHERN VON JERUSALEM
Hardcover
336 Seiten
ISBN 978-3-551-58514-1
Auch als E-Book erhältlich

2023: ANAT HAT DEN WEHRDIENST ANGETRETEN und trifft bei einer Übung im Westjordanland auf Karim, einen jungen Palästinenser. Beide sind wie gelähmt vor Angst, doch Karim bringt sie im Schutz der Dunkelheit zurück nach Jerusalem. Als er selbst bei einer Demonstration festgenommen wird, setzt sich Anats Mutter für ihn ein …

1947/1948: Tessa kommt als Halbwaise nach Palästina und begegnet in Jerusalem Mo, dessen Familie von dort vertrieben wurde. Sie freunden sich an, doch in den Kämpfen nach der Staatsgründung Israels trennen sich ihre Wege. Wird es ihren Enkeln gelingen, sich zu versöhnen?

EIN SYSTEM AUS MACHT, GEWALT UND SCHWEIGEN

Cameron Kelly Rosenblum
THE SHARP EDGE OF SILENCE – GEFÄHRLICHES SCHWEIGEN
Klappenbroschur
496 Seiten
ISBN 978-3-551-58545-5
Auch als E-Book erhältlich

LYCROFT PHELPS IST EINS DER RENOMMIERTESTEN INTERNATE
des Landes: Jahrhundertealte Traditionen, efeuberankte Backsteingebäude, Ruderclub. Doch hinter der schönen Fassade herrscht eine toxische Männlichkeitskultur unter den Schüler*innen, die sexuelle Übergriffe begünstigt und verharmlost. Als Außenseiterin Quinn Opfer eines Übergriffs durch einen Elitesportler wird, will sie blutige Rache. Doch als sie stattdessen ihr Schweigen bricht, löst dies eine Welle von Solidarität aus. Gemeinsam mit der Top-Schülerin Charlotte und dem schüchternen Max schafft sie es, das System ins Wanken zu bringen.

WWW.CARLSEN.DE

Außerdem von Michael Sieben im Carlsen Verlag erschienen:
Das Jahr in der Box
Ponderosa

Carlsen-Newsletter: Tolle Lesetipps kostenlos per E-Mail!
Unsere Bücher gibt es überall im Buchhandel und auf carlsen.de.

© 2024 Carlsen Verlag GmbH, Völckersstraße 14–20, 22765 Hamburg
Umschlagabbildungen: shutterstock.com © Praniti Jindana/MM memo/
iy.leha95/Miloje/Paul Lesser/Marina Onokhina
Umschlaggestaltung und -typografie: formlabor
Lektorat: Brigitte Kälble
Herstellung: Karen Kollmetz
Satz: Dörlemann Satz, Lemförde
ISBN 978-3-551-58511-0